新 潮 文 庫

大本営が震えた日

吉村　昭 著

目次

大本営が震えた日

上海《シャンハイ》号に乗っていたもの

一

昭和十六年十二月二日朝、南支那《しな》の広東《カントン》飛行場を、六機の九八式直協機が爆音をあげてつぎつぎと離陸した。

機は、飛行場上空で編隊を組むとただちに東へ針路をとった。

一番機は、第三直協飛行隊長内藤美雄大尉《たいい》が操縦桿《かん》をにぎり、後部座席には五味省吾中尉が搭乗していた。

内藤大尉は、前日の夜、広東におかれた南支方面の作戦指導をおこなっている第二十三軍司令部（軍司令官酒井隆中将）付航空参謀衣川《きぬかわ》悦司少佐の不意の訪問を受けた。あわただしく部屋に入ってきた衣川少佐の顔には、血の色はなく、その眼は異様な光をたたえていた。

「重大な任務を遂行してもらいたい」

衣川少佐は、立ったまま口早に言った。

内藤は、顔のこわばるのを意識した。

衣川少佐の表情はひきつれているし、その声は、ふるえを帯びている。それは、なにか異常事態が発生したことをはっきりとしめしていた。

内藤の頭に、一瞬或《あ》る予感がかすめすぎた。それは、重苦しいほど緊迫の度を加えてきている周囲の情勢と密接な関連のあるものだった。

中国大陸に戦火が発生してからすでに四年余、頑強に日本軍に抵抗をつづける蔣介《しょうかい》石《せき》の重慶政府を支援する米英両国は、ドイツ・イタリアと同盟を結ぶ日本に対して強力な圧迫を加えてきた。そして、昭和十六年にはいると、その圧力はさらに異様なまでに高められ、日本の在外資産凍結令の布告をはじめとして、石油等の重要物資の対日輸出禁止にまで発展していた。

戦争回避を目的に、野村駐米大使による日米交渉がはじめられたが、ルーズベルト大統領をはじめアメリカ政府高官との外交交渉は難航し、その打開のために十一月六日には来栖《くるす》大使を特派して交渉をおしすすめた。しかし、その成果は悪化する一方で、遂《つい》に十一月二十六日、日米交渉の衝にあたっていたハル国務長官から、いわゆる「ハルノート」と称する苛《か》酷《こく》な内容をもつ提案がたたきつけられた。

それは、「日本国政府は、支那及びインドシナより一切の陸、海、空軍兵力及び警察力を撤収すべし」という条件をふくむ新提案で、それは、八カ月に及ぶ日米交渉の経過を全く無視したものであった。

一将校にすぎない内藤でも、そのハルノートが日米交渉に完全に終止符をうつものであることははっきりとさとっていた。四年余にわたって中国と戦いをつづけてきた日本が、アメリカの強圧的な全兵力の撤収という提案をのむはずはないし、アメリカもそれを充分承知した上での提案としか思えなかった。

日米交渉にのぞむ来栖特使（右）野村大使（左）とハル長官

ハルノートは、つまりアメリカが対日戦争を決意したあらわれであり、日本もそれに応ずる覚悟をきめざるを得ないように思えた。

内藤は、対米英戦を避けることはおそらく不可能に近く、その開戦も、ただ時間の問題に過ぎないことに気づいていた。そして、それを裏づけるように、内藤の周囲にも、なにかあわただしい緊迫した気配がみられるようになっていた。

北支・中支からの兵力の移動が、目立たないような動きでひそかにおこなわれるようになり、その中には、遠く満州からの兵力もまじっているらしかった。

移動方向は南方で、事実内藤の指揮する第三直協飛行隊も、漢口の第四四戦隊から、南支軍の第二十三軍に協力せよという指令を受けて配属されてきていたのだ。

いよいよアメリカ、イギリス、オランダに対する戦争が開始されることに決したのか、とかれは、衣川少佐の青ざめた顔を見つめながら思った。

「重大な任務」……とは、開戦を伝え、それに関する戦闘任務を命令するためのものにちがいないと思った。

しかし、かれの予想は、完全にはずれた。衣川少佐の口からもれた言葉は、意外にも全く戦闘とは関係のない内容だった。

「今夕四時、広東飛行場到着予定の中華航空の旅客機が、今もって到着しない。汕頭《スワトウ》上空通過……という発信を最後に、通信もとだえた。現在まで待ってみたが、依然として消息がわからないところをみると、不時着は決定的と言っていい。明朝、ただちに全機をもって、捜索にあたってくれ。不時着地点は、汕頭、広東間の線上にあると思われる」

衣川は、そこで息をのむように言葉をきり、それから、急に眼をいからせると、

「これを単なる不時着機の捜索だと思うな。総軍（支那派遣軍）総司令部からの厳命

によるものだ。必ずさがし出すのだ。草の根を分けても探すのだ。いいか」

内藤は、衣川少佐の語気のはげしさに呆気《あっけ》にとられた。

中華航空といえば、上海を起点に南京《ナンキン》、台北、広東へと定期航路をもつ民間航空会社で、使用されている機も一般乗客をのせる旅客機にすぎない。むろん軍関係者が優先的に乗る傾向は強いが、総軍命令で、しかも「草の根を分けても……」という表現は、余りにも大袈裟《おおげさ》すぎる。

衣川少佐は、内藤のいぶかしげな気配を察したのか、急に声をひそめると、

「これは、絶対に他言してはならないが……」

と言って、内藤の顔を射るような眼で見つめた。

「実は、その機には、きわめて重要なものがのせられている。軍の機密に属する書類だ。それを、総軍司令部の一将校が手にして乗っている。海中かまたは友軍の占領地内に不時着しておればまだ安心はできるが、敵地に墜落しているとなると事は重大だ。単なる民間機の不時着とちがうと言うのは、そうした理由からだ」

内藤は、事故の内容の概要を知らされて、漸《よう》く納得することができた。

「はい、わかりました。全力をあげて不時着機の捜索にあたります」

内藤は、姿勢を正して答えた。

「機種は、DC3型、双発機だ。機名は、上海号。もう一度言う、草の根を分けてもさがすのだ。いいな」

衣川少佐は、強い語気で言った。

内藤は、衣川を外まで送った。

衣川は、ふり返ると、

「頼んだぞ」

と再び念を押して、乗用車の中に身を入れた。

草の根を分けても……か、内藤は、機上で衣川少佐のひきつれた蒼《あお》ざめた顔を思い起していた。

動揺しきった衣川の態度から考えると、旅客機に搭乗している将校の携行している書類はかなり重要なものらしい。

それは、支那派遣軍から第二十三軍に対する中国大陸に於《お》ける新作戦を指示した命令書なのか、それとも、ひそかに噂《うわさ》されているタイへの進駐準備に関するものなのか。いずれにしても、周囲でひそかにおこなわれている兵力の移動と、なにか深い関連をもつものにちがいないと思った。

とにかくおれは不時着機を探し出せばいいのだ……、かれは、地上に眼を落した。視界は、余り芳《かんば》しくない。

六機の直協機編隊は、低空でゆっくりと東へ進む。下方に鉄道線路と平行に川筋のまばゆい輝きがみえ、水上には小さな舟が数多く浮んでいる。

中華航空の旅客機は、上海を出発、中継地点の台北飛行場で燃料を補給してから、支那海を横切り、汕頭にたどりつく。そして海岸沿いに西進して、広東に向う。

不時着機は、その航路からはずれていることも予想されるが、捜索のためには、その予定航路を逆行して進む方法をとることが妥当だった。

やがて平行していた鉄道線路と川筋がわかれると、前方にひしめき合うような山なみが迫ってきた。

内藤直協飛行隊長は、他の五機にそれぞれ分散して捜索にあたることを命令した。

編隊はたちまちくずれ、機は、思い思いに山なみに向って進んでゆく。

衣川少佐のその後の指示によると、前日「上海号」通過予定時刻頃には、その山岳地帯はスコールとも思えるような豪雨にさらされ、機は、その山岳地帯に不時着しているという公算が大きいという。

その悪天候の余波がまだ残っているのか、畳々《じょうじょう》とつづく山岳地帯には濃い密雲が立ちこめ、風防ガラスには強い雨も当り出した。

こんな悪い気象状況では捜索どころではない。むしろ自分の機も遭難する危険さえある。

しかし、衣川少佐のきびしい命令を思うと、危険をおかしても探し出さねばならぬ責任が課せられているのを、あらためて反芻《はんすう》した。

直協機は、地上軍の戦闘に直接協力する目的で製作された陸軍機で、一応偵察機という部類にはいってはいたが、爆弾も計一二五キロの重さまで搭載できるし、前部には固定式、後部には旋回式のそれぞれ七・七ミリ機銃も装備されている。畠《はたけ》などの荒地でも離着陸はできるし、また地上の通信筒を吊《つ》り上げ、投下をおこなえるような低空をゆるい速度でとぶことも可能な応用性の豊かな低翼単葉機だった。

そうした性能をもつ直協機は、偵察能力もむろん充分そなえていて、山岳地帯の不時着機捜索に最も適したものにちがいなかった。

内藤機は、密雲にとざされた山岳地帯に突っ込んだ。

山なみが次から次へとあらわれ、機は、低空で、右に左に山肌をかわしながら進んでゆく。そして、後部座席の五味中尉は、山肌や深い山ひだに眼を向けつづけていた。

五味は、内藤隊長から不時着機のもつ意味を教えられてはいなかった。戦闘に参加するのならばやむを得ないが、このような密雲の中を、危険をおかしてまで民間機を捜索することは、五味には不必要なことに思えてならなかった。

眼の前すれすれに迫ってくる山肌は見えるが、視野は、濃い霧におおわれ、雲のきれ間さえ発見できない。

その広東東方地区の山岳地帯は、密雲におおわれることの多い難所で、これまで航空機の遭難もしばしば発生している。

或る輸送機の操縦士は、その山岳地帯にさしかかって、「雲山相接ス」という表現で通信を送り台北に引き返したともいう。それほど悪条件のそなわっている地域での捜索は、たとえ低空飛行をおこなっても、よほど良好な天候の日でなければ、地上の目的物を発見することは至難であったのだ。

陸軍の地上戦援護に威力を発揮していた九八式直協機

その日、直協機隊は、各機とも山岳地帯を捜索後、海岸沿いに汕頭方面にまで飛びつづけたが、遂に不時着機は発見されず、機首を西方にもどさなければならなかった。

「成果なし」の報は、広東飛行場にもどった内藤直協飛行隊長から、ただちに第二十三軍司令部の衣川少佐に報告された。

内藤は、捜索経過を詳細に報告するとともに、遭難の可能性の濃い山岳地帯の気象状況がきわめて悪く、捜索もほとんど不可能であったことを口にした。が、

「そんなことは、わかっとる。なにがなんでも探し出すのだ。翌朝早く捜索にあたれ。いいか、草の根を分けてもさがすのだ。いいな、草の根を分けてもだぞ」

という怒声に近い声が、返ってきただけだった。

内藤は、呆然《ぼうぜん》とした。

「隊長、なぜ衣川参謀殿は、こんな無茶な捜索をやらせるのですか」

隊員が、内藤をいぶかしそうに見つめた。

「詳細は知らん。しかし、これは重大任務なのだ。草の根を分けてもさがせ……と命令されておる。翌朝早く出発だ」

内藤は、けわしい表情で隊員に命じた。

しかし、かれにしても、衣川少佐が、なぜそれ程興奮しているのか察することはできなかった。

第二十三軍司令部の不時着機捜索の命令は、直協飛行隊のみに発せられたものではなかった。

上空からの捜索は、広東の独立飛行第十八中隊にも指令され、さらにそれは、汕頭・広東間約四〇〇キロにわたる航路に沿った地域の、地上各部隊へも連絡されていた。

その地上部隊への命令は、

「付近に不時着機はいないか。上空を不時着したと思われるDC3型旅客機が、飛行しているのを目撃しなかったか。些細《ささい》なことでも緊急報告せよ」

という趣旨のもので、それは、司令部から何度もくり返し発せられた。

各部隊では、その執拗《しつよう》さをいぶかしんだ。

かれらは、おそらくその民間機には軍上層部の将官か、それとも主要な人物が乗っていたのだろうと推測した。そして、自然と軍事参議官男爵《だんしやく》大角岑生《おおすみみねお》海軍大将の飛行機事故死を思い起していた。

事故は、その年の一月十六日に起った。

大角海軍大将は、中国大陸の戦況視察のため北支・広東方面をまわり、その日の午後零時十四分、海軍徴用機「そよ風号」（海軍嘱託操縦士黒瀬寅雄操縦）に搭乗して海南島に向け広東飛行場を出発したが、天候不良のため（当時の報告には「小雨アリ。乱雲満天ヲ覆《おお》イ雲高四百米《メートル》」とされている）、三十分後に広東省西江《せいこう》下流右岸黄揚山北方の敵地に墜落、全乗員とともに死亡した。

その折は、地上軍がただちに遭難現場に中国軍と戦闘を交えながら進んだが、不時着地点進撃命令を発したその折の軍司令部のあわただしさときわめて類似したものがある。

しかしくり返し発せられる不時着機捜索命令には、不思議と乗員についての指示はなく、要人が乗っているらしい気配はみじんもみられない。

ただ命令は、

「大至急不時着機を探せ」

を、反復するだけなのである。

各部隊では、いぶかしみながらも、軍司令部命令にしたがって兵を散らし、それぞれの占領地一帯の捜索に当った。

しかし、機体はむろんのこと、飛行中の旅客機を眼にしたという情報も全く得られなかった。

さらに、第二十三軍司令部からは不時着したと思われる時刻に、海上を航行していた全船舶にも、連絡はとんでいた。

旅客機の墜落するのを目撃しなかったか、飛行中の旅客機を認めなかったかといった趣旨のものであった。しかし、海上の船舶からも、第二十三軍司令部の期待を満足させるような情報はもたらされずに終った。


第二十三軍司令部内には、沈鬱《ちんうつ》な空気がひろがっていた。

参謀たちは、顔をひきつらせ、口数も少なく落着きを失って、立ったり坐《すわ》ったりしているだけであった。

事件の内容について知っているのは、ごく限られた参謀たちであった。ただかれらの口からは、時折、

「スギサカ」又は「スギサカ少佐」

という名がもれていた。

一部の参謀をのぞいた者たちは、その「スギサカ」という少佐がなにか重要な軍機密にぞくする書類を手に、行方不明になった旅客機に搭乗していたと察することはで

きた。

むろんその書類の内容についてはうかがい知ることさえできなかったが、かれらの中には、一月半前に起った支那派遣軍総司令部の、田中という一少佐参謀の割腹事件と関連をもつものではないかと推測している者もいた。

その事件は、十月中旬、大本営陸軍部参謀部の釜賀一夫大尉《たいい》が、東京から南京に入った直後に起った。

釜賀は、戸村盛雄少佐を班長とする七名の大本営陸軍部暗号班員の一人で、暗号書の取扱いについて暗号班の所属する第三部の部長命令を帯びてやってきたのである。

その釜賀の出張目的も南支の気象状況と関連をもつもので、南部仏印に移動する飛行集団の飛行機が、しばしば墜落する。それらの機の移動とともに当然暗号書もはこばれていたが、墜落機の中には暗号書をのせたものも数多くまじっていた。

大本営陸軍部の暗号班では、その都度暗号書も敵手に落ちたものと推定して、その暗号書の廃止を全軍に指示し、新たなものに改めなければならなかった。しかし、その後も墜落機は跡を絶たず、また一つの機に多くの種類の暗号書を積みこむので、その被害は甚大《じんだい》なものとなっていた。

釜賀は、支那派遣軍総司令部に赴くと、参謀長に出張内容について説明し、輸送担当参謀の田中少佐と打合せをした。

暗号書は一機に一種類とすること、暗号書は安全性の高い機によって運ぶことなどを厳重に依頼した。

ただちにそれは実行に移され被害もなくなったが、釜賀が南京をはなれてから三日後、田中少佐は、割腹して自殺した。

暗号書の取扱いについて注意されたことは、総軍司令部が、大本営からきびしく叱《しっ》責《せき》されたことを意味している。田中少佐は、自分の思慮の浅さから総軍司令部に不名誉な迷惑をかけたと解釈し、その責任感から死をえらんだのだ。

容易に想像されることは、「スギサカ」という少佐が、一機に一種類という大本営の意に反してかなりの量の暗号書を携行して機に乗っていたのではないかということであった。輸送担当参謀の田中少佐の割腹事件があってからまだ二月もたたぬうちに、数種類またはそれ以上の暗号書を輸送しようとしたのではないだろうか。

支那派遣軍や第二十三軍司令部員たちが大きな狼狽《ろうばい》をしめしているのは、おそらく暗号書に深い関係があるにちがいない。しかし、それにしては高級参謀たちの動揺は、余りにもはげしすぎるように思える。

たとえかなりの量の暗号書が機にのっていたとしても、大本営の暗号班で新たなものに更新することはできるし、大本営からはきびしい叱責をうけるだろうが、それはそれで処理できることなのだ。

一部の参謀をのぞいた者たちは、釈然としない表情をしていた。しかし、それについて詮索《せんさく》することは、むろんかれらに許されることではなかった。

「上海号」が行方不明になってから第二十三軍の電報班員は、一瞬の休みもとらずに受信機にかじりついていた。行方不明になった機が、敵地に墜落している可能性は充分に考えられる。中国軍の無線による暗号文は、完全に日本軍側で解読されていて、もしも機が敵地に落ちていれば、当然それに関した通信が、敵軍の間で交わされるはずなのだ。

その間、行方不明になった翌日の十二月二日におこなわれた上空からの偵察も、悪天候のため不調に終り、味方地上部隊からも海上船舶からも、機に関する情報は得られない。そして、電報班も、行方不明機についての通信を傍受することはできなかった。

機の行方は、南支一帯にわたった大規模な捜索にもかかわらず、全く不明のまま時間は流れていった。

三

中華航空株式会社の「上海号」（DC3型）は、十二月一日午前八時三十分、上海郊外の大場鎮《だいじょうちん》飛行場を離陸、一路中継地点台湾の台北にむかい、約三時間後の十一時二十分、台北飛行場に着陸した。

そこで子供づれの婦人をふくめた乗客数名をおろし、代りに四名の軍人を乗せ、燃料補給後十二時三十分、同飛行場を離れた。

機は、台湾西海岸を海岸沿いに南進、さらに西に変針して台湾海峡を横断、汕頭上空に達した。

それまで機上からは、視界きわめて良好の通信があり、

「汕頭上空通過」

を伝えてきた。

この「汕頭上空通過」の通信は、広東・上海・台北の各飛行場で受信したが、それを最後に「上海号」からの通信はとだえてしまった。

各飛行場では狼狽したが、通信機の故障も想像されるので、広東飛行場に機影のあらわれるのを待った。しかし到着予定時刻の午後四時をすぎても「上海号」はその姿

を見せなかった。
午後五時、遂《つい》に中華航空本社は、遭難の気配濃厚と判断、支那派遣軍総司令部に報告した。機の搭乗者は十八名で、上海からの乗客は、
支那派遣軍総司令部　杉坂共之陸軍少佐
第十五航空通信隊　宮原大吉陸軍中尉
佐藤武部隊　今利雄一陸軍少尉
鯉《こい》第五一七四部隊　竹内健陸軍少尉
上海大毎支局長　田知花信量
波集団陸軍嘱託　逸見《へんみ》達志
第二遣支艦隊司令部海軍法務官　長谷川吉之助
興亜院広東派遣事務所調査官　笠村俊輔
日映ニュース部員　磯辺四郎
ドイツ駐華大使館員　マウエルス・ハケン
また台北からの乗客は、
仏印飯田部隊　前田良平陸軍少佐
台湾軍司令部　加久保尚身陸軍大尉

参謀本部　村井謙吉陸軍主計大尉
第二十五軍司令部　久野寅平陸軍曹長
であった。
なお乗員は、操縦士熊谷義則、機関士近藤八百太、航空士山田二郎、通信士森屋金兵衛であった。

午後五時すぎ、中華航空からの「上海号」行方不明の連絡を受けた支那派遣軍総司令部は、たちまち大混乱におちいった。

電話を受けた支那派遣軍航空主務参謀長尾正夫大尉は、第一課長宮野正年大佐参謀のもとに走り、さらに総司令官畑俊六陸軍大将にも報告された。

参謀たちは、口もきけぬほどの驚きをしめしていた。それは、機が敵地に墜落し、同じ総司令部参謀部付の杉坂共之少佐の携行している書類が敵手に渡ることを恐れたからであった。

「遺族にはすまんが、海中に落ちていてくれ」

そうした悲痛な声も、かれらの間からもれた。

事故の内容は、ただちに大本営陸軍部に緊急報告された。

大本営陸軍部の参謀たちも顔色を失った。それは、ひそかにすすめられていた開戦準備を、根底からくつがえす大事故の発生だった。

開戦司令書は敵地に

一

重要機密書類をのせた中華航空株式会社旅客機「上海号《シャンハイ》」不時着の暗号電報は、情報担当の大本営陸軍部総務部庶務課で解読、ただちに参謀総長、参謀次長をはじめ、各部長、作戦課、通信課に緊急配布された。

かれらは、すっかり顔色を変えていた。支那《しな》派遣軍総司令部からのその機密電報は、開戦前にはりめぐらされた機密秘匿《ひとく》を、一挙にうちくだいてしまう性格をもつものであったのだ。

……すでに前日の十二月一日午後二時に宮中東一の間でひらかれた御前会議では、アメリカ、イギリス、オランダに対する開戦の断もくだり、開戦日も十二月八日と決定していた。そして、ただちに大本営陸海軍部は、進攻作戦開始に関する命令を作戦参加の全軍に発していた。

一カ月ほど前の十一月六日には、対米英蘭《らん》戦必至の構想のもとに、南方作戦部隊の

南方軍総司令官に任ぜられた寺内大将（左）と、畑支那派遣軍総司令官（右）

戦闘序列が発令され、開戦と同時にフィリピン、マレー、蘭領印度《インド》、ビルマに進攻予定の南方軍総司令官に、寺内寿一《ひさいち》陸軍大将が任じられ、また堀井富太郎陸軍少将は、大本営直轄《ちょっかつ》の支隊である南海支隊をひきいて、西太平洋のアメリカ海軍根拠地グアム島攻略を策し、さらに支那派遣軍総司令官畑俊六陸軍大将には、広東《カントン》の第二十三軍指揮下の第三十八師団（師団長佐野忠義中将）による香港《ホンコン》攻略作戦準備がそれぞれに命令されていた。

そして、十二月一日開戦日決定と同時に、陸軍部は、南方軍総司令官、南海支隊に、海軍部は、聯合《れんごう》艦隊司令長官にそれぞれ開戦決定をつたえ、支那派遣軍総司令官にも、「支那派遣軍総司令官ニ対スル香港攻略ニ関スル命令」として、

大陸命第五百七十二号

命令

一、帝国ハ米国、英国及ビ蘭国ニ対シ開戦スルニ決ス

二、支那派遣軍総司令官ハ海軍ト協同シ第二十三軍司令官ノ指揮スル第三十八師団ヲ基幹トスル部隊ヲ以《もっ》テ香港ヲ攻略スベシ
作戦開始ハ南方軍ノ馬来《マレー》方面ニ対スル上陸又ハ空襲ヲ確認シタル直後トス
香港ヲ攻略セバ同地付近ヲ確保シ軍政ヲ実施スベシ
三、支那派遣軍総司令官ハ自今左記事項ヲ行フコトヲ得
㈠作戦開始ニ先ダチ敵ノ真面目ナル先制攻撃ヲ受ケタル場合ハ機宜之《これ》ヲ邀撃《ようげき》ス
㈡敵航空機ガ我軍事行動等ニ対シ反復偵察ヲ行フ如《ごと》キ場合ハ之ヲ撃墜ス
四、細項ニ関シテハ参謀総長ヲシテ指示セシム
　昭和十六年十二月一日
奉勅伝宣
参謀総長　杉山元
支那派遣軍総司令官　畑俊六殿

という香港攻略に関する命令をくだしていた。

すでに開戦日にそなえて、作戦参加を予定されている陸海軍の全兵力は、本格的な作戦行動を開始していたのだ。

二

十二月一日の御前会議で、開戦日に八日がえらばれたのは、さまざまな条件をみたす上で好ましいものであると判断されたからであった。その主な理由は、月齢と曜日に深い関連をもつものであった。

陸海軍とも航空作戦の第一撃をくわえるためには、夜半から日の出頃まで月のある、月齢二十日付近の月夜であることが望ましかった。

八日は、月齢十九日で、開戦日としてはきわめて好都合だった。

またハワイに以前から潜入していた諜報員《ちようほう》からの情報によると、日曜日はむろんアメリカ軍の休息日で、しかもアメリカ主力艦艇の大半が、真珠湾に投錨《とうびよう》、集結すると伝えてきていた。アメリカ艦隊主力を一挙に壊滅させる目的をもつ日本機動艦隊の奇襲日は、艦艇の集結する日曜日でなければならなかったのだ。

また大本営陸軍部では、十一月下旬から南方作戦予定地の気象について、長期判断をはじめていた。それは、中央気象台長藤原咲平博士を中心とした気象関係最高権威者によっておこなわれていたもので、初めは東京で、後には現地近くにまでおもむいて観測された。

その結果、八日は最も気象状況よく、九日午後から天気は下り坂になると判定されていた。

十一月三十日、南京《ナンキン》の支那派遣軍総司令部は、連日夜を徹して開戦にともなう諸準備に忙殺されていた。

すでに総司令部から、香港攻略作戦に従う広東の第二十三軍には、暗号電報で作戦に関する指示があたえられていた。

しかし作戦命令伝達方法の慣習にしたがって、作戦命令書を第二十三軍司令官宛《あて》に直接手交することになった。

その内容は、大本営から支那派遣軍総司令官に伝えられた「大陸命第五百七十二号」「香港攻略ニ関スル命令」中「(香港攻略の)作戦開始ハ南方軍ノ馬来《マレー》方面ニ対スル上陸又ハ空襲ヲ確認シタル直後トス」の項目に関連したものであった。

マレー上陸作戦は、山下奉文《ともゆき》陸軍中将指揮の第二十五軍があたり、海南島三亜港から輸送船団を組んでマレー半島にむかう予定が立てられていた。

第二十五軍が上陸作戦を開始すれば、それはただちに大本営に報告され、大本営からは、直接待機中の広東の第二十三軍にもその旨《むね》が伝えられる。それは「ハナサク」

「ハナサク」の隠語電報で緊急打電され、それを受信したら、間髪をいれず香港攻略作戦を開始せよ……という作戦指示に関する命令書だった。

その命令書を第二十三軍司令官に手渡すことは、畑総司令官の承認も得、広東出張予定の古谷金次郎少佐参謀が携行することになった。が、第三課長権藤恕大佐が他地へ出張することとなって古谷は総司令部を留守にすることはできなくなり、加々美正曹長が代行することになった。

加々美は、宿舎にもどって旅行準備を整え司令部にもどったが、加々美の出張はとりやめとなり、第一課杉坂共之少佐参謀が、命令書を携行することに変更になった。

その理由は、杉坂が第二十三軍の人事問題の指導で広東へ赴くことになっていたのだが、作戦命令書携行という重要任務につくため、出張予定日をくり上げて広東に向うことになったのだ。

杉坂は、その日の午後四時南京発の急行列車で上海《シャンハイ》へむかった。そして、その夜は上海に泊り、翌朝、大場鎮飛行場で台北経由広東行きの「上海号」に身をゆだねたのである。

杉坂少佐の携行している作戦命令書が、搭乗機とともに行方不明になったことは、台北の南方軍総司令部にももたらされた。

南方軍総司令部内の驚きは大きく、たちまち部内は、深い憂色につつまれた。

命令書の内容は、近日のうちに香港へ日本軍が攻撃を開始することをはっきりとしめしているだけではなく、第二十五軍のマレー上陸作戦も明記されている。つまり、それは、日本の対米英蘭戦にふみきったことを意味し、しかも近々のうちに大々的な軍事行動に移ることをあきらかにするものだった。

上海号

すでに海軍では、十一月中旬大胆きわまりない真珠湾奇襲作戦準備に着手、南雲忠一海軍中将指揮の空母六、戦艦二、その他艦艇一七隻《せき》、航空機三八二機を搭載、内海を単艦または小グループでひそかに出港、二十二日には、南千島エトロフ島の単冠《ひとかつぷ》湾に集合を完了した。

そして、「作戦実施ニ必要ナル部隊ヲ適時待機海面ニ向ケ進発セシムベシ」という大本営海軍部命令によって、機動部隊は、単冠湾を出港、「上海号」

行方不明の十二月一日には、すでに単冠湾とハワイの中間海上をひそかにハワイにむかって進んでいた。

また陸軍の南方作戦に対する準備も、大規模にしかもひそかに進行していた。兵力の移動・集結はほとんど終り、各地で上陸用輸送船団に兵の乗船もはじめられ、航空機も、各作戦飛行場に翼をつらねて待機している。そして、香港攻略を目ざす第三十八師団も、夜間を利用して香港との国境線に移動をつづけていた。

それらは、大本営陸海軍部が、綿密に組み立てた史上稀《まれ》な大作戦計画であったのだ。しかもその作戦計画は、全作戦とも奇襲という性格をもっていたので、当然それは厳重な機密秘匿の上に成り立っていた。

大本営をはじめ各司令部内で作戦計画を知っているのは、ごくかぎられた作戦関係の高級参謀だけで、真珠湾攻撃計画なども、陸軍側では参謀総長、次長以下作戦関係の主要幕僚と陸軍省首脳のみであった。

まして開戦日が十二月八日に定められたことを知っているのは、きわめて少数の者たちだけで、作戦計画も開戦日も、陸海軍大臣をのぞく政府の閣僚にも秘密にされていた。

陸海軍の統帥《とうすい》部は、ただ機密のもれぬことをひたすら願いながら、十二月八日を待った。

そうした緊張した背景の中で、突然、杉坂少佐事件が発生したのだ。

三

作戦計画に関係した参謀たちを最も恐れさせたのは、「上海号」が敵地に不時着していることだった。

杉坂の携行している作戦命令書が敵手に落ちれば、それは重慶政府に送られ、驚くべき情報としてアメリカ、イギリス、オランダにそれぞれ緊急報告されるにちがいなかった。

アメリカ、イギリス、オランダは、ただちに臨戦態勢をかためると同時に、作戦行動前の日本軍に対して先制攻撃をしかけてくることが充分予想される。そして、ハワイの真珠湾にひそかに近接中の日本機動艦隊もたちまち発見され、逆にアメリカ海軍の攻撃をうけることは疑う余地がない。また南方に進む大輸送船団も、海空からの集中攻撃を浴びて、上陸前に大被害を受けることも必至だった。

それらは、緒戦の失敗となり、対米英蘭戦の大敗北につながることはあきらかだった。

しかし、すでに賽《さい》は投じられている。たとえ機密がもれても、作戦計画は予定通り進められるだろう。長い期間周到な準備のもとに組み立てられた全作戦計画は、十二月八日の開戦日を焦点に一斉に奇襲となってあらわれるはずになっていて、そこには些細《ささい》な変更も許されないし、第一それは不可能なのだ。

軍上層部の苦悩の色は、濃かった。当然作戦命令書を、しかも暗号を使用もせずに携行させたことに非難の声があがったが、そういうこともこの場合の事態解決には関係なく、ただその書類が敵手に落ちないことをねがうだけだった。

十二月二日の捜索は、なんの効果もあがらず、支那派遣軍、第二十三軍では、敵側になにか異様な動きがあらわれていないかを探るため、あらゆる通信機を駆使して敵側の交信内容を必死になって追っていた。

十二月三日が、明けた。

捜索機は、再び離陸する準備をととのえていたが、天候は相変らず好転せず、その日の捜索も難航が予想された。

しかし、第二十三軍の受信機にとりついていた電報班は、遂《つい》に有力な中国軍の通信文をとらえた。

それは、一部隊から重慶に発信されたものでむろん暗号電報だったが、その中国軍の暗号文の内容はたちまち第二十三軍によって翻訳された。

その解読文を眼にした司令部付参謀は、

「これだ」

と、叫んだ。

それは、

「バイヤス湾北方ノ山岳地帯ニ日本軍ノ飛行機ガ墜落シテイル。当部隊ハ、タダチニ捜索ニ赴ク」

といった趣旨のものだった。

衣川参謀は、発進準備をととのえていた内藤直協機隊長に、

「敵の通信を傍受した。上海号は、バイヤス湾北方の山岳地帯に墜落している。その地帯を重点的に探せ、必ずいる。全力をあげて探し出せ」

と、厳命した。

内藤機は、飛行場を飛び立った。

中国軍の発した暗号通信の傍受は、同時に支那派遣軍総司令部へ、そしてそれはさらに大本営陸軍部、南方軍総司令部へと伝えられた。

機の所在がつかめたことは幸いだったが、敵地に墜落していることがあきらかにな

ったことは、かれらの表情をさらに沈痛なものとした。最も恐れていたことが、現実となってあらわれたのだ。

かれらの共通した願いは、「上海号」が人跡未踏の山奥に墜落し、書類が敵手にわたらないで終ることであった。そして、墜落地点確認に出発した直協機の捜索に、その願いのすべては託された。

「上海号、発見」

が、直協機隊から第二十三軍司令部に報告されたのは、それから三時間ほど後であった。

内藤大尉《たいい》機は、密雲の立ちこめる山岳地帯を低空で捜索中、午前十時頃たまたま雲の切れ間から山の傾斜に機体をぶつけて墜落している双発機を発見した。

それは機型からまちがいなくDC３型で、機体は、滑空状態で墜落したものらしく、それほどひどくは破壊されていなかった。発動機はとび前部は大破していたが、尾部はほとんど原型を保っている。そして、直協機が接近した折、五、六名の人影が物かげにかくれるのを確認した。

後部座席の五味省吾中尉が、カメラのシャッターを押した。

その五味中尉の撮影した写真は第二十三軍司令部に持ちこまれると、参謀たちによって入念に検討された。写真の映像はそれほど鮮明ではないが、機体の尾部がそのまま残されていることをはっきりと映し出している。それは、乗客の中に生存者のいる可能性を暗示するものだった。

しかし、機体の近くにみえた人影が、「上海号」の生存者でないことはあきらかだった。物かげにかくれてしまったことを考えるとそれらの人影は、中国側の人間にちがいない。

「敵の兵隊のようにみえたか」

内藤と五味は、参謀たちから質問を受けた。

「いえ、服装の色などから判断しますと、一般住民のように思えました」

五味が、答えた。

生存者がもしいたとしても、敵地の住民が機体の近くにいたことを考えると、すでに生存者たちは機から離脱しているにちがいなかった。

杉坂は、生きているのか、死んでいるのか。

もし杉坂が生きていたとしたら、当然書類は、焼却等の方法で処分しているだろう。が、即死していたら、敵手に落ちた公算は大きい。他の乗客たちは、むろん杉坂が開戦に関係した作戦命令書を携行していることなど知らず、他の者が代りに処分することなど考えられないのだ。

それらの事情は、詳細に支那派遣軍総司令部に伝えられた。

と、それと入れ代りに総司令部から第二十三軍司令部に対して命令が発せられた。

「生存者は、機内にとどまっていないものと推定される。重要書類を処分するため、ただちに上海号を爆撃、粉砕せしめよ」

その命令は、ただちに直協機隊に連絡された。

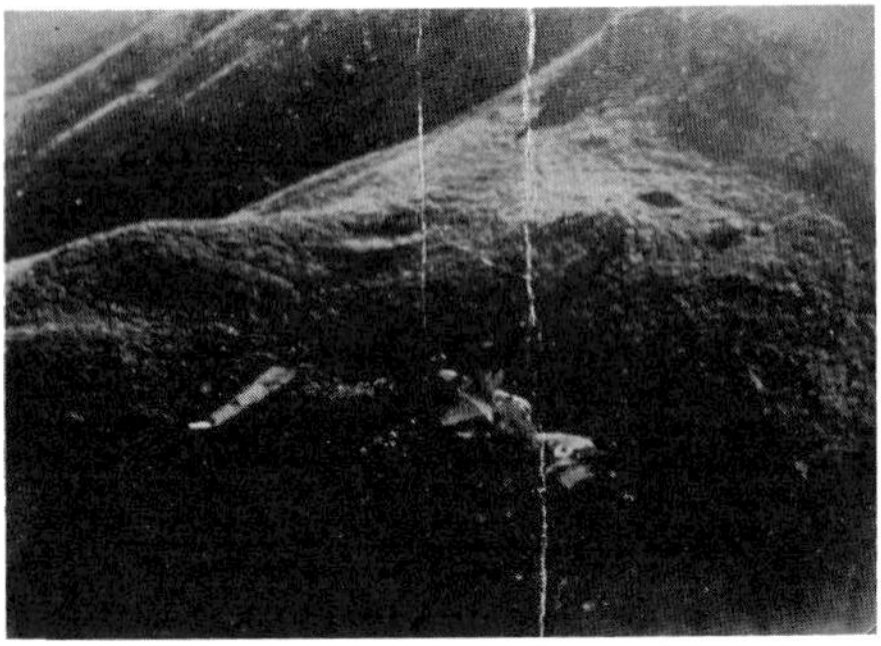
獅朝洞高地に激突し、前部を大破した上海号（五味中尉撮影）

四

支那派遣軍総司令部からの中華航空旅客機「上海号」爆砕命令は、第二十三軍司令部からただちに第三直協飛行隊に連絡された。

飛行隊長内藤美雄大尉機は、爆弾二個を搭載、すぐに広東の飛行場を離陸した。

依然として山岳地帯は、密雲が立ちこめている。

内藤機は、低空飛行をつづけながら峰々の間を縫って、「上海号」不時着地点に接近していった。

漸《ようや》く不時着地点上空付近に達したが、雲が厚く、破壊されている機体をはっきりと眼にとらえることができない。

内藤機は、上空を旋回しつづけた。

そのうちにわずかに雲もきれて、不時着機の姿が淡く浮き上ってみえた。

内藤は、眼をこらした。機体の近くに人影は、全く見当らない。

そのうちに山の頂きから濃い雲が降下し再び機体の姿がうすれはじめたので、内藤機は、急降下して搭載していた爆弾二個を投下した。

そして山肌すれすれに急上昇し、爆撃効果を確認しようと見下ろしたが、すでに「上海号」は、厚い雲にとざされてしまっていて、機体を粉砕することができたかどうかたしかめることはできなかった。

上海号を爆砕せよ……という総司令部からの命令は、軍の常識としてそれほど奇異な命令ではなかった。

内藤にしても、「上海号」にのっている暗号又は軍機密にぞくする重要書類が敵手に落ちた場合、軍全体に大きな損失となるだろうし、生存者の有無にかかわらず爆撃して消滅させるのは当然のことと思えた。

その「上海号」爆撃命令と類似した事件は、昭和十年九月二十六日に海軍大演習中にも起っている。

その大演習は、第一、第二艦隊で編成された聯合《れんごう》艦隊（青軍）と、松下元中将のひきいる第四艦隊（赤軍）との間で対戦される予定になっていたが、函館港を出港、太平洋上に進み出た第四艦隊は、小《お》笠原《がさわら》諸島北方六〇浬《かいり》付近に発生した超大型台風にまきこまれていた。

その上夕方になると、風が南東から南西に変じたため、ピラミッド形の高々と屹立《きつりつ》した尖頭《せんとう》形大三角波が各艦につぎつぎと襲いかかり、やがて戦慄《せんりつ》すべき大事故が発生した。

まず駆逐艦「睦《む》月《つき》」の艦橋が大波浪によって完全に圧壊された後、駆逐艦「夕霧」、「初雪」の艦橋から前の部分が、想像を絶した大三角波によって斧《おの》でもたち切られ

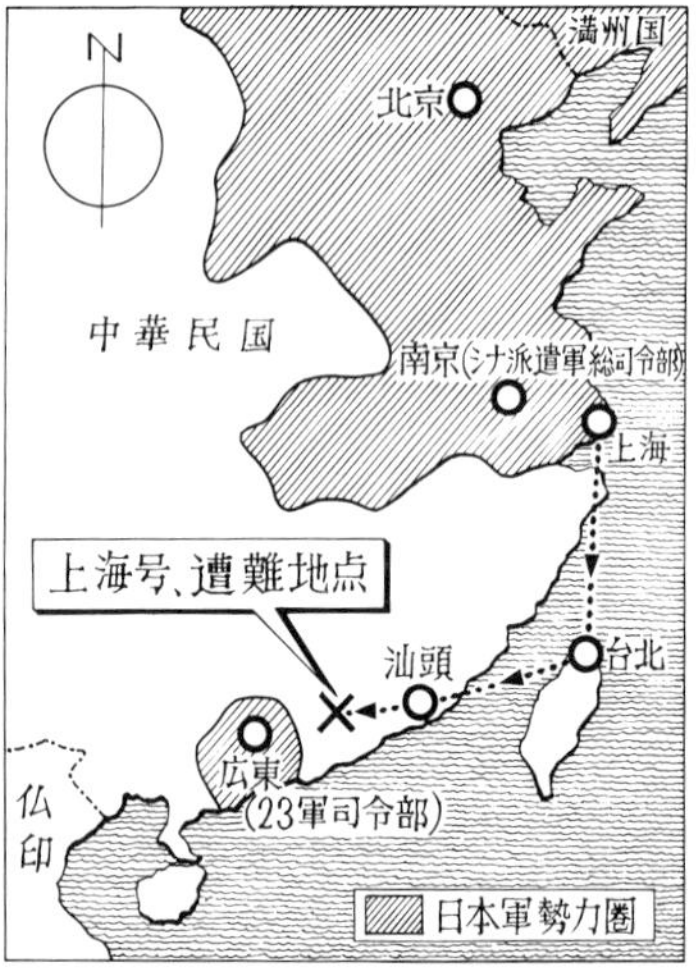

たように大音響を立てて切断されてしまったのだ。

切断部は、多くの乗員をのせたまま艦からはなれると同時に、波濤《はとう》にもてあそばれながら甲板上の砲の重みで顚覆《てんぷく》した。

台風通過後、「夕霧」の切断部は二十八名の乗員を閉じこめたままやがて海中に没したが、「初雪」の切断部は、顚覆したままの形で漂流しつづけた。

各艦は、その周囲に集まり曳航《えいこう》作業を開始しワイヤーを艦底にとりつけることに成功したが、ワイヤーはたちまち切れ、遂に曳航は絶望的となった。

その結果、海軍中枢《ちゆうすう》部は、その切断部を監視している巡洋艦「那智《なち》」に対し、

「曳航ノ見込ミナケレバ適当ニ処分シ、沈下ヲ確認シタル上横須賀《よこすか》ニ回航セヨ」

と指令した。

「適当ニ処分シ、沈下ヲ確認シ……」とは、「初雪」切断部に対する砲撃命令以外のなにものでもなかった。

「那智」の副砲は火をふき、砲弾は艦底部に命中、「初雪」切断部は、一瞬の間に二十四名の乗員とともに海中に没した。

その砲撃命令は、切断部中にある士官室におさめられている暗号書等が第三国の手に落ちることを恐れたからであった。

しかし、「初雪」事件と「上海号」事件とは、その内容の比重が全くちがう。

「上海号」にのっている杉坂少佐携行の作戦命令書が中国軍の手に落ちてしまえば、長い月日にわたって厳重な秘匿《ひとく》のうちにすすめられてきた米英蘭に対する開戦とその作戦内容のほとんどが、重慶政府から米英蘭三国に緊急通報され、日本軍は作戦行動開始前に大挙先制攻撃を浴びることになってしまうのだ。

五

大本営陸海軍部の苦慮の色は濃かった。

すでに不時着機体の近くに、中国側の人間の姿がみられることから考えると、おそらく「上海号」は、中国軍の手で克明に調査され、積載物等もすべて没収されている公算が大きい。

開戦にともなう陸海空軍の壮大な作戦計画は、精密に組み立てられた大構築物に似て、些細な変更も中止も許されない。

前日の午後二時〇分には、大本営陸軍部から南方軍、南海支隊、支那派遣軍等に対し、
一、大陸命第五六九号（鷲《わし》）発令あらせらる

二、「ヒノデ」は「ヤマガタ」とす
三、御稜威《みいつ》の下切《せつ》に御成功を祈る
四、本電受領せば第二項のみ復唱電あり度
という電報が、参謀総長から一斉に発信されている。

あらかじめ打合せられていたことだが、「鷲」は、米英蘭三国に対する開戦決定、「ヒノデ」は作戦開始日、「ヤマガタ」は八日のそれぞれ隠語で、また大本営海軍部でも山本五十六《いそろく》聯合艦隊司令長官に対し、開戦日決定を告げ、聯合艦隊司令長官も、ハワイに向けひそかに航行中の機動部隊をはじめ第一線各艦隊に、

「開戦日十二月八日と決定せらる。予定通り攻撃を決行せよ」

との隠語による発信をおこなっていた。

真珠湾攻撃の成果は、対米英蘭戦の鍵《かぎ》をにぎり、その奇襲作戦の成否は、むろんその作戦行動の企図秘匿にかかっている。

その点については、充分な研究がおこなわれ、まず航路決定については、北方、中央、南方の三案のうち、敵基地航空機の哨戒圏《しょうかいけん》をはなれること遠く、しかも商船に遭遇する公算の少ない北方航路がえらばれていた。

また真珠湾に向っている機動部隊の電波輻射《ふくしゃ》は完全に封止され、その機動部隊が依

然として九州方面で訓練を続行中であるように装うため、瀬戸内海に集結している聯合艦隊主力部隊や九州方面の基地航空部隊で、しきりと偽《にせ》通信を交し米英両国情報網の注視をそらせることにつとめていた。

このように開戦日を目標に、厳重な秘匿のうちにすすめられている全作戦計画は、杉坂少佐携行の作戦命令書が中国側に落ちることによって完全に崩壊するのだ。

「万全の策をはかって、作戦命令書が敵手に落ちることをふせげ」

大本営陸軍部は、支那派遣軍総司令部に対して厳命を発しつづけた。

杉坂少佐の生死

一

直協機による「上海号《シャンハイ》」に対する爆撃は、依然として山岳地帯の密雲が濃いため困難をきわめた。

不時着機の姿も雲下に没し、爆撃効果の確認すらできない。

支那《しな》派遣軍総司令部からは、

「不時着機を粉々に爆砕せしめよ」

という命令が執拗《しつよう》に発せられてくる。

第二十三軍司令部は、苛立《いらだ》っていた。そして、九七式重爆撃機に参謀たちを搭乗させ、「上海号」不時着地点へとむかわせた。

その折、参謀たちは、山肌に激突している「上海号」の姿を一瞬みとめることができたが、たちまち眼下は厚い雲におおわれ、それ以上確認することも爆撃することもできなかった。

直協機は、広東《カントン》飛行場に何度も引き返し、あらたに爆弾を搭載し不時着地点に達すると上空を旋回、それらしきものを認める度に爆弾を投下したが、それは、正確な爆撃とはほど遠いものであった。

その頃、南方軍総司令部からあらたに憂慮すべき情報が、支那派遣軍総司令部にもたらされた。それは、マレー進攻作戦を敢行する第二十五軍司令部の電報班員（暗号班員）の携行するかなりの量の暗号書が、不時着機に乗っているらしいというのだ。

その携行者は、久野寅平という曹長で、久野は、十一月下旬サイゴンからハノイを経由して台湾に着いていた。その折、かれは、三〇キログラムにも達する暗号書を携行、台湾に集結待機中の第二十五軍隷下《れいか》の各部隊に配布を終えていた。

その帰途、久野は「上海号」に搭乗、難に遭ったわけだが、その折、台湾軍司令部暗号班から久野曹長に、第二十五軍司令部にあてる多量の暗号書を携行させたというのだ。

それらの暗号書の紛失は、大本営陸軍部暗号班によって全軍に廃止命令が出され更新されれば解決する性質のものだったが、すでに第二十五軍は、船団を組んでマレー上陸作戦を行うため発進ずみで、そういう大作戦が開始されている現在、それらの大規模な更新には多くの障害が予想された。

大本営では、作戦命令書にくわえて多量の暗号書が不時着機とともに敵地に落ちたことに、さらに憂慮の色を濃くした。そして、一刻も早く不時着機を爆砕することを厳重に督促してきた。

現場近くで「上海号」の処理をゆだねられている第二十三軍司令部の参謀たちは、その対策と苦闘しつづけていた。

直協機による不時着機爆撃の効果もうすいことから、さらに爆撃をそのままつづけると同時に地上からも直接探索を開始することに決定した。

その間、大本営をはじめ、作戦行動を開始している各軍司令部の情報網は、作戦予定地域の動きに全神経を集中していた。杉坂少佐携行の作戦命令書が中国側にわたれば、それらの地域に必ず顕著な動きがあらわれてくるはずであった。

しかし、十二月三日深更にいたっても、幸いそれらしい動きはみられず、米、英、蘭《らん》三軍も中国軍も、無気味なほどの静寂をしめしていた。

大本営も各司令部の参謀たちも、重苦しい不安の中で、時の流れてゆくのを見守っていた。

十二月四日午前三時三十分、遂《つい》にマレー上陸作戦を展開予定の第二十五軍司令官山下奉文《ともゆき》中将から、

「軍ハ、本早朝満ヲ持シテ三亜ヲ進発ス。将兵一同誓ツテ御期待ニ副《そ》ハンコトヲ期ス」

との電報がはいり、それにつづいて先遣部隊を乗せた輸送船団が、南遣艦隊護衛のもとに勇躍海南島三亜を出港との連絡がはいった。

またその頃、真珠湾攻撃に向っている海軍機動部隊は、ミッドウェー東北方海面において南東に変針、いよいよハワイに針路を向けて航路をとっていた。

陸海軍の大作戦行動は、全面的に最終段階をむかえ、開戦日時――十二月八日午前零時を期して奔流のように流れ出していたのだ。

二

在外武官からの秘密電報も、あわただしく大本営につぎつぎと発信されてきていた。

田村タイ国大使館付武官からは、その日の朝、

「当地で得た情報によれば、タイ国政府筋は、本週末か憲法記念祭の期間（八日から十五日）に日本軍がタイ国に進入するとの予想をいだいているようである」

という暗号電報を、参謀次長宛《あて》に発信してきた。

タイ国進入とは、米、英、蘭三国に対する開戦に準ずるもので、タイ国政府筋から

もれた情報が、その戦端のきられる日を数日後に迫っていると判断していることは、作戦行動を開始した日本軍作戦兵力の動きが少しずつ洩《も》れはじめていることをしめしている。

杉坂少佐遭難事故に心痛している大本営では、その暗号電報の内容にも神経をとがらせた。

さらに、その日辰巳英国大使館付武官から参謀次長に発信されてきた緊急情報は、大本営でも推察していた予想を裏づけるものであった。

「一、英戦艦『プリンス・オブ・ウェールズ』と『ウォアースピット』並びに巡洋艦二、三隻《せき》、駆逐艦数隻が印度《インド》洋か極東海域にあることはほぼ確実である。また英国海軍はかねてから声望高かった軍令部次長フィリップ中将を、大将の資格で東洋艦隊司令長官に任命し、さらに航空母艦、巡洋艦、駆逐艦数隻を東地中海方面から東洋艦隊に回航させ、増強している。これは、濠州《ごうしゅう》や米国極東艦隊とともに極東の危機に備えようとする意図はあきらかで、十分注目を要する。
二、海峡植民地では緊急状態を宣し、蘭印内の空軍に動員令が発せられた」
この電報からも、米、英、蘭三国が、日本の作戦準備の動きについてさまざまな情報をつかみはじめていることはあきらかだった。

ドイツとの死闘に苦慮しているイギリスが、新鋭戦艦「プリンス・オブ・ウェールズ」以下の艦艇をさいて極東方面にひそかに回航させていることは、むろん日本の作戦開始が間近にせまっていることを予想している証拠にちがいなかった。

また大本営が、南方諸地域から蒐集《しゅうしゅう》した陸軍兵力とその配備についての情報によれば、ヨーロッパ戦争開始前と比較するとマレーでは約八倍、フィリピンで約四倍、蘭印で約二・五倍、ビルマで約五倍と驚異的な兵力の増強がほどこされ、さらに最近になってその増加率は急上昇している。

米、英、蘭三国は、軍備をととのえると同時に、日本陸海空軍が、いつ開戦にふみきるか、必死になって情報蒐集につとめていることは疑う余地がなかった。

「上海号」の中国側領域不時着の報は、各司令部から作戦行動を開始した部隊中枢《ちゅうすう》部にも伝えられ、その焦慮はきわめて濃かった。

そのあらわれとして、その日、サイゴン大本営特別班から大本営陸軍部に発せられた電報には、

「上海号不時着事故の結果、第二十五軍の輸送を支援している南遣艦隊は、本格的な敵艦隊の攻撃、海戦の可能性もあるものと判断するに至った。その場合には、船団を一時カムラン等に退避させるから、マレー半島上陸が八日以後になることも考慮して

いるようである」

として「上海号」不時着事故によって作戦行動がもれ、米英蘭海軍の先制攻撃を覚悟し、その対策を講じなければならない立場に追いこまれていることをあきらかにしていた。

殊《こと》に、南方作戦を指揮する南方軍総司令部内には、沈痛な空気が重苦しくよどんでいた。

寺内寿一《ひさいち》陸軍大将は、十一月六日南方軍総司令官に親補されると同時に、南方作戦にしたがう隷下各軍の指揮官、幕僚とともに作戦準備に従事、さらに山本五十六《いそろく》聯合《れんごう》艦隊司令長官以下各艦隊の指揮官と作戦に関する打合せ合同会議をおこなうなど、綿密な作戦計画を秘密裡《り》に組み立ててきた。

そして、十一月二十五日、ひそかに幕僚をしたがえて台北に身をひそめ、十二月一日の御前会議による開戦日決定の報を受けた。

そうした重大責任を負った寺内大将にとって、突然もたらされた「上海号」不時着事故は、大きな衝撃をあたえた。そして、さらに寺内は、支那派遣軍総司令部から「上海号」が敵地に不時着しているとの報を受けて、一層その表情を引きつらせた。

かれは、台湾神社にひそかに参拝、南方作戦成功をねがうとともに、「上海号」不時着事故による全作戦行動が察知されないよう祈願した。そして、その日、台湾をはなれ、現地近くで作戦指揮に任ずるためサイゴンに向って出発した。

三

「上海号」不時着事故は、全軍の作戦担当者たちをおびえさせていた。そして、かれらの関心は、広東の第二十三軍司令部に集中された。

同司令部では、「上海号」に関する情報蒐集に必死になってとりくんでいた。殊に電報班は、しきりと飛び交う通信の傍受に全神経をそそぎこんでいた。

と、四日の朝、突然、中国軍側の「上海号」に関する暗号電報を傍受、ただちにその解読に成功した。

司令部内には、一瞬緊張した空気がはりつめた。

その暗号電文は、「上海号」不時着地点の中国軍部隊から重慶政府に発信されたものので、

「当隊ハ、バイヤス湾北方ノ山岳地帯ニ墜落シテイタ日本ノ双発機機体ノ内外カラ散乱物ヲスベテ収容、目下鋭意整理ノ上調査中」

という趣旨のものだった。

その電文内容は、第二十三軍司令部から支那派遣軍総司令部へ、さらに大本営へと緊急報告された。

事態は、最悪の状態におちこんでしまった。

散乱物の中に、杉坂少佐の携行していた作戦命令書がふくまれていれば、すべては終ってしまうのだ。

平文（普通文）で書かれた香港《ホンコン》攻略及び南方作戦の概要は、たちまち重慶政府に発信されるだろう。

ただ一縷《いちる》の望みは、杉坂少佐が生存してくれていることだけであった。たとえかなりの傷を負っていても、作戦命令書の重要さを知っている杉坂は、参謀として確実にその書類を処分しているだろう。

しかし、「上海号」は、完全に破壊されていないとは言え、墜落時の衝撃で即死している搭乗員も数多いだろう。杉坂が、もしも即死していたなら、まちがいなく散乱物の中に作戦命令書もまじっているはずなのだ。

第二十三軍司令部の電報班員は、新たな情報を得るために受信機にしがみついていた。

と、その傍受につづいて、中国軍側から発せられた通信が再び受信された。その電信文には、参謀たちを驚かせるに充分な内容がふくまれていた。

それは、

「昨日ノ深夜、日本ノ墜落機ノ搭乗者トオボシキ二名ヲ発見。シカシ、両名ハ抵抗ノ末逃亡、目下極力捜索中」

という趣旨のものだった。

第二十三軍司令部内は、にわかに緊張した。

不時着機の機体破損状況から予想していた通り、「上海号」搭乗者の中に生存者はいたのだ。

しかも、「抵抗ノ末逃亡」ということから考えると、二名の者は決して重傷者ではなく、たとえ傷を負っていてもそれはかなり軽微なものと想像された。

生存者が二名以外にいることも考えられた。不時着機から脱出して敵地を逃亡する者の常として、生存者たちは当然団体行動をとるにちがいなかった。しかし、発見されずに終った者や、途中はぐれた者のいることも考慮されて、結局「上海号」生存者は、二名又は二名以上と推定された。

最大の問題は、その二名の中に、杉坂少佐がいるかどうかということであった。

むろん杉坂少佐が生存していることが望ましいが、それは、搭乗者十八名中二名、つまり九分の一の確率しかない。

また、もし杉坂が生きているなら、作戦命令書を処分しているにちがいないが、そのまま携行して逃亡をつづけていることも考えられないでもない。恐ろしいのは、むろん後者だった。

杉坂少佐が生存しているかどうか。もしも杉坂が不時着時に即死していたら、作戦命令書は、ほとんど確実に中国軍に押収されてしまっているのだ。

中国側から傍受した電文内容で、大本営をはじめ各司令部にわずかながらも安堵《あんど》をあたえたのは、その電文に、作戦命令書についての報告がなく、それは中国側がまだ作戦命令書を入手していないことをしめすものと推定されることだった。

だが、中国軍は、機体の内外から収容した散乱物の中から作戦命令書を発見しているかも知れないし、それが緊急電報として今にも重慶政府に発信されるおそれは充分あった。

第二十三軍司令部では、一応杉坂少佐生存の望みも決して皆無ではないと判断した。そして、杉坂が生存しているならば、当然友軍陣地にむかって潜行しているだろうし、「上海号」が不時着してから三日間たっているので、かなりの距離を進んできていると予想された。

司令部では、地上部隊を急いで「上海号」不時着地点に向け進発させることに決定、淡水《たんすい》に在る荒木支隊に収容命令を発し、一隊を淡水から北上させると同時に、現場南方の範和岡に駐屯する木村大隊にも現場に向って進撃命令が発せられた。

木村大隊長は荒木支隊長を通じて、きわめて重要な軍機密書類が不時着機搭乗の支那派遣軍参謀によって携行されていることを知り、また生存者もいる見込みなのでその収容と同時に、必ず「上海号」不時着地点に達し、機体内外の図書をすべて完全焼却すべしという命令も受けた。

木村少佐は、その突然の命令を納得しかねていた。

司令部からの指示によると、「上海号」不時着地点は、

「広東省恵陽《けいよう》県平山墟《へいざんきょ》東南約十キロ獅朝洞高地（標高四六九・九メートル）ノ北面山頂ヨリ若干下方ノ稜線《りょうせん》付近」

で、その地点は、直線距離でも木村大隊の駐屯地範和岡より約三〇キロもへだたっている。

しかも、その地点に達するまでの地域一帯は、有力な敵正規軍のひしめいている場所なのだ。

武器も優秀で士気も高く、随所に陣地を構築して日本の南支軍の攻撃をはばんでい

る。

当然、目的地まで達するには、敵の堅固な抵抗線を突破して進まねばならないし、それほどまでの危険をおかして現場に到達しなければならない意味が、木村少佐には理解できなかった。

しかし、司令部からの命令は峻厳《しゅんげん》で、木村大隊長にもその任務がきわめて重大なものであることは察しられた。そして、その無謀とも思える任務が、自分の大隊に課せられたことは、最も近い距離にあること以外に大隊兵力の強力さをしめすものだと感じとった。

木村少佐は、ただちに進発命令を発した。そして機関銃中隊を擁して、範和岡から平山墟にむかい、熾烈《しれつ》な戦闘を覚悟で北への進撃を開始した。

四

広東市内は、平穏な空気の中で明け暮れていた。店頭には、相変らず食料品にまじって猫の干物や蛇の生肉がならべられ、時折スコールに似たはげしい雨が街々を白く煙らせながら渡ってゆく。

広東は、香港にはむろんのこと南方諸地域にも近いことから、情報員たちの活動がさかんだった。

陸軍中野学校出身者たちも、偽名をつかって潜入し、人力車の車夫になったりして市民の間に数多くまぎれこんでいた。

広東市東山には、旧財閥、政治家、軍人などの邸宅が並んでいたが、その中でも宋《そう》子文（重慶政府財政部長）の旧邸は、ひときわ豪壮をきわめていた。

その広大な邸の中には、数名の日本人と三名の台湾人通訳がひっそりと住みついていた。

かれらは支那服を着用していたが、日本人はすべて軍籍をもつものばかりで、その豪邸を利用して特殊情報班の本部をもうけていたのだ。

十二月四日午後、その特殊情報班にひそかな動きがみられた。

第二十三軍司令部は、木村大隊の進撃と平行して、特殊情報班所属の密偵によって「上海号」不時着地点付近に潜入させ、それに関する情報をさぐり出すことに決定、特殊情報班に諜報《ちようほう》活動命令がくだったのだ。

その命令は、

「『上海号』搭乗者中の生存者の有無、その数、氏名、または拉致《らち》されたか死亡したか、及びそれに付随した情報をさぐり出すべし」

という内容だった。

密偵といっても、日本人である特殊情報班員たちが敵地に潜入することはほとんどない。広東語特有の訛《なまり》、風俗、習慣その他から特殊情報班員が密偵としてはいりこんでも、その身分が発覚して捕えられてしまうおそれが多分にあったのだ。

そうした事情から、密偵は、一人残らず中国人だった。投降者、元警官、商人等経歴はさまざまで、中には女の密偵もまじっていた。そしてその組織はかなり大きく、多い時では一〇〇名近い密偵が待機し、中国軍側領域に潜入してしきりに諜報活動をおこなっていた。

かれらは、宋子文の旧邸――特殊情報班本部には一切近よらず、一般市民を装って家族とともに広東市内に生活している。密偵の指導者は数人いて、それらとの接触はあったが、密偵同志は互いに顔を合わせることもない。

情報班員は、密偵の報酬として金銭をあたえる以外に、マッチ、ローソク、食塩等生活に必要な物資も支給している。そしてまた、かれらと食事をとったりしながら絶えず精神的な教育もつづけていた。

まず中国の父――孫文をアジア主義をとなえた人物として激賞し、重慶政府の指導者蔣介石《しょうかいせき》も偉大な政治家だが、アジア全土の植民地化をはかるアメリカ、イギリス両国に煽動《せんどう》され、進むべき道をあやまっているのは残念だ、と説く。

そして、密偵の仕事は、不幸な日中戦争を一日もはやく終了させ、アジアをアジア人の手にとりもどすという大きな意義をもつものだ、と力説する。

また密偵としての訓練も、厳重におこなわれていた。

情報蒐集・無線機の操作法等をはじめ、うすいヨードチンキ液にひたすと紫色の文字が、火であぶると赤い文字がそれぞれ浮き出る秘密インキの使用法なども教えこんでいた。そして、司令部からの諜報命令が発せられると、それにしたがって、かれらを敵地に放つのだ。

潜入する密偵は、ほとんどが商人を装っていた。

かれらが中国軍側領域を歩きまわるのは、それほどむずかしいことではなかった。日本軍と中国軍との間には境界線が設けられているが、一般中国人も、ひそかにその境界線を突破して中国軍側領域にはいりこんでゆく。墓参や親族の冠婚葬祭のために足をふみ入れる者が多いのだが、広東方面から奥地で不足している海産物や生活必需品を背負ってはいりこむ商人の数も多い。それらの商人は、信用されれば物資の不足がちな地域では、むろん歓迎されているのだ。

ただ日本軍歩哨《ほしよう》線を突破することだけが、かれらにとって一つの難問だった。しかしそれも、密偵たちには、「右ノ者ハ当部隊使用人タルコトヲ証明ス」という小さな半紙に記されたものが渡されていて、歩哨線を自由に出入りするようにされていたのである。

「上海号」搭乗者の消息をさぐるべし……という司令部命令を受けた特殊情報班では、ただちに班員を手分けさせて広東市内に散らせた。

かれらは、入り組んだ家並の間をぬけ、あらかじめ定められた密偵との連絡場所におもむいた。そして、密偵たちに、諜報すべき内容について説明すると、即刻実際活動にうつることを命じた。

密偵は、いつも五、六名が中国側に潜入し諜報活動をおこなっていたが、「上海号」探索については、特に敏腕な密偵十数名がえらばれた。そして、かれらの諜報活動を円滑におこなわせるため、中国軍側地域で通用する重慶銀行発行の法幣《ほうへい》が多量にあたえられ、その夜かれらは、商人等に変装して急ぎ出発した。

かれらの運命は、密偵らしくさまざまだった。

中国軍領域にはいったまま、帰ってこない者もいる。おそらくスパイ行為が発覚して殺されたか、それとも旅の途中で発病し死亡するかどちらかであった。また中には、中国軍側とも通じて逆スパイをおこなう大胆な者もいた。

かれらは、一人の例外もなく家族をもっていた。そして、この家族の存在が、特殊情報員たちにとっては大きな意味をもっていた。

密偵たちが諜報活動のため中国軍側に潜入すると、情報班員たちは、密偵の留守をまもる家族たちの生活の面倒をみてやる。そして、同時に監視もつづけている。

情報班員にとって、密偵の家族は、一種の人質という意味をもっていた。それは、密偵との間にはっきり約束されたものではなかったが、もしも密偵が意に反した行動をとった折には、その家族も特殊情報員の手で死の危険にさらされることが、暗黙のうちに諒解《りようかい》されていたのだ。

直協機隊の爆撃と偵察、荒木支隊、木村大隊の進撃、密偵の現場付近潜入……と、第二十三軍司令部は、考えられるかぎりのすべての手段をとったのだ。

墜落機の中の生存者

一

「上海号《シャンハイ》」不時着地点にむかって木村大隊が進撃を開始し、多数の密偵が潜入をはじめた頃、現場近くに一人の将校が生きつづけていた。

それは、南京《ナンキン》の第十五航空通信隊中隊長宮原大吉陸軍中尉《ちゅうい》で、瀕死《ひんし》の重傷を負いながらも飢えと渇きに堪えて物かげに身をひそませていたのだ。

宮原は、十一月三十日、列車で南京を急行で発《た》つと、上海に一泊、翌十二月一日午前八時三十分発の中華航空「上海号」に乗りこんだ。かれは、同中隊の広東《カントン》通信所指導のために広東へ向う途中だったのである。

「上海号」は、小雨の降る大場鎮《だいじょうちん》飛行場を離陸、洋上に出ると一路台北にむかい、午前十一時二十分、中継地台北に着陸、そこで数人の者を降ろすと、代りに四名の軍人を乗せた。

宮原は、顔見知りの今利雄一陸軍少尉が同乗しているのを知っていた。今利は、陸軍士官学校第五十四期生で、宮原と同じ鹿児島県出身者であったのだ。

「上海号」の機内は、右側に一列、左側に二列の座席がならび、宮原は、右側の最前部座席に坐《すわ》り、今利は、すぐ後ろの席に腰をおろした。

やがて、「上海号」は、台北飛行場を離陸、台湾の海岸沿いに南下した。

空は、いつの間にかすっかり晴れ、台湾の山脈が美しく眼にしみいった。

やがて機は、西に変針するとまばゆく輝く海を横断、中国大陸の汕頭《スワトウ》上空に達すると、約一、〇〇〇メートルの高度で海岸沿いに針路を西にとった。

宮原は、快適な空の旅に気分もくつろいで上衣《うわぎ》を脱ぎ、長靴《ちょうか》もはずして座席にゆったりとあぐらをかいた。そして、晴れわたった海岸線を見下ろした。

ジャンクの群れが、海上にぎっしりと浮び、海の青さの中でそれは恍惚《こうこつ》とさせるような美しい光景に感じられた。

しばらく西進した「上海号」は、バイヤス湾に入ると、陸地に向って北に針路を向けた。

と、それまで晴れていた空が急に暗くなり、窓の外に黒煙のような雲が流れ、たちまち「上海号」は、密雲の中に突入した。

それまで揺れもしなかった機体が、激しく動揺しはじめ、せり上げられるように急に上昇するかと思うとすさまじい勢いで降下する。

機体は、悲鳴に似たきしみ音を立て、窓外には太い雨脚が走り、翼はまたたく間に白い雨しぶきにつつまれた。

窓外をみつめていた宮原は、不意にはげしい不安におそわれた。翼端が、いつの間にか現われた山肌をこするように接近している。

機は、辛うじてその山肌をかわすように急上昇すると左方に機首を向けた。

燃料は充分だろうし、台湾の高雄飛行場にでも引き返すのだな……とかれは思った。が、その想像ははずれて機は、また右に大きく向きを変えた。

事故当時の宮原大吉中尉

山を越えようというのか、無理だ……、航空機の操縦にも通じているかれは、体から血のひくのをおぼえた。

宮原は、後部座席をふり返った。

「今利、危ないぞ。バンドをしっかりしめろ」

かれは、叫ぶように言った。

と、その瞬間、かれの意識は完全に失われ

てしまっていた。

宮原中尉は、岩の上にあぐらをかいたように坐っていた。

かれの眼には、ただ周囲の物がぼんやりと映っているだけであった。尾翼をつけたままの引き裂かれた機体が三〇メートルほど前方に横たわり、プロペラのないエンジンが、左方に二つころがっている。

宮原は、自分の坐っている岩の右下に眼を向けた。そこには、「上海号」の四名のパイロットたち乗員の死体が、寄りかたまるように横たわっていた。

かれの眼には、ただそれらがぼんやりと映っているだけで、眼前の光景がなにを意味しているのか、全くわからない。意識が、もどっていないのだ。

そのうちに右手がひどく痛く、あげようとしても動かないのに気がついた。足も骨折したのか、立つこともできない。

やがて雨がやむと、風が渡った。

ふと、かれの眼にまばゆいような閃光《せんこう》が映った。見ると、機体の一部でバッテリーがスパークしている。

突然、かれの意識がもどった。機体の内部のガソリンにスパークの火が引火したら、機は爆発しあたりは火の海になる……という予感が、かれの意識を鮮明にしたのだ。

その時、あわてて周囲を見まわしたかれの眼に、一人の将校の姿が映った。

その将校は、機体の横たわった山の傾斜の下方で、身をかがめてしきりとマッチを擦り、書類のようなものをもやしている。

「おーい、バッテリーが火を出している。危ない、消せ」

宮原は、動く方の左手をあげてスパークしている個所を指さした。

将校が、こちらに顔を向けた。その顔は、不時着時に負傷したらしくおびただしい血に染められていた。

将校は、宮原の指さす方向を見つめると無言で立ち上り、軍刀の柄《つか》の先でスパークしている個所をつつきはじめた。

やがて火は、消えた。

将校は、もとの場所にもどるとそれまでつづけていた作業を再びやりはじめた。

宮原は、その将校の作業を見守った。

階級章は少佐で、雨をふせぐように書類の上に身をかがめ、斜面の下方から吹き上げてくる風を、コートをひろげてさえぎりながら書類を燃やしている。書類に赤い色のものもまじっているところから、宮原は、それが暗号書のようなものらしいことに気づいていた。

そのうち宮原の眼に、動くものが映った。見ると機体の向う側から台北で乗りこんできた曹長が姿を見せ、また閃光をあげはじめたバッテリーに近づくと火を消した。

少佐はその気配に気づいたのか立ち上り、傾斜をあがってきた。そして、低い声で曹長となにか言葉を交わすと、連れ立って引きさかれた機体の中へはいっていった。しかし、かれらはすぐに機体の中から姿を現わした。そして、黙ったまま山の傾斜を下りはじめた。

宮原は、かれらがそのまま立ち去ってしまうような気がし、一人取り残されるような淋《さび》しさをおぼえて、

「下りるんですか」

と声をかけた。

二人が、ふり返った。

宮原は、少佐と視線を合わせた。しかし、その少佐の顔には、厳しい表情がはりつめていて、素気なく顔をそらすと曹長と一緒に傾斜を下り、やがて山の斜面のかげに姿を消してしまった。

——その二人は、支那派遣軍総司令部参謀部付の杉坂共之少佐と第二十五軍司令部

の久野寅平陸軍曹長であったのだ。

二

夕方近くではあったが、あたりはまだ明るかった。

宮原中尉は、眼前の機体の中から呻《うめ》き声がきこえてくるのに気づいて、岩の上から降りようとした。が、血に染まった全身に激痛が走り、足は立たない。

漸《ようや》く岩の上から土の上におりると、肘《ひじ》で少しずつ這《は》って機の胴体の中にころげ込んだ。

機体の内部は血の海で、人の体が折り重なっている。ほとんどは死に絶えていたが、ドイツ人らしい外国人が、死体の中に頭を突っこんで、英語で「ヘルプ、ヘルプ」とかすかに声をあげている。

宮原は、同郷の今利の姿をさぐった。かれは、まだ生きていた。しかし、今利の頭は割られていて、しきりと部下を指揮するようなうわごとをつづけている。

その他一人の少尉（鯉《こい》第五一七四部隊竹内健少尉）と私服の男（日映ニュース部員磯辺四郎氏）が、死体の中で呻き声をあげていた。

機内には、奇蹟《きせき》的にもほとんど傷も負っていない者が、三名残っていた。

一人は大尉（参謀本部村井謙吉陸軍主計大尉）で他の二人は私服（上海大毎支局長田知花信量氏、興亜院広東派遣事務所調査官笠村俊輔氏）であった。

夕闇《ゆうやみ》が落ちてきて、機内は闇になった。

外人の声は、とだえがちになり、今利のうわごとも、いつの間にか正規の命令口調から鹿児島弁の声に変ってきている。

宮原は、今利の手をつかみながら、他の三人と低い声で会話を交わし合った。

最大の問題は、ここが敵地かどうかということであった。航空将校でもある宮原は、機がバイヤス湾から変針して北上したことを知っていた。海岸に沿った地域は友軍が占領しているが、奥へ入ると中国軍の領有地だ。

機から顔を出して山の下方をうかがってみたが、雨がはげしくなにも見えない。そのうちに山岳の冷えた空気が雨に濡《ぬ》れた体を包みこんできて、宮原は、はげしい寒気におそわれ体をふるわせはじめた。

しかし、雨のふき荒れる音と周囲の呻き声をききながら、かれはいつの間にか眠ってしまっていた。

十二月二日の朝が、明けた。

ドイツ人は、深夜のうちにすでに死亡し、今利も呻き声をあげていた少尉もそして私服の男も、すでにかれらの顔には死の色がかたくはりつめていた。

雨は依然として降ってはいたが、時折勢いを弱め、そのうちに雲がきれてきた。

四人は、機体から下方を見おろした。三〇〇メートルほどへだたった下方に台地が見え、その後方に人家の散った部落とそれをつつむ畠《はたけ》の緑の色のひろがりが眼にはっきりととらえられた。

ふと宮原は、下方の台地に陣地が構築されているのに気がついた。友軍の陣地だろうか。かれは、眼をこらした。

が、陣地の銃座は、確実に南の方角にむけられているようにみえる。その方角は海岸方向で、日本軍が陣をしいている。つまり下方の陣地の銃座は、日本軍の攻撃にそなえて設けられた陣地のように思えるのだ。

「敵の陣地らしい」

宮原の言葉に、他の三人は、青ざめた顔を見合せた。

宮原は、危険を感じた。「上海号」の機の残骸《ざんがい》は、下方の陣地からも部落からもよく見えるだろうし、雲がきれたことで、陣地の者は容易に不時着機を発見するにちがいなかった。

脱出しなければならない……、宮原は、機の内部を見まわした。

夜の間には気づかなかったが、大きな軍用行李《こうり》がやぶれて重慶銀行発行の法幣が大量に散乱している。そして、自分の傍には、九六式拳銃《けんじゅう》が一梃《ちょう》ころがっていた。かれは、それをとり上げると弾倉をしらべてみた。幸い弾丸も、八発はいっている。その時、宮原は、自分の体から一瞬血がひくのを意識した。外でかすかな人声がするのを耳にしたのだ。

宮原は、他の三人とともに体を伏し、ひそかに機体の破れ目から外をうかがった。と、南支那特有の支那服をきた農婦らしい中年の女と、七、八歳ぐらいの男の子の姿が眼にとまった。かれらは、機体から飛び散ったものをおびえたように拾っている。

宮原たちは、息をひそめた。

女と子供は、機体のまわりを遠く歩きながら、しきりに機体の方に臆病《おくびょう》そうな眼を向けつづけている。

そのうちに、人の気配もないと思ったのか、女と子供は、少しずつ大胆になって近づいてきた。

宮原たちは、身をひそめた。

雨は、依然として降りやまない。女は、機体に注意をはらっていたが、子供は、恐る恐る機体の裂け目から内部をのぞきはじめた。

宮原は、低く身を伏していたが、意を決して顔をあげた。

一瞬子供の顔に、驚きと恐怖の色が浮んだ。

宮原は、無理に顔に微笑をうかべ、傍の紙幣の束をつかんでそれをしめすと、

「来《ライ》、来《ライ》」

と、優しい声で言った。

子供は、眼を大きくみひらいていたが、宮原の優しい微笑に不安もなくなったのか、その顔から徐々に恐怖の色がうすれはじめた。

宮原は、紙幣をかざし再び、

「来《ライ》、来《ライ》。来、来」

と、低い声で言いながら手まねきした。

子供の眼が、紙幣にそそがれた。子供は、しばらくためらっていたが、宮原の手にしたものに対する欲望をおさえきれなくなったらしくやがてわずかずつ近づいてきた。そして、宮原の手につかまれた紙幣の束に子供の指先がのびた瞬間、宮原の手は、すばやく子供の上ポケットにはさまれた良民証を引きぬいていた。

良民証は、日本軍が中国軍側の住民と識別するために占領地下の住民にあたえていたものだが、子供のもっている証明書は良民証ではなく、中国軍側で配布されている

公民証だった。

宮原は、顔色を変えた。そして、そのカードに「恵陽県第四区」という文字が印刷されているのを眼にすると、さらにその顔はこわばった。

恵陽県第四区という地域は、敵正規軍の領有する戦区で、第二十三軍の攻撃にも頑強に抵抗をつづける恐るべき敵兵力のひしめいている地域なのだ。

「敵の中ですか」

私服の男が、宮原の顔を不安そうな眼でうかがった。

「敵地区だ」

宮原は、吐息をつくように言った。

子供が、はじけるような泣き声をあげた。その証明カードは、紛失すれば中国軍側から多くの嫌疑を受けるおそれもあるもので、幼いその子供にも、日常生活の上で絶対に必要なものだということがわかっていたのだ。

雨中に立ちすくんだ母親の顔には恐怖の色がはりつめ、子供も甲高い声で泣き叫ぶので、宮原は、そのカードを子供に返してやった。

と、母と子は、再びはげしくなった雨の中を、おびえきったように斜面を駈《か》けくだっていった。

これはまずい……と、宮原は思った。

下方にみえる陣地は、危惧《きぐ》していたとおり敵陣地で、逃げていった母と子は、日本機が不時着し、しかも二人の軍服をきた日本将校と二人の私服の日本人がいることを必ず通報するだろう。

敵陣地と、自分たちのいる場所とは三〇〇メートルほどしかへだたっていない。武器を手にした敵兵がやってくるまでには、僅《わず》かな時間しかかからないだろう。

私服の男は、二人とも落着いていて取り乱した様子はない。

自決しか方法があるまい、とかれは判断した。

ピストルには八発の弾丸がこめられている。まず三人を射殺して、最後に自分も死のう。

かれは、拳銃をにぎりしめると、

「大尉殿、ここは敵地で脱出は不可能と思います。自決しましょう」

と、大尉の頭部に銃口を向けた。

「待て、射《う》つな」

大尉が、きびしい声で言うと、宮原を見据えた。

「自決以外にありません」

宮原は、言った。

「なんだ、お前は中尉だろう、おれが命令をくだす。その拳銃をよこせ」

大尉は、腹立たしげに言うと拳銃を宮原の手からもぎとった。

宮原は、その大尉との隔絶感をかぎとった。自分は、戦場から戦場へと弾丸の飛び交う中を歩きつづけてきた。それとは対照的に、大尉には戦場の匂《にお》いがきわめて薄い。大尉と自分との間には、戦場での死生観にかなりの差があるらしい。

やむなく宮原は、

「それならばもし敵が来たら、まず私の頭を射ってください」

と、大尉に懇願した。

大尉は、黙っている。

宮原は、不安になってきた。この大尉は、敵がやって来ても自分に拳銃を向け射殺してくれそうな気配はない。自分はかなりの傷を負っているし、武器もなく、結局は抵抗することもできずに敵軍にとらえられてしまうにちがいない。

逃げよう……という考えが、急に胸につき上げてきた。

「大尉殿、逃げましょう。敵がもうやってきます」

宮原は、甲高い声で言った。

が、大尉は落着いた声で、

「こんなに激しい雨だ。やってくるとしても、雨がやんでからだ」

と、言った。

「いえ、すぐに来ます。ここに紙幣がありますから、この金で住民を慰撫《いぶ》して海岸方向の友軍陣地まで行きましょう」

宮原は、しきりとすすめた。

しかし、大尉は同調せず、カバンからとり出した私服と着換えはじめた。

それは敵の警戒心をそらそうとするためのものにちがいなかったが、宮原は、大尉のとっている行動を承服しかねた。たとえ私服に着かえたとしても、敵にとらえられれば軍人、民間人の区別なく拷問《ごうもん》を強いられ惨殺《ざんさつ》されてしまうのだ。

大尉は、東京の参謀本部に身をおいているといっているだけに優秀な頭脳をもつ将校にちがいないが、実戦経験については、自分の方がはるかにまさっているはずだ。

このまま上官である大尉と行を共にしていては危険きわまりない。それは、血なまぐさい戦場を渡り歩いてきた宮原の、野獣の鋭い嗅覚《きゅうかく》にも似た判断だった。

やむを得ない、単独で行動しよう、と宮原は、決心した。

自決する武器もなく、しかも最も傷の重い自分は、機体の中にこのまま残っていれば俘虜《ふりょ》のはずかしめを受ける予感がある。

かれは、動く方の手を使って傍に散乱している紙幣の束を両側のズボンのポケットに押しこむと、機体の破れ目から雨の中に這い出した。そして、血みどろの体を機体によりかからせて、少しずつ這いはじめた。

雨は、依然として降りしきっている。

漸くかれは、機体のはずれまで這い進んだ。が、体をもたせかけていた機体からはなれると、自分の体を支えることはできなかった。

傾斜をずり下りはじめた体は、やがて勢いよくころがると、機体から三〇メートルほどさがった傾斜の途中の深いくぼみにはまりこんでしまった。

かれは、身を起そうと試みた。が、体中にはげしい痛みが充満して動こうにも動けない。

突っ伏した姿勢のまま、かれは喘《あえ》いだ。

周囲の空気を乾いた銃撃音がひき裂いたのは、それから間もなくだった。

チェッコ機銃だ……、かれは、その軽快な機銃音に身をかたくした。その射ち方は、あきらかに誘いをかける探り射ちだった。

宮原は、近くに敵の気配をかぎとった。しかも、それはかなりの人数らしく、空気がひどく重苦しく感じられる。

つづいてかれの耳に、チェッコ機銃とは異なった射撃音がきこえた。それは、拳銃の音で、機体の方向から起った。

自決したな、とかれは思った。

一発、二発、三発……かれは、眼をとじた。

しかし思いがけなく拳銃音は、その後もやまない。

宮原は、顔色を変えた。四発、五発……。大尉は、拳銃で応戦している。

遂《つい》に、八発目の発射音がした。

弾丸を射ちきったな、と思ったと同時に、あたりに耳を聾《ろう》するような銃撃音が交叉《こうさ》した。

それは、宮原にとっても、初めて耳にしたようなすさまじい銃撃音の氾濫《はんらん》だった。

顔の上を弾丸の通過音が四方八方から走り、岩肌に流れ弾が絶え間なく当り、その都度岩片が乾いた音をたててはじけている。濃厚な硝煙《しょうえん》の匂いが、かれの体を包みこんだ。

しばらくして、銃声が絶えた。

と同時に、周囲から人の気配が湧《わ》きあがった。足音、銃のふれ合う音、それもかなりの人数らしく機体の方向に集まってゆく。

そのうちに、広東語でなにか命令する男の声がすると、それをきっかけに興奮したような男の声が交叉した。太い声にまじって、若々しいアルトのような甲高い声もまじっている。

笑い声が、ひろがった。紙幣の山をみつけたらしく、喚声が起った。陽気なにぎわいが、周囲を占めた。

かれは、体を動かす力もなく、おびえた眼でくぼみの上方をうかがっていた。くぼみの上には遮蔽《しゃへい》物もなく、空からは雨筋が落ちているだけである。

上方のくぼみのふちで、足音がし、笑い声やはずんだ声がしている。

心臓の鼓動が、音を立てて鳴っている。敵兵が顔の上にあらわれ、突っ伏した背に、今にも銃剣が突き刺さってくるような予感に襲われつづけた。

喚声や笑い声がしずまってきた。

かれは、身を一層かたくした。が、はげしい緊張のためか意識がうすれ、やがてかれは、いつの間にか深い眠りの中に引きこまれていった。

眼をあけると、夜になっていた。雨は、降りつづいている。

宮原は、雨水のたまったくぼみの中で記憶をたどった。機体からの脱出、すさまじい銃撃音、広東語の男たちの喚声、笑い声。

かれはぎくりとして、あたりの気配をうかがった。周囲には雨の音がしているだけで、物音は絶えている。

助かった……、かれは、雨水を吸いこんだ自分の体を見まわした。そして、傷ついた体をうごかして、くぼみから這《は》い出した。

また朝になれば敵兵がやってくるだろう。発見されぬためには、少しでも機体の近くからはなれなければならない。しかし、肘《ひじ》を立てて必死に体を動かしても、一〇センチほどしか這い進まない。

どれほどたった頃か、かれは漸《ようや》く灌木《かんぼく》の腐った穴の中に身を入れることができた。三、四〇メートルは機体からはなれることができたらしい。

かれは、あたりの落葉を自分の体の周囲にかぶせた。気持が安らぐと同時に、眠りがやってきた。かれは、疲労ですぐに眼をとじた。

鳥の声がしていた。

眼を開けると雨はやみ、薄陽がさしている。かれは、朝の気配の中で息づいた。

と、しばらくすると、人声がきこえてきた。

宮原は、頭をめぐらして落葉の中からその方向をうかがった。すぐ傍が山路《やまみち》になっているらしく、敵兵が談笑しながら近づき、再び機体の散乱している方向にのぼってゆく。

その直後、宮原は、上空に爆音をきいた。そのバタバタいう独得な爆音は、陸軍直協機のものにちがいなかった。

「友軍機だ」

かれの胸に喜びがあふれた。

直協機を恐れたのか、敵兵が甲高い声をあげて道を駈けくだってゆく。

宮原は、落葉の中に首をすくめ、空を見上げた。雲のきれ間に、旋回している直協機の姿がみえ、日の丸も、はっきりと眼にとらえられた。

かれは、身を起すと、手をふった。が、やがて機影は消え、爆音も遠ざかった。そして、敵兵が、また山路をのぼってきた。宮原は、首を落葉の中にうずめた。

爆音が再びしたのは、それから一時間ほどしてからであった。

敵兵は、また競うように山路を駈けくだってゆく。

雲は、いつの間にか厚く、直協機の姿はみえなかったが、不意に雲の切れ間から姿をあらわすと、するどい金属音をあげて急降下姿勢をとった。

宮原の頭に、はげしい混乱が起った。

機は、五〇度ほどの角度で機体の散乱している地点に機首をむけている。敵兵は、すべて山路を駈けくだっていって、そこには人影はないはずだった。

直協機の下腹部から、二個の爆弾がはなれるのがみえた。

「バカ者め、そこには不時着機の残骸《ざんがい》しかないのだ」

かれは、直協機の搭乗員に腹を立てた。

爆弾のするどい降下音につづいて、機体の散乱している方向ですさまじい炸裂《さくれつ》音が起り、体に土や岩片がふりかかってきた。爆弾は、四、五〇メートル先に落下したのだ。

宮原は、歯ぎしりした。

まるで不時着機や身をひそめている自分を爆撃しているようにさえ思える。

「バカ者め」

かれは、腹を立てて上空にむかって叫んでいた。

意外な友軍の行動

一

爆砕命令によって行動していたのは、直協機だけではなかった。

大本営陸軍部から、

「あらゆる手段をつくして、湮滅《いんめつ》をはかれ」

という厳命を受けた第二十三軍参謀長樋口敬七郎少将は、事態の重大さに断乎《だんこ》とした処置をとることを決意した。そして、広東《カントン》に在る第七飛行団長河辺虎四郎少将に事故の内容を説明、

「できるかぎりの兵力をもって、不時着機の周辺の地域及び近くの村落に、一物の生物もなからしめよ」

と依頼した。

河辺は、意外な命令に驚いたが、ただちに諒承《りようしよう》、十数機の軽爆が大量に爆弾を搭載、十二月三日には不時着機の斜面の下方にある村落を中心に半径二キロの地域に、また

十二月四日には四キロ四方の地域一帯に爆弾を雲上からばらまいた。そして、不時着機の機体爆撃は、もっぱら直協機隊によってくり返しおこなわれていた。

不時着機から四、五〇メートルほどのくぼみにただ一人ひそんでいた宮原中尉《ちゅうい》は、斜面下方の地域に軽爆が爆撃していることは知らなかった。たしかに爆音とすさまじい炸裂《さくれつ》音は耳にしてはいたが、それよりも至近距離に爆弾を投下する直協機の爆撃にはげしい憤《いきどお》りをおぼえていた。

第一回の爆撃後上空は雲にとざされ、飛行機が旋回しているらしい音がしているだけだったが、雲がうすらぐと姿をのぞかせた直協機が、呆《あき》れたことに再びするどい金属音をあげて急降下姿勢をとり、爆弾二個を投下した。

その爆撃目標は、どう考えても不時着機の残骸《ざんがい》としか思えなかったが、着弾点ははずれて、宮原のひそんでいる個所から三〇メートルほど先にすさまじい轟音《ごうおん》をあげて炸裂した。

宮原の体は、くぼみの中に埋もれていたので異状はなかったが、大量の土石を頭上から浴びせかけられた。

いったいどうしたというのだ。直協機の搭乗員は、気が狂っているのではないのか。かれは、上空をにらみつけた。

不時着機の周辺に敵兵がいないことは、機上からも確認できているはずだった。それなのになぜ二度もやってきて、爆弾を投下するのだろうか。まるでこれでは、自分の命をねらっているようにさえ思えるではないか。

宮原の顔は、怒りでひきつれた。

日米交渉が暗礁《あんしょう》にのり上げてから、各部隊の動きにはなにかあわただしい気配がみちている。航空部隊の再編成、移動もいちじるしく、直協機隊も安閑とした日々は送っていないはずだった。

そうした状況下で、直協機は、なぜ頻繁に上空へやってきて貴重な爆弾を投下するのか。しかも、上空は雲にとざされ、正確な爆撃など出来る気象状態ではない。そんな不利な条件を押してまで爆撃をつづける直協機の執拗《しつよう》さが、かれには全く理解できなかった。

ふと、直協機は、自分をもふくめた不時着機の生存者たちを爆死させようとしているのかも知れぬ、と思った。

不時着した機には、自決できないような重傷者も当然残されていると想像されているだろう。俘虜《ふりょ》になれば、敵兵からなぶり殺しにあうことはまちがいないし、それよりも爆撃で一瞬の死をあたえてやろうと思っているのかも知れない。それとも、捕えられた者が、苛酷《かこく》な拷問《ごうもん》にたえきれずに軍に関する情報を洩《も》らすことを恐れているのだろうか。

直協機の不可解な爆撃行為は、そんなことが原因としか思えなかった。

さらに午後になると、雲間から九七式重爆撃機の機影がかすめ過ぎるのもみとめられた。

直協機の爆弾は小型だが、重爆撃機の爆弾は大きく、その威力のすさまじさを知っていた宮原は、身をすくめた。

なんという因果だろう、とかれは思った。

敵との戦闘で戦死する覚悟は、軍人として充分もってはいるが、友軍の意味もわからぬ爆撃で死を迎えることは不本意きわまりない。かれは、傷ついた体を穴の底に埋め、口惜しさで涙をうかべた。

しかし、幸い雲間はとざされ、重爆撃機はただ爆音をとどろかせているだけで爆弾は投下されなかった。

やがて、日が暮れた。

宮原は、爆撃による身の危険が去ったことに安堵《あんど》をおぼえたが、それと入れ代りにはげしい飢えと渇きに襲われはじめた。

今日は、何日だろう。記憶をたどってみると、十二月三日の夜になっている。食事をし水を飲んだのは、機が不時着した日の昼、台北飛行場でとったのが最後で、二日間なにも口に入れていないことになる。

小雨は降っているが、口を開けても舌がぬれるだけで渇きをいやすには程遠い。山中には食料とするようなものもなく、はげしい空腹感がつき上げてくる。

しかし、かれを最も恐れさせていたのは、飢えでも渇きでもなく、俘虜のはずかしめを受けはしないかということだけであった。

重い傷を負った自分には、敵に抵抗する体力もなく、もし発見されれば呆気《あつけ》なく捕えられてしまうだろう。その危険を避けるためには、機体から一センチでも二センチでも遠くはなれることが必要だった。

かれは、あせっていた。肘《ひじ》を立てて這《は》ってもわずかしか進まないが、なんとしてでも広東まで這ってゆきたい、とそんなことばかり考えていた。

その夜、かれは、穴から出ると全く感覚の失った体をひきずって這いつづけた。

ズボンのポケットに詰めこまれた紙幣の束は、雨水をふくんでふくれ上り、這うことをひどく困難にさせていたが、かれは決してそれを捨てようとはしなかった。

住民に発見された折、武器のないかれは、住民を懐柔するなにか有力なものを身につけていなければならなかった。そのためには、紙幣を住民にあたえて見のがしてもらう以外に方法はないのだ。

朝の気配がきざした。

かれは、泥におおわれた体を、再び手近なくぼみの中にひそませた。

二

十二月四日――

その日、宮原は、くぼみに身をひそめながらも自分の周囲に異様な気配がひろがりはじめているのに気づいていた。敵兵の動きに、緊迫したものがみられるようになったのだ。

林の中を一個分隊ほどの敵兵が、あわただしげに移動してゆくかと思うと、弾薬箱を手に山路を急ぐ兵の一団もいる。そして時折、命令口調のするどい男の声もきこえた。

かれには、敵のそうした動きの意味が理解できなかった。

もしかすると、自分の生きていることが敵側にさとられて、探索を開始したのではないかと思った。そして、かれは、一層くぼみの中に身をひそませていた。

その夜は、雲がきれた。

宮原は、ひそかに穴から這い出たが、すでに体力は限界を越えていた。

空腹感は、内臓が咽喉《のど》もとにはげしい力で引っぱられるような激痛に変り、すでに意識はうすれて夢ばかり見ていた。それも、母が自分に食物をたらふく食べさせてくれる夢のくり返しだった。

かれは、畳の上に腹ばいになっていた。その畳が、ひどく冷たい。なぜこの畳は、こんなに冷たいのか。眼をあけると、かれは草をつかんで土の上にうつ伏せに倒れていた。

土の冷たさだったのか。かれは、顔をあげた。

雨はやんで空はすっかり晴れ、遠くまで視野がひらけて、つらなった山なみがくっきりとその姿をみせている。

眼前の朝の陽光にみちた光景は、余りにも美しすぎる、とかれは思った。現実のものなのか、それとも幻影なのか。死のせまっていることを、宮原は感じとった。

夢の中では、母にも会った。飯も充分食べさせてもらった。かれは、陶然とした気分で、再び眠りの中におちこんでいった。

その時、直協機のバタバタいう爆音が、かれの眠りをやぶった。

「バカ者め、またやってきやがった」

かれは、腹立たしげにまぶしい空を眼をしばたたきながら見上げた。

直協機が、機首をさげ急降下すると、金属のきらめきを二個つづけて落した。その方向は、またも不時着機の残骸の散っている傾斜地だった。

性こりもなく無意味な爆撃をしやがる。宮原は、力なく拳《こぶし》を空にふった。

やがて直協機は、去った。

かれは、うとうととした。

と、また直協機の爆音がした。しかし、今度は、爆弾は落さずしきりと旋回をつづけている。

あんなものに神経を使うのは、やめよう。宮原は、眼を閉じた。

日が、高くのぼった。

かれは、体を横たえていた。

ふと、かれの耳に、榴弾《りゅうだん》の炸裂する音が遠くでした。と、それにつづいて、体の奥にひびくような重々しい機銃の銃撃音がかすかにきこえてきた。

かれの神経が、急にいきいきとはたらき出した。

その機銃の銃撃音は、ききなれた親しみ深いものであった。それは、九二式重機関銃特有の重々しい音のようにきこえた。

かれは、頭をもたげると、その音の方向に眼を向けた。

その時、九二式重機関銃とは対照的な、軽いチェッコ機銃のそれに応ずるらしい銃撃音もきこえてきた。そして、南の方向に煙が薄く立ちのぼるのがみえた。

友軍が来たのかも知れぬ……という思いが、体の中をさしつらぬいた。しかし、かれは、すぐに否定した。

しばしばやってきた直協機によって、不時着地点に生存者はいないことが確認されているはずだし、万が一にもくぼみの中にひそむ自分の姿を認めてくれたとしても、一中尉である自分を救出するために士気旺盛《おうせい》な敵正規軍のひしめいている地域に、犠牲を覚悟で友軍がやってくることなど到底考えもつかない。

おれは、まだ夢を見ているのだろうか。

しかし、機銃音の交叉《こうさ》は、ますますはげしくなり、しかもその音は近づき、煙も接近してきた。

宮原は、いぶかしみながらも、傾斜の下方を見つめつづけた。

そのうちに、敵兵が駈足《かけあし》で後退する姿が見えた。かれらは、遮蔽《しゃへい》物のかげに身をひそめながら、南の方向にむかって銃撃をつづけている。

発射音が、一層近づいてきた。

と、宮原の眼に、かすかにひらめくものがみえた。それは、あきらかに銃剣のきらめきで、田圃《たんぼ》の緑の中をまばゆく光りながら横へすばやく動いている。

友軍だ——。かれにとって、信じがたいことが起ったのだ。

敵の抵抗は、きわめて頑強で、銃撃は一層はげしく敵兵もなかなか後退しない。小川のふちにへばりついて、必死に応戦している。

漸《ようや》く宮原は、前日の敵のあわただしい動きの意味を理解することができた。敵は、日本軍の進撃してくる気配を察知して、その反撃態勢をととのえていたのだ。

やがて、敵兵は、二手にわかれて後退しはじめた。一部は台地へ、一部は山裾《やますそ》に向ってくる。

宮原は、不安を感じた。敵が追い上げられて自分の身をひそめている場所に後退してきたなら、たちまちかれらに発見されてしまうだろう。

不安は、事実となって現われた。敵兵が、山の傾斜を後退しながらまっすぐのぼってくる。

かれは、半ば諦《あきら》めた。しかし、敵兵は、かれのひそんでいる場所の一〇メートルほど前方までくると、左方向にあわただしく移動していった。

日本兵が田圃の緑の中を走る姿もみえ、それが、徐々に前進してくる。そして、台地にとりついていた敵が後退すると、日本兵が、台地の上に殺到した。日の丸が、台地の上にひるがえった。

宮原は、胸が熱くなるのをおぼえ必死になって体を起した。

台地までの距離は、三〇〇メートルほどある。その台地の上で、一人の将校が双眼鏡を手に不時着機の方を一心に探っている。

かれは、ふらつきながら立ち上った。そして、

「オーイ」

と声をあげた。

が、その声には力がなく、あたりに起っている銃声に消されて到底台地にまで達するはずもなかった。

かれは、自由のきく方の手をしきりとまわした。

将校の双眼鏡が、少しずつ移動してくる。その動きが、宮原の立っている方向でとまった。

将校が双眼鏡をおろすと、兵とともに台地を駈け下りるのがみえた。

発見してくれた……、そう思ったと同時に、かれは、膝《ひざ》を屈していた。

げられた。

将校が、衛生兵をまじえた兵六名をつれて斜面を駈け上ってきた。かれは、抱き上げられた。

「よく生きていましたね。一人も生きている者はいないと思っていました」

その将校は、木村大隊の機関銃中隊長太田中尉《ちゅうい》だと名乗った。

その間にも衛生兵は、すばやく宮原の下着を引きさき、傷口をしらべヨードチンキを塗る。失神しかけるような激痛に、かれはうめいた。

敵の後退は計画的なものだったらしく、いつの間にか、東西両方向から包囲態勢をとりはじめていた。しかもその数はかなり多いらしく、弾丸が、スコールのような密度で射《う》ちこまれてくる。

太田中隊長は、兵を散開させて機関銃を射ちまくらせた。そして、大胆にも敵の眼にさらされている不時着機の機体の方へ、兵数名とともに駈けあがっていった。

木でタンカのようなものがつくられ、宮原の体は、その上にのせられた。包囲の壁は厚く、宮原にも敵からの離脱はきわめて困難だと思えた。

しばらくすると、不時着地点の方向で煙があがった。それはガソリンの引火ではなく、太田中尉らがなにかを焼いているように思えた。

敵兵の数は次第に増してゆくらしく、銃撃音は一層はげしくなった。

その音に耳をかたむけていた宮原は、軽機は約十、重機は一をもつ有力な敵兵力と推定した。

やがて、太田中尉が、兵とともに駈けもどってきた。手には、オーバーや書類など遺品と思われるものがかかえられていた。

「生存者もいたはずだが、どうなっていました」

宮原は、せきこんできいた。

「一人も生きちゃいない。それに顔も体も、いたる所銃剣で刺されていて判別もつかない。死体の髪を五人分きって持ってきたが、後のものは一カ所に集めて枯草をかぶせて火をつけてきた」

太田は、息を荒くつきながら言った。

太田は、任務も終えたと判断したらしく一刻も早く包囲網から離脱することを部下に命じた。宮原の体は、タンカにかつがれ持ち上げられた。

敵は、猛射をくわえて接近してくる。しかし、太田中尉以下兵たちは大胆で、タンカを持つ者も平然と駈けつづける。

宮原は、自分の体をはこんでくれる兵に深い感謝をおぼえた。

しかし、かれには、釈然としないものがわだかまっていた。最初に発見された時、

太田中尉は、

「……一人も生きている者はいないと思った」とたしかに言った。

その言葉から察すると、自分が収容されたのは、偶然の副産物に近いものらしい。

かれらは、決して自分を救出しにきてくれたのではない。かれらの行動には別の目的があるらしいが、その任務は、いったいなんなのだろう。

かれらが実行したことと言えば、ただ機体の近くに行って死体を確認し、それに火をつけただけにすぎない。

日本軍陣地は、かなり遠いはずであった。しかも強力な敵正規軍の攻撃を排除しながら、この地点までやってきた太田中隊の目的はいったいなんなのだろう。

直協機の度重なる爆撃といい、太田機関銃中隊の行動といい、常識では到底判断しがたい。はっきりしていることは、直協機の爆撃も、機関銃中隊のやってきたことも、自分とは全く無関係らしいということだった。そして、かなり確実なことは、かれらの関心が不時着機の残骸《ざんがい》にひたすら向けられていることだった。

敵は、後退する太田中隊を執拗《しつよう》に追尾してきた。しかし、太田中隊はそれをふりきって、やがて強力な友軍と合流し、漸く危険は去った。

その時になって宮原は、さらに大きな驚きをおぼえた。太田中隊の後退を待っていたのは木村大隊で、太田中隊は、ただその先頭を進んでいた一中隊にすぎない。つまり、一個大隊が、不時着機体と遺体の確認という任務だけのために出撃してきていたのだ。

余りにも大袈裟《おおげさ》すぎはしないか、かれは、自分が救出された感謝の気持より、常識はずれの大隊の行動をいぶかしむ気持の方が強かった。しかし、木村少佐にその点をただしても、不思議なことにはっきりとした答は得られなかった。

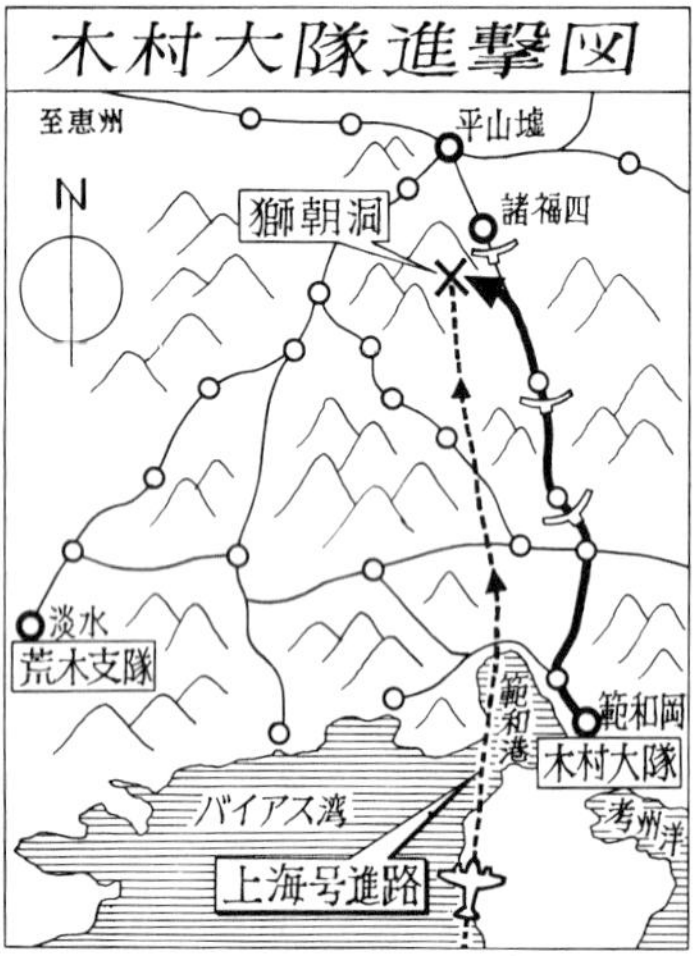

宮原は、タンカにのせられ、敵中を大隊とともに急ぎ後退した。そしてその日の夜、淡水《たんすい》の城壁の中に無事収容された。

三

治療を受けた後、かれが医務室に横たわっていると、第二十三軍の参謀だという中佐が部屋にはいってきた。

軍医も衛生兵も外に出され、部屋の中には宮原と中佐だけが残された。

「これから質問することは、いっさい他言してはいかん、いいな」

中佐のけわしい表情に、宮原は、

「ハイ」

と答えた。

「スギサカという総軍（支那派遣軍）司令部の少佐参謀が、不時着機にのっていたのを知っていたか」

「知りません」

「少佐を見なかったか」

宮原は、機体の脇《わき》のバッテリーがスパークしているのを、軍刀の柄《つか》の先で消していた少佐のことを思い起した。それについて、顔立ちその他を口にすると、

「それだ」

と、中佐は眼を異様に光らせた。

中佐は、その少佐の行動について詳細に説明せよ、と急《せ》きこんだような口調で言った。

書類をマッチで燃やしていたこと、陸軍曹長と二人で山の斜面をくだっていったこと、などを宮原は告げた。

中佐の顔に、急に明るい表情が浮んだ。

「その少佐は、負傷はしていないのだな」

「ハイ、顔は血に染まっておりましたが、これといった負傷はしていなかったようです」

中佐は、眼を輝かせてしきりとうなずいた。

宮原は、それから中佐に問われるままに、不時着時より救出時までのことを時間を追って説明した。

中佐の顔に、次第に疑い深げな色が浮びはじめた。

「話をきくと夢もみたり意識もかすんでいたらしいが、書類をマッチで燃やしていたというのも幻影ではないのか」

中佐は、宮原の顔をのぞきこんだ。

「いえ、それは、はっきりこの眼でみたことです。絶対にまちがいありません」

宮原の言葉に、中佐は、漸く納得したらしくうなずいた。

「中佐殿、そのスギサカという少佐殿と曹長の二人は山をたしかにくだっていきましたが、まだ収容されていないのでありますか」

宮原は、中佐の顔をうかがった。

「まだだ」

中佐の表情は、くもった。

「一つうかがいたいことがありますが、そのスギサカという少佐がどうしたのでありますか。爆撃や救出部隊の行動などおかしいことだらけですが、スギサカという少佐となにか関係があるのでありますか」

宮原がきくと、中佐は、急に素気ない表情になった。

「そんなことは、おれは知らん。質問などするな。重ねて言う。おれの質問した内容については、たとえだれであろうと他言するな。いいか、絶対にだ」

中佐の眼には、けわしい光がはりつめた。


宮原大吉中尉の救出されたことは、ただちに第二十三軍司令部に緊急連絡され、それは、支那《しな》派遣軍を通じて大本営へ、さらに南方軍総司令部につたえられた。

大本営をはじめ、各司令部でも、その報に明るさをとりもどした。

宮原大吉中尉の証言は、奇蹟《きせき》的にも作戦命令書を携行する杉坂共之少佐と、暗号書を大量にもっていると推定される久野寅平曹長の二人が、それほどの傷も負わず不時着地点を脱出したことをあきらかにしている。

最も恐れていた杉坂の即死はまぬがれ、かれは、久野と二人で逃避行をつづけている。

前日の朝、中国軍側から発信された、

「墜落機の搭乗員とおぼしき二名を発見。しかし、両名は抵抗の末逃亡」

という暗号電報と照らし合せると、その「二名の者」とは、杉坂少佐と久野曹長以外には考えられなかった。

宮原中尉の救出と、機体と死体を確認した収容隊の太田中尉の証言によると、搭乗員中、杉坂、久野、宮原の三名以外は、不時着時の衝撃で即死又は重傷を負った後に死亡し、村井謙吉大尉、田知花信量氏、笠村俊輔氏の三名の生存者も、十二月二日朝の敵の攻撃で惨殺《ざんさつ》されていることがあきらかとなった。そしてその後、中国軍側の杉坂、久野両名についての電報も発信されていないところをみると、二人は、依然として生存していると推定された。

殊《こと》に杉坂の生存は、杉坂の手によって香港《ホンコン》作戦命令書が処分されている可能性に充分つながるものと判断された。

「天佑《てんゆう》だ」

と、或《あ》る参謀は、思わず叫んだ。

しかし、再び新たな不安が生れた。宮原中尉の話によると、杉坂少佐は、赤い色の紙もまじった書類を燃やしていたというが、それは杉坂が別に携行していた暗号書の綴《つづ》りとしか思えない。

作戦命令書は、茶色い封筒に入れられた紙片で、宮原の目撃していたものとはまちがいなく別のものらしい。

とすると、杉坂少佐は、開戦にともなう南方作戦の概要をしめす作戦命令書を、依然として携行しているのではないだろうか。その公算は、きわめて大きい。

大本営をはじめ、各司令部内には、再び沈痛な空気がはりつめた。

そして残された道はただ一つ、あてもなく逃避行をつづけている杉坂少佐を、否、杉坂少佐の携行していると推定される作戦命令書を全力をあげて回収することなのだ。

敵地をさまよう二人

一

不時着した「上海号《シャンハイ》」から脱け出ることができたのは、第二十三軍司令部の推定通り宮原大吉中尉《ちゅうい》をのぞいては支那派遣軍総司令部参謀杉坂共之少佐と、第二十五軍司令部電報班員久野寅平曹長のみであった。しかも重傷を負った宮原中尉が不時着地点の近くにいたのとは異なって、杉坂少佐と久野曹長は、完全に不時着地点からはなれ、行を共にして敵中突破をはかっていたのだ。

久野曹長と杉坂少佐の初めての出会いは、不時着直後だった。

久野は、「上海号」が山肌に激突するまでの経過については全く記憶がない。かれは、不時着地点に近づくかなり前から機上で熟睡していて、そのまま不時着時の衝撃で失神してしまっていたのだ。

かれが、奇蹟《きせき》的にも軽傷を負っただけですんだのは、飛行中かたく座席ベルトをしめていたからとしか推測できない。

不時着後しばらくしてかれは意識をとりもどしたが、眼にうつったものは、整然とならんでいた機内の座席が一変して乱雑にこわれている光景だった。

機内には血が充満し、呻《うめ》きながらころがっている男の姿もある。漸《ようや》く不時着したことに気づいた久野は、愕然《がくぜん》として機体の裂け目から外に出た。

旅客機は山の傾斜に無惨《むざん》な姿で横たわり、エンジンはとび、機体も三つに折れている。久野は、前方に横たわる機体に入ると、「ヘルプ、ヘルプ」と呻いている外国人を救おうとしたが、機体にはさまれて引き出せない。

その時、

杉坂共之少佐

「危ない、火だ」

という声がきこえた。

久野は、外人の救出をあきらめて、機体の外へ出るとその声の方へ急いだ。

岩の上に坐《すわ》っているひどい傷を負った中尉（宮原大吉）が、しきりと声をあげている。

久野は、バッテリーの上に濡《ぬ》れた布がか

ぶさり、そこから煙が出ているのに気がついた。水分をふくんだ布が両極にふれているのでスパークしているのだ。

ガソリンが、蛇口からほとばしる水のように機体からふき出ていて、それが山の傾斜を流れている。引火の危険は充分で、久野は、急いでその布をはらいのけた。……

杉坂少佐の姿を見出《みいだ》したのは、その直後だった。

マッチで暗号書を焼き終った杉坂が、雨にぬれながら傾斜をのっそりと上ってくる。久野は、その顔中血に染めた少佐の全く無表情な顔を眼にして、少佐が、まちがいなく不時着時の衝撃で精神異常をおこしているのだと直感した。

「少佐殿、大丈夫でありますか」

久野は、近づきながら声をかけた。

「君の方こそ大丈夫か」

少佐の声は、意外にも平静だった。その時になって、久野は、はじめて自分の顔にもかなりの血が流れていることに気づいた。

二人は、連れ立って機体の中にはいると互いに傷の手当をし合った。

「私は、第二十五軍司令部電報班の久野寅平です」

久野が言うと、

「そうか、電報班か。私は、総軍司令部の杉坂だ」

杉坂は、久野が、暗号電報を扱う電報班員であることに関心をもったようであった。

しかし久野の方も、総軍司令部の将校というのはこの少佐か、と思った。かれは、台北で「上海号」に乗る前に、重要機密書類をはこぶ支那《しな》派遣軍総司令部の一将校が上海からその機に乗りくんでいることをひそかにきき知っていたのだ。

傷の手当が終ると、杉坂は、軍用鞄《かばん》の中から封筒に入れたものをとり出した。

「それは、なんですか」

久野は、きいた。

杉坂は、久野の顔を鋭い眼つきで見据えた。そして、しばらくだまっていたが、

久野寅平曹長（事故当時）

「君は、電報班員だから話してもいいだろう。これはな、第二十三軍に対する香港《ホンコン》攻略に関する作戦命令書だ」
かれの声は、低かった。
久野は、格別の驚きも感じなかった。暗号班にいるかれは、機密

指令にふれる機会も多く、それらから判断すると開戦の日も切迫し、それにともなって当然香港攻撃も実施されるだろうと予測していたのだ。

「おれの判断では、ここはまちがいなく敵地だと思う。大角《おおすみ》海軍大将の乗っていた飛行機も不時着した折、機内からは暗号書や軍機書類が敵に没収されたが、その轍《てつ》はふみたくない。しかも、この作戦命令書は、重大な機密書類だ。たとえここが友軍の領域であったとしても、万全を期するためとりあえず処分したいから手伝ってくれ。どちらか一人でも助かったら、総軍総司令部に完全に処分したことを伝えるのだ」

杉坂は、そう言うと、封筒をコートのポケットに入れて機体の外に出た。

雨は、はげしく、まだあたりは薄暗い。

二人が連れ立って傾斜をくだりかけると、岩の上に血だらけで坐っている中尉が、

「下りて行くのですか」

と、声をかけた。

その中尉は、あきらかに杉坂と久野が脱出して去るのだろうと思いこんでいるらしい。

杉坂が無視したように歩き出したので、久野もその後にしたがった。

機体から約一〇〇メートルほどはなれた所にくると、杉坂が封筒から紙片をとり出

した。そして、草の根を引き抜くと、紙片をこまかくひき裂いてその一片を根の下にさしこみ靴でふんだ。

久野も、それにならった。細かな紙片がすべてその付近一帯に埋め終えられた頃、あたりはすでに暗くなっていた。

雨が、またはげしくなった。かれらは、連れ立って機体の中にもどった。

杉坂の顔には、作戦命令書を完全に処分し終えた深い安堵《あんど》の色がうかんでいた。

傍に地方人の男が、うめき声をあげている。久野は、その男の体に自分の着ている外套《がいとう》をかけてやった。

「つまらぬことをするな。自分のことを第一に考えろ。おれたちには、重大任務が課せられている」

杉坂の言葉に、久野は、うなずいた。

やがて久野は、はげしい寒気に身をふるわせはじめた。かれは、機内を物色して鼠《ねずみ》色《いろ》の地方人のものらしい外套をみつけてそれをかぶって横になった。

あたりから湧《わ》く呻き声を耳にしているうちに、かれは、いつの間にか深い眠りの中に落ちこんでいった。

二

久野は、肩をゆすられた。眼をさますと杉坂少佐の顔が眼の前にあった。

夜明けの気配はきざしているが、まだあたりは暗い。

「連絡に行くのだ」

杉坂は、苛立《いらだ》った口調で言うと、

「こいつを持ってゆけばたよりになる」

と言って軍刀をひきぬき、傍の軍用行李《こうり》の綱を断ちきった。

ふたを開けると、重慶銀行発行の紙幣の山が出てきた。二人は、それを一束ずつコートのポケットにつき込んだ。

久野は、軍刀をもっていたが、不時着時の衝撃で途中からくの字状に曲っていて武器としての役目ははたせそうもない。機内を物色すると、床にブローニング拳銃《けんじゅう》が落ちているのが眼にとまった。それは、皮ケース型から判断すると、まちがいなく将校用の拳銃であった。

手にとってみると、弾丸も実弾が五発入っているので、かれはそれをポケットに突き込み、体にかけていた外套を着用した。

「急ごう」

杉坂の声に、久野は、外に出た。

雨は、降ったりやんだりしている。二人は、前後して山の傾斜を下りはじめた。

「ここは、まちがいなく敵地だ。西の方向に進めば、必ず珠江《しゅこう》に突き当る。そこには日本の船も通っているはずだ」

杉坂は、足早に歩きながら言った。

久野は、二カ月足らずしか広東《カントン》にいたことがなく、くわしい地理はわからない。しかし、西に向えば珠江にぶつかることだけは理解できた。

山の傾斜は急で、道のない場所を伝い下りるのはむずかしかった。そして、漸く傾斜の下の森の中にはいった頃にはすっかり疲れきっていて、二人はそのまま腰をおろすと眠りこんでしまった。

と、不意に起った銃撃音で、かれらの眠りはやぶられた。

音は上方の傾斜地にある機体の周辺で起っていて、チェッコ機銃の連射音が交叉《こうさ》し、手榴弾《しゅりゅうだん》の炸裂《さくれつ》する音がつづいて起っている。中国軍が不時着機を発見し、生残者に攻撃をくわえていることはあきらかだった。

やはり敵地だったのか……、久野は、深い失望をおぼえると同時に、早目に機からはなれたことに安堵も感じていた。

やがて、銃声がやんだ。

「危ない、動くのはやめよう」

杉坂の言葉に、久野はうなずいた。

森の中からうかがっていると、中国兵の姿が散見している。その服装や武器の形状からも、それが敵の正規兵であることはあきらかだった。

「早く連絡をとりたい」

杉坂は、しきりと低い声でつぶやいた。

久野にしても、杉坂の焦《あせ》りは充分すぎるほどよくわかる。「上海号」が不時着したことは、当然支那派遣軍総司令部にもつたえられただろうし、イギリスとの開戦をしめす香港攻略作戦命令書が杉坂の手で携行されていることを思えば、支那派遣軍総司令部だけではなく、大本営にも大きな衝撃をあたえていることは容易に想像がつく。しかもその不時着地点が、敵正規軍のひしめく地域であることを知ったなら、それは、日本にとっての死活問題にも発展しているはずだった。

久野は、ふと自分が暗号書を携行してこなかったことに安堵をおぼえた。かれは、サイゴンから台湾の第二十五軍隷下《れいか》の各部隊に暗号書をはこんだが、「上海号」に乗ったのは、その帰途だった。

しかも台北から搭乗する前に、台湾軍司令部暗号班から大量の暗号書をサイゴンまで運ぶように依頼されたが、サイゴンの第二十五軍司令部暗号班付の一参謀に連絡をとると、

「すぐ帰ってこい」

という指令がもどってきた。それは、暗号書を持って帰れとも受けとれたし、なにもたずにすぐ帰れとも解釈された。

久野は、結局後者をえらんだわけだが、それが幸いしたとも言える。しかし、杉坂の携行していたものと暗号書との重要性には、比較にならぬほどの差がある。久野は、杉坂のためにも、その作戦命令書が完全に処分されたことを、心痛しているだろう軍首脳部に一刻も早く伝えたかった。

敵兵の姿が近くにもみえるので、二人は、森の中に長い間ひそんでいた。

機体は敵兵に発見され、銃弾や手榴弾を大量にたたきこまれたようだ。不時着時に即死してしまった者もいたが、三、四人の生存者と重傷者が残っていたはずであった。が、すさまじい攻撃で、おそらく全員が死亡してしまったにちがいなかった。

生きているのは、二人だけか……と、久野は思った。脱出がおそければ、当然敵の

攻撃で殺されてしまっていただろうし、作戦命令書の処分も友軍につたえることは不可能になったのだ。

久野は、杉坂少佐と自分の肩に重要な任務が負わされていることを痛感した。生きなければならない、そして友軍に作戦命令書の完全処理を報告しなければならない、かれは、かたく心に誓った。

どれほどの時間が経《た》っただろうか、漸くあたりに敵兵の姿はみえなくなった。かれらは、ひそかに這《は》いはじめると森の中を進んだ。西へ向いて歩きたかったが、方向が全くわからない。

かれらは、谷にはいりこむと、再び山の傾斜をのぼって行った。

夜が、やってきた。かれらは、森を見つけてその中にはいり込むと身を横たえた。疲労と同時に、はげしい空腹感と渇きがつき上げてきた。

久野は、ふと気づいて台北で友人からもらった飴《あめ》でかためた落花生の菓子をポケットからとり出した。五個あった。それを杉坂と等分にわけて口にふくんだ。

やがて激しい疲労で、かれらはいつの間にか眠りに入っていた。

三

十二月三日の正午近い頃、かれらは、異様な轟音《ごうおん》に眼をさました。樹幹のかげからその方向を見ると、日本陸軍の直協機がしきりと急降下して爆弾を投下している。それは、あきらかに機体を目標としたもので、その近くにはすさまじい土煙りがあがっていた。

杉坂は、身じろぎもせずその方向を見つめている。その横顔には、悲痛な色が濃くにじみ出ていた。

久野には、その爆撃と杉坂の顔にはりつめた表情の意味がよく理解できた。直協機の爆撃は、香港攻略に関する作戦命令書の湮滅《いんめつ》をはかるものであり、杉坂は、その爆撃行為から軍首脳部の激しい焦燥感と苦悶《くもん》をかぎとっているにちがいなかった。

杉坂が、黙って歩き出した。その重い足どりには、深い疲労があらわれていたが、一刻も早く友軍と連絡をとりたいというはげしい苛立ちもにじみ出ていた。

かれらは、太陽の動きから方角の見当をつけて、西方とおぼしき方向へ足をひきずりながら傾斜を上り下りした。

山なみは果てしなくつづき、かれらは、木の根をつかみ岩にとりすがって山を越えていった。

その日、二人は、何度となく爆音をきき、遠くで激しい爆弾の炸裂する轟音を耳にした。しかし、杉坂は、無言のまま歩きつづけていた。


……第七飛行団の軽爆撃機の搭乗員たちは、自分たちのおこなっている爆撃の意味を理解することができなかった。

飛行団長命令は、不時着地点付近の村落はもとより、その一帯に大爆撃を敢行せよ、という。しかも、その命令には、「一物の生物もなからしめよ」という驚くべき文句も挿入されている。

その地区一帯は、たしかに敵正規軍が堅固な陣地を敷く地域であることは爆撃機隊員も知っていた。爆撃することに躊躇《ちゅうちょ》はしないが、不思議なことにその地区に作戦行動がはじめられている気配はない。友軍陣地から遠い山岳地域に、多くの軽爆撃機をつかって爆弾をばらまく必要がどこにあるのか。

「不時着地点付近の……」という命令内容からみると、その大がかりな爆撃行為が、不時着機となにか密接な関係があることは、当然推察できる。

しかし、上空からみると、不時着機の破壊状況から推して、不時着機に乗っていた者の中に生存者が残っている可能性も充分考えられる。かれらは、当然機体から脱出して、敵中突破をはかろうとこころみ不時着機から遠ざかろうとしているだろうが、自分たちの爆撃は、かれらにとっても多くの危険をあたえている。

「一物の生物もなからしめよ」という命令は、敵兵のみではなく機体からの脱出者をもその中にふくむことになる。つまり、爆撃行為は、不時着機の生存者をも容赦なく殺戮《さつりく》せよという意味にもうけとれるのだ。

かれらは、釈然としない表情で、爆撃機に乗りこんでゆく。

十二月三日には、不時着地点を中心に二キロ周囲、そして翌日には、その外辺四キロ周辺を爆撃地点として指示されている。それは、あたかも生存者の脱出行を不可能にさせようという意図にさえ思えた。

爆撃機は、忠実に爆弾を指示通りの地域に大量投下した。そして、それは日を追うにしたがって爆撃範囲を拡大していった。

四

雨が、やんだ。

杉坂少佐と久野曹長は、森の中に身を横たえていた。口にしたものはわずかな飴菓子だけで、咽喉《のど》もひりつくようにかわいている。

体はすでに感覚を失い、手足の筋肉はすっかりゆるんでしまっている。

「今日は、何日だ」

杉坂少佐が、喘《あえ》ぎながら言った。

「十二月三日です」

久野も、かすれた声で答えた。

「十二月三日か」

杉坂の顔は、ゆがんだ。

杉坂は、開戦日の十二月八日まで後五日しかないことを念頭に思い浮べたのだろうが、久野には、その苦悩にみちた表情の意味は理解できなかった。

かれらは、顔を突っ伏すと、うつらうつらしていた。

日がくれて、闇《やみ》が落ちてきた。

「行こう」

しばらくすると杉坂が、立ち上った。

久野は、重い体を起すと足をひきずって歩いた。夜空に星の薄れた光がのぞいている。

二人は、北斗七星を夜空にさぐった。そして自分たちの歩いているのが、まちがいなく西の方向であることをたしかめた。

かれらは、いつの間にか山から平坦《へいたん》な地域にたどりついていた。

ふと前方に、細い道がみえた。かれらは、注意深く道に近づいた。それは、荷車が通れる程のせまい道で、両側には、田畠《たはた》がひろがり、遠くには黒々とした人家の影もみえる。

疲労しきっていたかれらは、危険は多かったが平らな道を歩きたかった。草を分け、岩の上をたどる体力は失《う》せていたのだ。

杉坂と久野は、あたりに視線をくばりながら路上を歩きはじめた。

そのうちに、路《みち》の左側に塀がつづくようになった。そして、その塀は、路にしたがってくの字型に左手へ曲っていた。

二人が、塀沿いに道を曲り、五〇メートルほど歩いて行った時、不意にかれらの足は釘《くぎ》づけになった。

星の光がわずかに落ちている路の前方に人影が浮び出て、突然なにか意味のわからぬことを言った。しかし、その中国語は、まちがいなく「ダレカ」という意味の誰何《すいか》で、手にした銃剣からそれが敵の歩哨《ほしょう》であることはあきらかだった。

久野は、長くつづいている塀が兵舎をかこったもので、歩哨は、その門の傍に立っていたのだということを初めてさとった。

杉坂も久野も身をかたくして立ちつくしていたが、二人は申し合せたように足を動かして徐々に歩哨の影に近づいていった。

歩哨の声は寝呆《ねぼ》け声で、杉坂たちの影にそれほどの疑いも警戒心もいだいていないように思える。そうした気配を感じとった杉坂と久野は、だまして通りぬけるか、それとも首をしめて静かに処理してしまおうと思ったのだ。

杉坂は、軍刀と拳銃を持ち、久野も曲ってはいるが軍刀と拳銃を持っている。どのような方法をとっても、歩哨ひとりを始末することは容易に思えた。

しかし、他に監視していた者でもいたのか、突然門の内部の兵舎に鋭い人声が起り、同時に軍靴《ぐんか》のあわただしく走る音がきこえた。

発見された……。久野は、顔色を変えると杉坂と身をひるがえして駈《か》け出した。

そして、今歩いてきた塀の角を曲るふりをして、路の左手にある樹木のまばらに立った笹藪《ささやぶ》の中に走りこみ、身を伏した。

兵の駈けてくる足音がして、一個分隊ほどの敵兵が殺気立って路上に姿をあらわした。そして、塀の角を勢いよくまがってくると、銃を手にすさまじい速さで通りすぎた。

林といっても樹木もまばらなので久野は、杉坂と寄りかたまっていることに危険を感じ、一〇メートルほどはなれた樹木の根株のかげに後退すると身をひそめた。

久野は、追っていった敵兵の動きから、かれらの士気がきわめて旺盛《おうせい》であることをかぎとった。そして、もしも再び発見されれば、絶対に死はまぬがれることはできないだろうと思った。

かれは、心臓が音高く鳴るのを意識しながら、闇の中でじっと息を殺していた。

三十分ほどたった頃だろうか、路の前方から人声と足音がもどってきた。追っていった敵兵たちが探しあぐねて引き返してきたのだ。

久野は、土に顔をおしつけ身をかたくした。人声がすぎ、やがてかれらは門の中へと消えていった。

久野は、それでもまだ身を伏せつづけてあたりの気配をうかがっていたが、危険は一応去ったと判断し、少しずつ這いながら杉坂少佐のひそんでいる方へと近づいた。

「少佐殿」

かれは、声を押し殺して言った。

杉坂は、林の中の岩かげに身をひそめているはずだった。

「少佐殿」

かれは、また言った。

しかし、闇の中からはなんの答もなかった。

久野は、不審に思ってしきりとその付近を這いまわった。が、闇の中に人の気配はなく、杉坂少佐が単独で避退したとしか思えなかった。

久野は、疎林の中にいつ敵兵がふみこんでくるかも知れないという危険を感じた。かれは、一人になった心細さを感じながらひそかに路上に出ると、道を足早に歩いていった。

三時間ほど経った頃、夜が白々と明けてきた。かれは、おびえたように再び森の中にもぐりこんだ。

かれは、疲れきった体をくぼみの中にひそませていた。が、周囲に敵兵の姿が時折見える。

斬首《ざんしゅ》された杉坂少佐

一

久野は、杉坂少佐が巧みに敵の眼からのがれ出たにちがいないと思った。

不時着機から離脱した後、行をともにした久野は、杉坂の沈着さを充分に感じとっていた。逃避行をつづける間杉坂からきいた話によると、杉坂は、陸軍士官学校第四十三期生で、近衛《このえ》歩兵第一聯隊《れんたい》中隊長、教育総監部勤務を経て、支那《しな》大陸に渡っている。そして、歩兵第三十四聯隊機関銃中隊長として宜昌《ぎしょう》作戦をはじめ、多くの作戦に参加したという。

そうした話を裏づけるように、逃避行をはじめてからの杉坂は、敵の気配を鋭敏にかぎとり、冷静にしかも大胆にすばやく行動する。

敵の歩哨《ほしょう》に近づいた折の杉坂の動きには充分な落着きがあったし、敵兵に追われて疎林の中へかけ込んだ時にも驚くほどの機敏さがあった。

つまり杉坂少佐は、支那派遣軍総司令部参謀部付の将校であると同時に、実戦経験もゆたかな将校なのだ。

久野は、杉坂少佐が敵に殺されることなど想像もできなかったし、むろん捕えられることもあるはずはないと思った。

しかし、周囲には敵兵の姿が増し、しかもかれらは、自分たちを必死になって探索しているらしい。杉坂少佐や自分が発見される可能性は充分だった。

昼間は危険なので、久野は、叢《くさむら》の中やくぼみに身を伏し、日没をむかえると歩き出す。飢えと渇きが、かれの体をしめつけてきていた。

杉坂少佐の姿を見失った翌日の十二月四日の夜、久野は、再び危機に見舞われた。

その夜久野は、ひそかに砂糖黍畠《きびばたけ》の中にはいりこむと、肩にかけた曲っている軍刀をぬいた。そして、黍の茎を切ると、茎にかぶりついた。

草っぽい液が、茎の繊維からにじみ出て、それが舌の上に思いがけない甘さとなってひろがってくる。かれは、一心に茎をかみつづけた。

どれほどたった頃だったろうか、不意にかれの体は硬直した。身近に人のひそかな足音をきいたのだ。足音は、ひそかに砂糖黍畠の中にふみこんできていて、やがて生いしげった黍の中から大柄な男の体があらわれた。

久野は、身をかたくしてその男と向い合った。男は、その黍畠の夜番でもしているのか、手に太い六尺棒をもっている。

久野は、ポケットの中の拳銃《けんじゅう》をにぎりしめた。が、発砲すればむろんその音で、付近を探索している敵兵がかけつけてくるおそれは充分ある。かれの所持しているそれ以外の武器は軍刀だけだったが、それも途中からくの字型に曲っていて到底その男の太い六尺棒とは渡り合えそうにもなかった。

ふとかれは、不時着機から持ち出してきた紙幣を思いおこした。かれは、男の動きに注意しながら、外套《がいとう》のポケットから紙幣の束をつかみ出すと、無言のまま男の前にさし出した。

星明りの中で、男の眼が紙幣の束にそそがれた。そして、その手がのびると紙幣をつかんだ。

男は、久野を見つめながら後ずさりし、やがて生いしげった黍の中に姿を没した。

久野は深い安堵《あんど》をおぼえたが、すぐに強い不安に襲われた。男は、紙幣を受けとりはしたが必ず中国兵にも通報するにちがいない。

久野は、足音をしのばせて黍畠をぬけ出るとよろめくように駈《か》け出した。

西方へ行けば、珠江《しゅこう》につき当る。かれは、星座を見上げた。かすんだ眼で、必死に北斗七星をさぐった。

かれは、しびれきった足をひきずるように小走りに歩きつづけた。

二

「上海号《シャンハイ》」不時着地点にたどりついた木村大隊が、重傷を負った宮原大吉中尉《ちゅうい》を救出した頃、第二十三軍電報班は、再び「上海号」事故に関係した中国軍暗号電報を傍受した。

その電文を解読した第二十三軍司令部では、ただちにその内容を支那派遣軍総司令部に報告した。

総司令部部内は、その報告に異常な関心を寄せた。その電文は、「上海号」不時着地点の西南方にある恵陽《けいよう》県白芒花《はくぼうか》の中国軍部隊から重慶政府に発信されたもので、

「前日夜半、逃亡シタ不時着機搭乗者ト思ワレル二名ノ中ノ一名ヲ発見、コレト抗戦シタガ、敵ハ勇敢ニモ白刃ヲフルッテ抵抗。シカシ、本隊ハコレヲ死亡セシメタ」

という趣旨のものだった。

逃亡中の二名も、死亡した一名も、だれであるかは全くわからない。しかし、総司令部の参謀たちは、「白刃ヲフルッテ抵抗」という電文の文句に一様に顔をこわばらせた。

十八名の搭乗者中、軍人は、将校七名、曹長一名計八名で、刀をふるって抵抗したという表現からみると、それは軍人である八名中の一名であることは、ほぼまちがいない。しかし、総司令部参謀たちは、「白刃ヲフルッテ」という文句から、自然と一人の将校の顔を思いうかべていた。それは、杉坂共之少佐の顔だった。

杉坂は、陸軍士官学校在学中すでに二段の免状をとった剣道の熟達者で、それが参謀たちの胸の中で、「白刃ヲフルッテ」という表現にそのまま つながってゆく。「勇敢ニモ」という敵側の電文の一表現をみても、敵兵を驚嘆させるようなはげしい抵抗をこころみたのだろうが、それは、いかにも戦場体験の豊かな杉坂共之少佐らしく思えるのだ。

それ以外にもこの電文からは、さまざまなことが推測された。

まず「勇敢ニモ白刃ヲフルッテ抵抗」という文句から察すると、その抵抗した者は、不時着時に大した傷も負わなかったことがかぎとれる。

また発信者が白芒花の中国軍部隊であることは、逃避行をつづけている搭乗者が、荒木支隊の駐屯する淡水《たんすい》方面にむかっていることをしめしている。しかも、二名中一名はまだ生存していて敵から離脱しようと努めていることはあきらかだった。すでに荒木支隊は、淡水を出発北上しているので、この生存者を収容することも決して不可能とはいえなかった。

しかし、こうした推測よりも、敵と抗戦して死亡した者が杉坂少佐であった場合、香港《ホンコン》作戦命令書が敵手に落ちる可能性があるかどうか、ということが最大の問題となった。携行したまま戦死すれば、当然作戦命令書は敵手に落ちる。しかし、中国軍側の暗号電文には、作戦命令書についてはなにもふれていない。それは、まだ中国軍側の手に落ちていないことを示すもののように思えた。

その報告を受けた支那派遣軍総司令部はむろんのこと、大本営陸海軍部の首脳部の表情は、複雑だった。

かれらは、ただ時間の流れるのを待っている。十二月八日午前零時の開戦日時の瞬間まで、杉坂少佐携行の香港作戦命令書が、中国軍側に渡らぬことを切にねがいつづけるだけだった。

久野寅平曹長の逃避行は、絶えず死の危険にさらされていた。誰何《すいか》されたことや、発砲されたことは数知れない。そして、最大の危機は、十二月五日の昼間にかれを襲った。

久野曹長の疲労は、はげしかった。一時間ほど歩くと、かれは、倒れるように横になる。かれが、まだ生きているということは不思議ですらあった。ただ久野曹長を再び立ち上らせ歩かせたのは、杉坂少佐の携行していた作戦命令書の処分が完全にはされたことを軍首脳部に報告しなければならぬという義務感だけだった。

かれは、その日、疲労に堪えかねて田の畦道《あぜみち》を歩いた。そして、空腹感をいやすために田で仕事をしている農夫に近づくと、食物をねだった。

農夫は、おびえきった眼で久野を見つめていたが、持っていないと首をふった。久野は、自分の姿が異様なものであることを知っていた。衣服は泥だらけで、折れ曲った軍刀を肩にかついでいる。農夫の眼には、それが逃避行をつづけている日本の軍人として映っていることはあきらかであった。

かれは、またよろめきながら歩き出した。農夫は、ひそかに後をつけてくる。久野は、危険を感じて道から山に足をふみ入れた。

数十人の者に追われたのは、それから一時間ほどしてからであった。かれらは、部落単位に組織されている「民兵」と称する兵で、久野は、かれらの眼をのがれるために深い藪《やぶ》の中にもぐりこんだ。

しかし、久野は、完全にかれらに包囲されてしまった。民兵は、銃を持ってはいないが、手に竹槍《たけやり》をもち、しきりとわめきながら石を投げこんでくる。

久野は、殺される……と感じた。拳銃は所持しているが、弾丸は、五発しかない。押し寄せてきたら、民兵をその弾丸で撃ち倒し、残った弾丸で自決しよう。かれは、拳銃を擬しながら、飛んでくる石塊を浴びていた。

その時、久野曹長は、不意に激しい銃撃音が遠くの方で起るのを耳にした。チェッコ機銃の音に応じて、重々しい機関銃の音がしている。それは、まちがいなく日本の重機関銃の耳なれた銃撃音だった。

友軍が救出にきている……、とかれは思った。上空からの爆撃と同時に、地上部隊も出動していることに気がついた。

その機関銃の銃撃音はかなり遠かったが、それが民兵たちに大きな動揺をあたえたようだった。そして、かれらは、急におびえたように包囲をとくといつの間にか姿を消していた。

日が、暮れた。

久野は、あたりの気配をうかがいながら藪からぬけ出し、西の方向によろめきながら歩きつづけた。

その夜から翌六日にかけて、かれは、誰何され、追われ、発砲された。かれは、無意識に足を動かすだけで、その体はすでに動く死体にすぎなかった。

十二月七日、久野のかすんだ眼に一つの機影がうつった。機は左の方角に機首をさげて着陸してゆく。その翼に、日の丸の標識がぼんやりと見えた。

友軍機だ……、かれは、その着陸地点の方向にむかって歩き出した。

夜になった。前方に、黒々とした城壁がみえた。

かれは、注意深くその城壁に近づいて行った。六日間、敵兵に追われ追われてきたかれは、異常なまでに猜疑心《さいぎ》が強くなっていた。

敵陣地か……、かれは、城壁から一五メートルほどの距離まで行くと身をひそめた。そして、長い間、城壁の内部の気配をうかがっていた。

点呼の声がした。

かれの胸に、熱いものがつき上げてきた。それは、まちがいなく日本語だった。

しかし、かれの疑惑は、まだ残されていた。そのうちに、城壁の上から兵たちの雑談がきこえてきた。かれは、耳をすました。広東《カントン》語のような気もしたが、注意してきいてみると、それはあきらかに日本語で笑い声も起っている。

かれの疑惑は、完全に晴れた。

しかし、かれは、慎重だった。自分の姿は、決して尋常なものではない。折れ曲った軍刀を肩にかけ、地方人の外套を身につけ、繃帯《ほうたい》で鉢巻をしている。しかも、体は、頭からつま先まですっかり泥でおおわれている。このままとび出したら、不審人物として誤射されるおそれもある。

かれは、物かげに身をひそませると、

「オーイ、第二十五軍司令部の久野曹長だ」

と声をかけ、射《う》たれることを恐れてすぐに他の物かげに身をひそめた。

久野は、声をあげる度に這《は》って場所をかえた。

不意にかれは、自分の横に人の気配を感じぎくりとして顔をあげた。そこには、眼を光らせた日本の歩哨《ほしょう》が、銃剣をつきつけて立っていた。

「遭難機から脱出してきた」

久野は、坐《すわ》ったまま言った。

歩哨が、丁重に体を起してくれた。助かった、かれの眼に光るものがはらんだ。

久野がたどりつくことができたのは、荒木支隊の駐屯する淡水《たんすい》で、かれは、城壁の中の兵舎にかつぎこまれると食物と水をあたえられ、治療を受けた。

第二十三軍司令部から出向いてきていた参謀が駈けつけてきた。

参謀との一問一答がはじまった。

久野は、支那派遣軍総司令部参謀部付の杉坂共之少佐と行をともにしたこと。杉坂少佐携行の支那派遣軍総司令官より第二十三軍司令官に対する「香港攻略作戦に関する命令書」を、杉坂少佐とともに完全に処理したこと、などを詳細に報告した。

心痛でやつれきっていた参謀の口もとがゆるんだ。

「すると、杉坂少佐携行の機密図書は、完全に始末したというのだな」

「はい、完全に処分いたしました」

「誠に御苦労であった」

参謀の眼に、光るものが湧《わ》いた。

かれは、ただちに久野寅平曹長の救出とその報告内容を第二十三軍司令部に緊急発信、それは、支那派遣軍総司令部へ、さらに大本営へと報告された。

久野は、参謀にたずねた。

「私以外に脱出した方は、どなたでありますか」

参謀の顔がゆがんだ。

「機体の近くに重傷を負ってひそんでいた宮原大吉中尉を、木村大隊が一昨日収容し、現在医務室で治療を受けておる」

「それ以外は？」

「まだだ」

参謀の言葉に、久野は、口をつぐんだ。

久野寅平曹長の脱出成功とその報告は、大本営をはじめ南方軍総司令部、聯合《れんごう》艦隊司令部、支那派遣軍総司令部以下各司令部の作戦関係首脳部の愁眉《しゅうび》をひらかせた。しかし、久野曹長が淡水にたどりついたのは、七日の午後九時すぎで、それは、開戦日時十二月八日午前零時までわずか三時間足らずの時刻であった。


……その後、第二十三軍司令部特別情報班から中国軍側領域にはなたれた中国人密偵たちは、「上海号」不時着事故に関するさまざまな情報をもち帰った。

その中には、杉坂共之少佐の消息に関係のある情報もまじっていた。

密偵の一人は、久野曹長が杉坂少佐と中国兵の追跡をうけてはぐれた白芒花付近に潜入することに成功した。そして、白芒花南方六キロの水田の中に、首なし死体が一個遺棄されているのを目撃したという。

その死体が、だれのものであるのかが検討されたが、答は簡単に出た。その裏づけとされたのは、

「勇敢ニモ白刃ヲフルッテ抵抗。シカシ、本隊ハコレヲ死亡セシメタ」

という白芒花在の中国軍部隊から発信された暗号電文だった。

つまり、杉坂少佐は、久野曹長と別れた翌日、中国兵と交戦、戦死して無惨《むざん》にも斬《ざん》首《しゅ》され、捨てられたものと推定されたのだ。

そして、支那派遣軍総司令官畑俊六陸軍大将も、杉坂共之少佐の生死について、

「白芒花南方六粁《キロ》ノ地点ニアリシ死体ニヨリ、戦死ト認定処置スルヲ可トス」

という判定をくだした。

その後、さらに万全を期して捜索がおこなわれたが、

「生存ヲ認メ得ベキ情報全クナシ」

として、中央機関にも報告され調査は打ちきられた。

尚《なお》、「上海号」搭乗者のうちには、陸軍中野学校出身者が一名ひそかにまぎれこんでいた。

「上海号」が不時着したことがあきらかになった直後、前任の第二十三軍司令部特殊情報班長であった金子博曹長は、広東陸軍特務機関員として諜報《ちょうほう》活動に従事していた茨城誠一から、

「おれの同僚が一人乗っている」

と、低い声で告げられた。

茨城は、陸軍中野学校第一期卒業生で、諜報活動をおこなう必要から偽名をつかっ

ていた。実際の氏名は石島誠一で、茨城県生れであることから、茨城姓をつかっていたのだ。

茨城が金子にもらした「上海号」不時着事故によって難に遭ったという同僚は、茨城と同じ中野学校出身の二期生で陸軍嘱託逸見《へんみ》達志と称していた。しかし、その姓も茨城と同じようにむろん偽名で、実名は陸軍中尉《ちゅうい》一色良であった。

その一色中尉が、なぜ「上海号」に乗っていたのか、それは今もってつまびらかではない。が一色中尉が逸木《いつき》機関と称される諜報機関の長であったことから察すると、「上海号」の機内に載っていた多量の重慶銀行発行の紙幣（法幣）の山と関連があったとしか思えない。

重傷を負って救出された宮原大吉中尉は、身を守る貴重な物としてそれら紙幣の束を最後まで捨てなかったが、救出された後に、思いがけなくそれがすべて偽造紙幣であることを知らされた。

それら偽造紙幣は、日本の印刷局をはじめ民間の新聞社印刷部、著名な印刷会社等でつくられ、中国大陸に多量に流されていた。それらは、物資の大量購入に使用されると同時に、中国軍側領域の経済攪乱《かくらん》にも利用されていたのだ。

一色中尉が、「上海号」に載っていた偽造紙幣と関係があるとすれば、当然それを諜報活動に利用しようとしたにちがいない。一色が、どのような意図のもとに空路、広東にむかおうとしたのか。開戦とどのような関連があるのか。

いずれにしても、一色中尉の死は支那派遣軍から大本営への報告にも逸見達志という架空の名の人物の事故死としてしかしるされてはいない。そして、その死の状況も家族へは伝えられず、その後の処遇も軍嘱託逸見達志の事故死として、将校の戦死扱いとはならなかった。

つまり陸軍中尉一色良は、「上海号」不時着事故によって人知れず死亡しそのまま奥深い闇《やみ》の中に没していったのだ。

三

「上海号」不時着事故は、大本営をはじめ各軍司令部作戦関係者に大きな精神的動揺をあたえたが、十二月八日午前零時の開戦日時の瞬間まで、かれらを不安がらせた事故は相ついで発生した。

かれらが絶えず息苦しいほどの緊張感の中で時間の流れを見つめつづけたのは、対米英蘭《らん》戦が、奇襲作戦にただ一つの生きるべき道を見出《みいだ》していたからにほかならない。

陸軍では南方諸地域攻略作戦を、海軍ではハワイ在泊のアメリカ艦隊主力の潰滅《かいめつ》を目ざして史上前例のない大規模な作戦行動を開始していた。そして、その大作戦の成否は、企図が完全に秘匿《ひとく》されるか否《いな》かにすべてがかかっていたが、その秘匿は、ほとんど不可能にも近い性格をもつものであったのだ。

大本営海軍部の企図したハワイ攻撃作戦も、企図の漏洩《ろうえい》という不安にさらされていたが、寺内寿一《ひさいち》陸軍大将の指揮する南方作戦も、果して企図の秘匿が完全におこなえるかどうか、きわめて危険率の高い奇襲作戦計画だった。

むろん大本営陸軍部では、南方諸地域の情報蒐集《しゅうしゅう》には早くから手をつけていた。その第一のあらわれは、昭和十五年夏、第二部欧米課に村上公亮中佐を班長とする南方班が新設されたことにはじまった。

情報蒐集の任を帯びた多数の者が、参謀本部、陸軍省、その他中央機関から南方諸地域に放たれ、身分をかくして徹底的な情報蒐集につとめた。

かれらは、単独で行動する以外にも、商社員や在外邦人なども利用し、軍事施設の強化状況、兵力の規模はむろんのこと、地図、気象、それに住民の風俗、風習など詳細な情報を大本営にもたらした。

これらの資料を中心に、昭和十六年八月末までには、大本営陸軍部内で南方作戦計画が極秘のうちに作成され、九月には、三宅坂の将校集会所で、作戦関係者の手で一カ月をついやして作戦計画の総仕上げがおこなわれた。そして、十月一日から五日間、塚田攻《おさむ》参謀次長統裁のもとに、陸軍大学校でひそかな図上研究がおこなわれた。

十一月五日、御前会議で対米英蘭戦の「帝国国策遂行要領」決定にもとづき、大本営陸軍部から南方軍及び南海支隊に対する戦闘序列が下令されたと同時に、南方作戦行動は開始され、そして大本営は、その作戦企図の秘匿に全精力を集中したのだ。

まずその企図秘匿のむずかしさは、南方諸地域に上陸する兵力輸送にあたる船舶の徴傭《ちょうよう》からはじめられた。

乗船地は、内地、朝鮮、台湾、中国大陸その他の諸港がえらばれ、しかも大兵力を輸送するので、日本の保有する船舶約五〇〇万総トン中二一〇万総トンの船舶が徴傭され、その数は、大小あわせて四〇〇隻《せき》にも達した。

それらの船は、ひそかに各港に集まってきたが、むろん船長にも行先などは全く知らされず、船は入港とともに兵員輸送のための艤装《ぎそう》がほどこされた。

この輸送処理を指揮したのは、船舶輸送司令部（司令官佐伯文郎中将）で、兵員の乗船地に司令部員を派遣し、乗船業務を指導させた。

しかし、それらの司令部員たちは、大本営が開戦にそなえて作戦準備をすすめていることは知らず、そのため自分たちの扱っている船舶群がどこへ行くのかわからなかった。北方であるのか南方なのか、おそらくタイ国へでも進駐する兵力の輸送をおこなうためのものにちがいないという判断しか持ち合せてはいなかった。

それでも、かれら司令部員は、いずれかへ向う船舶の集結が前例のない大きな規模ですすめられているということは知っていた。そして、それは、大作戦の開始されるきざしとも思え、それだけに自分たちの責任の大きさにも気づいていた。

この大兵力の乗船を、人の眼から遮断することは不可能だった。そのため、乗船は、各港で分散されておこなわれたのだが、内地での最大の集結地である広島では、宇品《うじな》港から沖合までぎっしりと海をうめたおびただしい船舶群が市民の眼にもさらされていた。

軍隊は、連日列車でやってくるし、資材を運搬するトラックの動きも活潑《かっぱつ》化している。そして、船に乗せる生野菜の買占めが軍でおこなわれているらしく、市内での野菜の入手は困難となった。

さらに市民を困らせたのは、水道の一部断水と時間給水であった。それは、飲料水が、大量に船舶へ積みこまれている結果であった。

しかし、広島市民は、支那事変以来軍隊の大輸送にはなれていた。そのため、そのあわただしい空気にふれても新しい大作戦が開始されるとは思わないようだった。ただかれらは、軍隊を乗船させた船が一日も早く出港し、日常生活の安定がもどることをねがうだけだった。

しかし、それでも、憲兵や特高の刑事たちは、私服で市内の厳重な警護にあたっていた。港の周辺はもとより、駅の乗降客の挙動に、かれらの鋭い視線はそそがれていた。

やがて、兵員、武器、弾薬を満載した船は、一隻ずつひそかに港をはなれはじめた。しかし、出港する船の船長は、どの方向にむかってよいのか指示はあたえられない。船舶司令部からは、海図をまるめて密封されたものがわたされているだけで、封をあけることは厳禁されている。それは、進行方向の記されている海図にちがいないのだが、どこに向って航行すればよいのか全くわからない。

が、やがて船舶司令部から、船長宛《あて》の通信がもたらされる。その隠語符号は、「三」であった。

船長たちは、海図をひらき別に配布された符号表と比べてみる。「三」とは、海南島三亜港の意であり、船団の集合地点が三亜であることをはじめて知った。

各船舶は、航行中の所在をかくすため、発信は全く禁じられ、集合地点に向って一隻ずつ航行してゆく。

そうした状況下に、大本営陸軍部第二部第十八班の北多摩通信所は、南方諸地域から発信される電波に全神経を集中させていた。

と、マレーの英国極東総司令部からマレー半島の英陸海空軍あてに発信された暗号指令が受信機にとらえられた。

第十八班は、その解読に成功したが、その内容は、大本営陸軍部作戦関係者たちに大きな不安をあたえた。それは、「上海号」不時着事故の発生する四日前、十一月二十七日のことであった。

イギリス司令部一電文の衝撃

一

陸軍北多摩通信所は、東京都下北多摩郡久留米《くるめ》村に置かれていた。それは、情報担当の大本営陸軍部第二部第十八班に所属するものであった。

第十八班に課せられた仕事は、百武晴吉中将が手を染めた暗号解読、情報蒐《しゅう》集《しゅう》研究の発展したもので、北多摩通信所は、その出先機関としてアメリカ、イギリス、中国、ソ連その他第三国の発信する電波の傍受に専念していた。

通信所は、村はずれの山林をきりひらいた場所に設けられ、そのため人の近寄る気配も稀《まれ》であった。

周囲には、通信所員の官舎があるだけで、村人たちには、単に内地に散在する各部隊への通信所にすぎないと教えこんでいた。そして、所内へは、たとえ高級将校でも大本営陸軍部の許可書をもたない者は立入ることを厳禁され、また門の内部にはクサリ製の柵《さく》が立ちはだかっていた。

北多摩通信所

　通信所内では、所長古市迪哉少佐以下数人の将校、下士官と、百名以上もの熟練した通信士や技手たちが精巧な受信機にとりくんでいた。むろん通信士や技手たちは身《み》許《もと》を厳重に調査されたものばかりで、かれらは全員が諜者《ちょうしゃ》となって、太平洋上とその沿岸諸地域や大陸方面をしきりと飛び交う電波を追いつづけていた。
　そうした重要任務についているかれらも、開戦意志の決定や開戦日時についてはいっさい知らされず、古市所長ですらそれは同様であった。
　しかし、日米外交交渉の完全な行きづまりや、受信機から流れ出るアメリカ、イギリス等の極東派遣軍の間で交わされる通信文や、その交信の頻度に、米、英、蘭三国に対する開戦の瞬間が極度に接近していることをかぎとっていた。
　かれらの神経は、異常なほど研ぎすまされていた。その鋭敏な聴覚に、アメリカ、イギリス、オランダ等の陸海空軍の指令や、艦船、軍用機の航・飛行中に発信する暗号通信がとらえられ、それ以外にも暗号をつかわぬ平文の交信も傍受される。

それらはすべてが克明に記録されて、一日一回、目立たない乗用車で大本営陸軍部内の第十八班にとどけられる。電話で報告せずに車ではこぶのは、傍受したものの内容を盗聴されることを防ぐためで、ただ緊急を要する場合のみは、やむなく通信所と第十八班の間に設けられた特別電話を使用することが許されていた。

傍受されたものは、第十八班で暗号文、平文のものに区別され、暗号文はただちに班員の手で解読に移される。解読者は、外国語、数学に特に精通した特殊教育を受けた将校たちばかりで、その解読技術はかなり高度なものであった。

……十一月二十七日午後にも、北多摩通信所からは、傍受された通信文が乗用車で第十八班にとどけられた。

すでに寺内寿一《ひさいち》陸軍大将指揮の南方方面上陸作戦に従事する日本軍は、それぞれ輸送船に乗船して最後の集結地点へとむかい、また前日の十一月二十六日には、ハワイ奇襲を企てる南雲忠一中将麾下《きか》の海軍機動部隊が、多数の戦闘機、爆撃機を搭載してエトロフ島単冠《ひとかつぷ》湾を出港、一路ハワイへむかって突き進んでいた。

それらの作戦は、奇襲を前提としているだけに、その企図の秘匿《ひとく》は大本営の最大の関心事だったが、それが完全に果されているかどうかを知る陸軍部の手がかりは、作戦予定地域に放たれている多数諜報関係者の情報と北多摩通信所を中心とした米、英、蘭三国軍の発する通信文の傍受であった。それだけに、大本営陸軍部の関心は、第十八班の動きに集中されていた。

その日とどけられた暗号文は、ただちに解読に移されたが、その中の一文が、大本営陸軍部の上層部に大きな衝撃をあたえた。

それは、マレー半島に置かれたイギリス極東軍総司令部（司令官ブルック・ポッパム大将）から、マレー半島のイギリス陸海空軍に対して、「総員外出禁止」を命令したものであった。

すでに十日ほど前には、フィリピンに基地を置くアメリカ空軍の発した、「ルソン島西方海面ヲ、毎日定期的ニ哨戒《しょうかい》飛行ヲオコナウベシ」

という指令を北多摩通信所が傍受していた。

それは、極東の緊迫した情勢に対するアメリカ軍の処置であるのだろうが、イギリス軍の「総員外出禁止」命令は、比較にならぬほどの重大な意味をもっている。その命令は、イギリス極東総司令部が、日本の開戦意図について重要な情報をとらえたことをしめしているように想像された。

ハワイ奇襲を目ざす海軍機動部隊が、一団となって行動するのに比較して、南方進攻作戦を企てる兵力の動きは、規模も大きいだけにその行動を察知される公算はきわめて大きい。

アメリカ、イギリス等から放たれた多数の諜報員たちは、日本内地、台湾、中国大陸等に潜行して必死の情報蒐集につとめているだろうし、南方諸地域進攻を目ざす大本営の開戦意図も見破られる可能性は充分あった。

「察知されたか？」

大本営の作戦関係者たちの顔からは、血の色がひいた。

かれら作戦関係者を最もおそれさせていたのは、開戦意図をつかんだ後のイギリス軍をはじめ極東地域のアメリカ・蘭印軍の行動だった。

「総員外出禁止」命令が、単なる厳重な防備態勢の強化という意味ならばまだ救いはあるが、それが積極的な攻勢を開始するきざしなのかも知れない。つまり、先制攻撃をしかけられる前提とも考えられるのだ。

しかし、大本営のくわだてた作戦計画は、開戦日時を目標に精密に組み立てられたもので、些細《ささい》な変更もゆるされない。ハワイ奇襲艦隊の航行日程、南方軍の兵力輸送予定等、すべてが開戦日時から逆算され実行に移されているもので、たとえ極東地域のアメリカ、イギリス、オランダ各軍の攻撃を受けることが予想されても、開戦日時を繰上げることは絶対にできないのだ。

万が一先制攻撃を受けるとすれば、南下する日本の南方作戦に従事する大輸送船団は、米、英、蘭三国空軍の絶好の攻撃目標となるだろうし、イギリスの新鋭戦艦プリンス・オブ・ウェールズ、巡洋戦艦レパルスを主力とする海上兵力の攻撃にもさらされる。そして、ハワイにむかっている海軍機動部隊も、アメリカ空軍の邀撃《ようげき》にあって、その奇襲作戦も完全な失敗と終るのだ。

大本営は、この「総員外出禁止」命令を重視し、第十八班に命じて北多摩通信所に、一層慎重な傍受をつづけるように命令した。

極東地域の米、英、蘭三国軍が、もしも積極的な作戦行動を開始すれば、その動きは、それら地域から発せられる無電の交信状況にあらわれてくるはずだし、それによって作戦意図もあらかじめ察知できるにちがいなかったのだ。

その判断方法としては、大別して二つの場合が予想できた。

その一つは、それらの地域や洋上での交信が急にふえることであった。指令が飛び交うこともその有力なあらわれだが、それ以外に無線機でのテスト交信がさかんにおこなわれるはずだった。

テスト交信は、指揮系統から全軍に無線管制命令が出た証拠で、各隊は、作戦行動のもれることをおそれて電波を発することを制限される。やむなく移動する作戦部隊は、電鍵《でんけん》をわずかにたたくだけのテスト通信を交わす。それは、やがて発信されるだろう攻撃開始等の重要な緊急通信を受信するための受け入れ準備なのだ。

しかし最も恐ろしいのは、相手側の交信が不意に消滅してしまうことであった。完全な沈黙——その突然の静寂は、敵側が兵力の動きを隠密裡《おんみつり》にすすめていることを意味し、それは必然的に、大々的な奇襲攻撃となってあらわれてくるはずであった。

四カ月足らず前、交信が完全に途絶えたことで、大本営が大混乱におちいったことがあった。それは、太平洋沿岸地域ではなく、ソ満国境で発生したのだ。

その半月ほど前の七月下旬、大本営陸軍部は、内地から日本陸軍創立以来最大の兵力を朝鮮経由満州へと送りこんだ。その大移動は、ドイツとソ連との開戦に密接な関連があったのだ。

六月二十二日、ドイツのソ連領内進撃に応じて、松岡外相は、この好機にドイツと協力してソ連を屈伏させるべきだと「即時対ソ開戦」を強硬に主張した。

大本営陸海軍部、殊《こと》に海軍部はこれに強く反対したが、陸軍部内には伝統的に北進論者が多く、ソ満国境の警備強化という名目で松岡の主張に同調する形となった。そして兵力三十数万、その他馬匹《ばひつ》、軍用機、作戦資材等を大量に投入することになった。その大規模な移動は、七月下旬より二カ月近くを要すると予測され、動員部隊は、おびただしい船舶によって内地をはなれ、朝鮮から満州への移動を開始した。

その間に大本営陸軍部を最も恐れさせていたのは、大兵力の移動をソ連側に察知され、それが日本の「対ソ開戦」と即断されることであった。当然それは、ソ連側を大恐慌におとしいれ、全力をあげて先制攻撃を満州警備の日本関東軍にくわえてくることが予想された。

大本営陸軍部は、松岡外相の即時対ソ開戦論に一応同調はしたが、実際にソ連と戦う積極的な意志はなく、そのため、大本営陸軍部は、その兵力の大移動の秘匿に充分な神経をはらった。

動員部隊が内地を出発する折にも見送りは一切禁止し、さらに輸送列車を別方向に走らせたり、夜間を利用して急ぎ移動させたりした。そしてそれらの大移動の意図をまぎらすために、関東軍の特別演習がもよおされるのだと称したりしていた。

が、八月二日、大本営の中枢《ちゆうすう》部に、大混乱がおこった。

関東軍司令部と大本営陸軍部との間には、秘密電話が通じていたが、その日の夕方、関東軍司令部情報主任参謀甲谷悦雄中佐から、

「緊急事態発生」

が、電話で通報されてきたのだ。

その内容は、それまで関東軍司令部の電報班で傍受されていた東部ソ満国境方面のソ連軍の交信が完全にとだえてしまったという。

その不意の交信杜絶《とぜつ》は、日本陸軍兵力の大規模な移動がソ連側に確実にとらえられ、それに対処するためソ連軍が、完全な無線封止を命令したと想像された。そしてその後につづくものは、ソ連軍の関東軍に対する奇襲先制攻撃の開始と判断された。

ソ連軍が奔流のように満州領域内に進攻してくる……大本営内部ははげしく動揺した。

ソ連軍には、日本軍に対して先制攻撃をしかける充分すぎるほどの理由がある。かれらの側からみれば、日本軍の大兵力がソ満国境に動員されていることは、日本のたしかな戦争意図をしめすもので、その集結前に先制攻撃を加えることは、国際常識上決して不穏当な行為ではないはずだった。

大本営陸軍部の首脳部たちは、激しい討議をつづけた。そしてその席上、作戦課高級参謀辻《つじ》政信中佐から戦争指導担当の有末第十二班長に対して、

「ただちにソ連と外交交渉をもち、ソ連側の開戦意志をやわらげるべきだ」

という進言もおこなわれた。

しかし、大本営陸軍部内の緊迫した空気は、甲谷中佐の「無線封止——緊急事態発生」の電話通報につづいて受信された軍機電報によって、さらに深刻なものとなった。

それは、関東軍司令官梅津美治郎大将から発せられたもので、

梅津関東軍司令官

「ソ連空軍ガ来襲シテキタ場合ニハ、大本営ニ連絡ハスルガ、好機ヲ失ウオソレガアルト判断シタ折ニハ、独断デソ連領内ノ空軍基地ニ航空攻撃ヲ実施スルカラ、ソノ点ニツイテハアラカジメ御了承セラレタイ」
という趣旨のものだった。
その梅津司令官の発した軍機電報は、ソ連空軍の攻撃に積極的に応戦すると同時に、全力をあげてソ連領内へも進攻するという強い意志がかぎとれた。そしてそれは、必然的に対ソ開戦へとつながってゆく行動であった。
日米外交交渉も進展せず、米、英、蘭三国との開戦気運も日増しに濃くなっているというのに、さらに背後のソ連と戦争状態におちいることは、日本にとって余りにも

負担の大きい行為であった。

狼狽《ろうばい》した参謀総長杉山元大将は、とりあえず、

「反撃ハ国境内ニトドメルコトヲ原則トスベシ。関東軍モ慎重ナ態度ヲトッテ行動セラレタイ」

と、梅津関東軍司令官に急ぎ返電した。

しかし、ソ連空軍が大挙して攻撃してきた折に、ただ国境内で反撃するだけでは防《ぼう》禦《ぎょ》一方となり、当然関東軍の大敗北となることはあきらかで、梅津司令官の要請も無理はないと判断された。

杉山参謀総長

結局大本営陸軍部は、強硬に反対する海軍部の同意も漸《ようや》く得て、天皇に上奏の上、

「ソ連空軍ノ攻撃ヲ受ケタ折ニハ、ソ連領内ニ空軍力ヲ駆使シテ進攻シテモヨイ」

旨《むね》の大本営陸軍部命令を、梅津美治郎大将に発した。

それは、事実上のソ連に対する開戦命令であったのだ。

ただちに関東軍は、ソ連に対する攻撃態勢をととのえた。

しかし、それほど大本営を震撼《しんかん》させ対ソ開戦を決意させた事件も、あっけない解決をみた。

たしかにソ連領内で交信が完全にとだえたのは事実だが、それはソ連軍の動きとは全く関係のない単なる自然現象にすぎないものであった。

つまりデリンジャー現象が発生し、ソ連領内の交信がすっかり乱れて杜絶したと同じような状態におちいっただけのことであったのだ。

ソ連との大戦争にも発展しかけた四カ月前の緊張も、ソ連軍側に「無線封止」が実施されたという判断から発したものであった。

事実、ハワイへむかって航行をつづける海軍機動部隊も、完全な無線封止を実行しているし、それは、奇襲の性格をおびた大作戦行動のはじまる最も顕著なあらわれとされていたのだ。

大本営は、イギリス極東軍総司令部の発した「総員外出禁止」命令の後に、「無線封止」がつづくことを恐れた。交信のとだえる完全な沈黙は、先制攻撃のおこなわれるあきらかな徴候であるはずだった。

北多摩通信所の所員は、精巧な受信機にしがみついていた。交信は、依然としてつづき、むしろそれは、日増しに多くなってきている。

大本営陸軍部の関心は、その受信機から流れ出る電信文に集中されていた。

二

また、大本営海軍部特務班（班長柿本権一郎少将）の大和田通信隊も、陸軍の北多摩通信所とともにその傍受に夜を徹して専念していた。

特務班の主力は、アメリカ関係を担当する今泉肇中佐指揮のA班で、B班（イギリス関係）、C班（中国関係）、S班（ソ連関係）、雑班（その他）とともに、海軍省内の密室で、傍受される暗号・平文電文の解読、整理にあたっていた。

班員は、数名の将校以外に、国立大学、外国語学校をはじめ多くの学校卒の優秀な予備学生が集められ、それに各大学の語学、数学関係の助教授たちも加わっていた。

海軍の受信網は、内地をはじめ南方諸島にもはりめぐらされ、その中枢機関として東京通信隊大和田分遣隊の大和田通信所が、埼玉県北足立郡大和田町の辺鄙《へんぴ》な場所に設けられていた。

通信士は熟練者のみで、太平洋上に散ったアメリカ艦艇の通信兵の癖ものみこんでいて、無電を発信した艦名まで指摘できるような者も多かった。

かれらは、陸軍北多摩通信所の傍受した極東イギリス軍の「総員外出禁止」命令の傍受・解読にも成功し、その後の交信状況にも鋭敏な神経をそそいでいた。

十二月一日が、明けた。

その日は、御前会議がひらかれ開戦日が十二月八日と最終的に決定した日だが、陸海軍ともに、多くの重要な情報を得た日でもあった。

アメリカ海軍では、シアトル、サンフランシスコ、ハワイ、グアム、マニラの各基地間に平文による放送を流している。それは、戦略戦術に関係のない放送で、

「××乗組の○○大尉《たいい》夫人は、めでたく女児を出産、母子ともに健全」

といった類の連絡であったが、大和田通信所は、それらの放送からもなにかの手掛りを探り出そうと、その周波数に合わせて傍受につとめていた。

と、十二月一日、大本営の空気を明るくさせるような情報が、その放送内容からつかむことができた。

それはホノルルからの海軍放送で、ハワイの第十四海軍区の人事異動がしきりと放送されている。その異動は毎年十二月一日付で発令されるもので、その発表が例年通

りにおこなわれていることは、ハワイのアメリカ海軍にそれほどの緊張感がはりつめていないことをしめしているなによりの証拠と推測された。

さらに、ハワイの海軍軍需部から中央軍需局長に宛《あ》てた報告もとらえることができた。それによると、十二月に使用予定の燃料も十一月分と同量でよいという内容だった。

ハワイ攻撃艦隊はハワイへむかっているし、南方軍の船団も兵の乗船をはじめている中で、例年通りの人事異動がおこなわれ、さらに十二月の燃料予定量が全く変化がないということは、まだアメリカ側に作戦企図がもれていない証拠と言ってよかった。

大本営の緊張した空気はゆるんだ。しかし、マレーのイギリス軍外出禁止命令は、依然として無気味な要素だった。そして、それを裏づけるようにその日、緊迫した情報が、陸海軍の情報網からぞくぞくと入電してきた。

南方作戦にしたがう陸軍輸送船団の主要集結地である海南島三亜港沖合に、パナマ国旗、フランス国旗をかかげた商船がしきりと出没しているというが、それはあきらかに諜報《ちようほう》活動のためと推定された。

またそれにつづいて、台湾南端のガランビ岬《みさき》南方海上に、アメリカ大型爆撃機B17三機が出現したという情報も入電してきた。それは、むろんフィリピンのルソン島にある米空軍基地から発進したものだろうが、日本陸海軍の重要航空基地の点在する台湾に、アメリカ空軍機が海を越えて偵察にきたことは、充分にアメリカ軍が開戦の接近を意識しているあらわれにちがいなかった。

さらにその日、マニラ湾外に潜行して偵察行動をおこなっていた日本潜水艦から、同湾に集結していたアメリカ海軍の大型潜水艦一四隻《せき》、潜水母艦一隻、駆逐艦二隻が、十二月一日朝マニラ湾を出港、行方がわからなくなったと伝えてきた。

南下する南方作戦に従事する輸送船団にとって、上空からの攻撃と同じように、潜水艦による魚雷攻撃は最も警戒すべきものであった。しかも、一四隻というまとまった大型潜水艦が行方も知れずに出港したことは、輸送船団を攻撃する気配濃厚で、憂《うれ》うべき事態の発生が予想された。

さらに、南方地域にはりめぐらされた諜報網からは、蘭領インドシナ全域の陸海空軍に動員令が発せられ、またフィリピン全土に非常警戒が発令されたという情報ももたらされてくる。

たしかに、米、英、蘭三国軍は、なにかをかぎつけていることはあきらかだった。

しかし、すでに定められた作戦計画は、それらの情報によって変更することは許されず、ただ大本営は、息をひそませて米、英、蘭三国軍の動きを見守りつづけるだけだった。

その夜、支那《しな》派遣軍総司令部から「上海号《シャンハイ》」不時着事故がつたえられ、大本営は、一層深刻な空気につつまれた。

そうした中で、翌十二月二日、大本営陸海軍部は、作戦に従事する各司令官に、十二月八日に進攻作戦を開始する旨の大陸（海）命を発した。

大本営は、陸海軍部とも作戦企図をかくすために可能なかぎりの方法をとっていた。海軍部が、ハワイ奇襲を目的とした機動艦隊の完全な無線封止をおこなったのもそのあらわれで、大和田通信隊の受信機にすら、その艦隊の所在はつかめない。

さらに無線呼出符号にも、思いきった変更がくわえられていた。それは、約半年ごとに変えられていたものだが、十一月一日に変更したばかりの呼出符号をわずか一カ月後の十二月一日に変更してしまった。それは、むろん、アメリカ側の無線情報作業を妨害するためであったのだ。

またハワイに航行中の航空母艦が、まだ内地近海にいると見せかけるため、九州、瀬戸内海方面の陸上航空部隊や艦船間でしきりと偽《にせ》交信を発信させた。その電波は、当然アメリカ軍の受信機に傍受されているだろうし、その通信内容には航空母艦から発信されているものと推定できる要素を故意にふくませていた。

陸軍部でも、企図秘匿《ひとく》には最大の関心がはらわれ、日本軍の作戦方向が決してマレー方面にはないと思わせるように中国奥地の重要拠点昆明《こんめい》に対する攻撃を実際におこなわせ、進攻方向を察知されぬような方法をとっていた。

しかし、それらの努力も、「総員外出禁止」命令をはじめとした緊急事態命令をもとに米、英、蘭三国軍が行動を起せば一挙に無意味なものになってしまうのだ。

「上海号」不時着事故もくわわって、大本営には重苦しい空気がよどんでいたが十二月三日、陸軍北多摩通信所は、或《あ》る有力な電文をとらえた。

それは、変哲もない普通電報だったが、大本営の空気を明るませるのには充分なものがあった。それは、マレーの一イギリス空軍大尉の発したバギオにあるホテルへの宿泊予約の申込み電報だった。そして、それにつづいて予約電報が、イギリス軍将校からホテル宛《あて》にしきりと発信されはじめた。

大本営は、それらの電報類から、マレーのイギリス軍の外出禁止命令がいつの間にか解除されたことをかぎとった。

しかし、一日置いた十二月五日、大本営の空気は、ふたたび憂色にとざされた。

その日、北多摩通信所は、そのホテルに、イギリス軍将校からの予約取消し電報が殺到するのを傍受したのだ。

郵船「竜田《たつた》丸」の非常航海

一

昭和十六年十二月二日、前日の御前会議の決定にもとづき、大本営は、作戦各部隊に開戦日の決定をひそかに伝えた。

陸軍部は、寺内南方軍総司令官に、また海軍部は、山本聯合《れんごう》艦隊司令長官に、それぞれ「開戦日時を十二月八日午前零時とし、予定通り攻撃を決行せよ」という趣旨の大本営命令を発した。

南方軍は、ただちに出撃準備に没頭、また聯合艦隊は、ハワイへ向け航行中の機動部隊に「ニイタカヤマノボレ一二〇八」の隠語電報を緊急発信した。

その日、横浜港の大岸壁から日本郵船所属の豪華客船「竜田丸」（一六、九五五総トン）が、五色のテープにいろどられて出帆した。

それは、平常の出帆時と同じような華やかな光景だったが、「竜田丸」の外観は、異様だった。日本郵船の社旗はかかげられず、煙突に印されていた社のマークも黒く塗りつぶされている。それは、やはり乗客にも見送る者にも、日本をめぐる国際情勢の極度に緊迫した空気を感じさせていた。

その年の七月二十六日、アメリカは、日本軍による南部仏印進駐の報復措置として対日資産凍結令を通告してきた。そして、その時からアメリカとの航路交通は杜絶《とぜつ》され、そのため乗船希望者は、航路上の港々におびただしく停滞してしまっていた。

さらに、日本と米、英、蘭《らん》三国との戦争発生の気配も濃厚になってきていたため、それら三国に在住する日本人たちは帰国を切望し、また日本にいる外国人たちの離日希望もつよまった。

そうした要望にこたえて、日本政府は、日本人引揚げのためそれら三国地域への配船を米、英、蘭三国政府に交渉し、その結果、北米方面へは「竜田丸」「氷川《ひかわ》丸」「大洋丸」、印度《インド》・東アフリカ方面へは「日枝丸」、フィリピン・海峡地方面へは「浅間丸」「箱根丸」「扶桑《ふそう》丸」、蘭領印度方面へは「富士丸」「高千穂丸」「日昌《につしよう》丸」の配船が決定、九月からそれら引揚船の航行が開始された。そして、それらは、日本政府の徴傭《ちようよう》船として、船の所属会社をしめす標識は、すべて消されていたのだ。

その日出港した「竜田丸」は、おそらく最後の引揚船になるだろうという噂《うわさ》が専《もつぱ》らだった。そのため、外国人船客も多く、上海《シャンハイ》から本国に帰還しようとするアメリカ将兵も乗船し、船は満室、満客となっていた。

「竜田丸」の行先は、ロサンゼルス経由バルボア（パナマ）で、この出港については、大本営海軍部内で是非の論がはげしくたたかわされた。

「竜田丸」の出港日は、はじめ十一月二十日と予定されていたが、太平洋を横断してロサンゼルスへ入港するのは、十二月三日前後になる。さらにバルボアへ達するのは十二月中旬となって、むろんその頃には戦争は開始され、「竜田丸」はそのままアメリカ海軍の手中に完全に落ちることになる。つまり、その出港は、拿捕《だほ》されるために送り出すのと等しい行為であったのだ。

しかし、大本営海軍部は、敢《あ》えて「竜田丸」を出港させることを決意した。

アメリカをはじめイギリス、オランダは、いつ日本が開戦にふみきるか、その日時をさぐるために諜報《ちょうほう》網を総動員して日本側の動きを注視している。もしも予定されている「竜田丸」の出港が中止されたら、そのことだけでもかれらに「開戦日近し」という確かな証拠をつかませることになってしまう。

「竜田丸」は、むしろ出帆させるべきだ、と大本営海軍部の首脳者たちは判断した。

それは、必ずかれらの緊張感をやわらげるのに役立つだろうし、日本が開戦にふみきる日はまだ遠い将来のことだという安心感をあたえるにちがいない。つまり、引揚船「竜田丸」の出港は、大本営の機密秘匿《ひとく》のために用いられた一つの餌《えさ》でもあったのだ。

二

この「竜田丸」の出港について大本営海軍部は、あらかじめ入念な偽装工作をおこなっていた。そして、その中心人物として動いていたのは、海軍省軍務局第二課員市川義守少佐と逓信《ていしん》省艦船局遠洋課事務官土屋研一であった。

土屋は、アメリカの対日資産凍結令が通告された後、日本船舶の処置について海軍省と密接な連絡をとっていた。

その一つに、船舶図上演習があった。もしもアメリカ・イギリスとの間に戦争が発生した場合、世界の各海洋に放たれている日本船舶は、当然敵国船として拿捕される可能性があるが、その被害を最小限にとどめるためにはどうしたらよいか。国家総動員法によって日本の全商船を掌握している逓信省の担当

竜田丸

係官としての立場から土屋は、その図上演習に参加したのだ。

土屋は、配船図をもとに天候、風向その他あらゆる場合を想定し、その結果開戦日に拿捕される日本商船は六隻《せき》という数字をはじき出した。また土屋は、その後船舶の動きに細心の注意をはらい、シンガポール以西、パナマ以東の船舶を日本の方向にできるだけ引きつけることに苦心した。(これらの処置は大成功をおさめ、開戦時に日本船舶は一隻も拿捕されなかった)

「竜田丸」の出港時にも、大本営は逓信省に対してその偽装を完璧《かんぺき》なものにするため、「竜田丸がロサンゼルス経由バルボアに向け出港することについて、さりげない声明を出すようにせよ」

という指示をあたえた。

逓信省では、種々策をねった結果、アメリカ、南米に在外支店をもつ商社にその旨《むね》をつたえ、出来るだけ支店員を「竜田丸」で引揚げさせた方がよいと内示した。そのため各商社からは、それぞれの在外支店に一斉に電報が放たれ、支店員たちは、あわただしく引揚げ準備をはじめ、乗船申込みをするとともにロサンゼルス、バルボアに集結する動きをしめしていた。

「竜田丸」の偽装は、遺漏のないものとなった。しかし、開戦日が十二月八日であることを知っているのは市川少佐だけで、「竜田丸」の木村庄平船長も、土屋事務官も知らなかった。

「竜田丸」が横浜を出港直前、箱包みをかかえた一人の男がタラップをあがると、船長室に入って行った。それは、私服の市川少佐であった。

市川は、木村船長に、

「餞別《せんべつ》を持ってきましたよ。ただし出港してから開けてください」

と、かかえていた包みを渡した。

木村は、

「御丁寧に」

と言ってその包みを受けとり、それから談笑に入ったが、辞しかけた市川は、

「キャプテン、なるべくゆっくりと行った方がいい」

と、奇妙なことを口にして腰を上げた。

木村は、その意を解しかねたが、市川は、そのままドアを排して外へ出て行った。

出帆のドラが、音高く船内に鳴りわたった。そして､船は、大岸壁をはなれはじめた。市川は、見送りに来ていた土屋事務官と並んで不安げな眼で「竜田丸」の巨体が動いてゆくのを見つめていた。ゆっくりと行けと指示したのは、開戦日に日付変更線を

越えさせたくなかったからで、むろん無事に引き返させたい気持からであった。むろん人間的にも信頼のおける木村船長だけには、すでに決定した開戦の日を知らせたかったが、市川の立場としてはそれを口にすることはできなかったのだ。

「竜田丸」が外洋に出ると、木村船長は、市川から渡された包みをひらいた。木村の顔が、不意にこわばった。その中には、数梃《ちょう》の拳銃《けんじゅう》が冷たい肌を光らせていた。

木村船長は、その拳銃を見つめながらそれがなにを意味するのかを思いめぐらした。むろんそれは、日米間の悪化した空気と深い関連があるものだろうが、拳銃をひそかに渡されたことは重大な意味があるように思える。

危険な航海になるかも知れぬ、と木村は、表情をこわばらせた。かれの肩には、船長としての背負いきれぬ責任がのしかかってきている。自然と木村は、一カ月半ほど前の航海を思い起していた。

それは、「竜田丸」が第一次引揚船としてホノルル経由サンフランシスコに向った折のことで、横浜出港日は十月十五日であった。

その出港二日前に、木村船長は土屋研一事務官と海軍省に招かれ、一人の人物を紹介された。その海軍将校は、中島海軍中佐と名乗ったが、本姓かどうかは不明で、

「竜田丸」に事務員を装って乗船させたいという。さらに、若い海軍将校二人をも別に乗せるということだった。それら三名の将校は、むろん諜報任務をもつもので、その目的地はハワイだった。

出港日に、中島は私服で乗船するとすぐに金筋一本のついた事務員服に着換えた。中島は色白で、軍人らしくないおだやかな顔立ちの持主であり、いかにも新規採用の事務員らしくみえた。事務長加藤祥は、日本郵船最古参の老練パーサーであり、実際の事務を司《つかさど》っている武田精一も三年以上「竜田丸」とともに航海をつづけている主席事務員だった。

その日、予定通り二名の青年将校が、商船学校実習生として同校の学生服を着用して乗りこんできた。

木村船長は、実習生が定員以上であると怪しまれるおそれがあるので、それまで乗っていた東京商船学校実習生山崎善一と他の一名を下船させた。

山崎たちは、突然下船を命じられた理由がわからず釈然としない表情をしていた。さらに、代りに乗ってきた実習生の顔をみた時、山崎たちの疑惑は一層深まった。商船学校の学生は数少なく、山崎たちは東京商船学校はむろんのこと神戸の商船学校の同期または二、三期ちがう学生の顔までも知っている。が、乗船してきた実習生と称する二人の顔には見覚えが全くなく、山崎らは、呆気《あっけ》にとられながら実習生二人の顔を凝視しつづけていた。

　中島中佐と二人の青年将校は、船が出港してからも乗客や乗組員の眼を避けるように部屋にとじこもっていることが多かった。かれら三名の素姓を知っているのは、船長と監督官の資格で乗船していた土屋事務官と外務省アメリカ局局員のみであった。

　土屋は、時折ひそかにかれらの部屋を訪れた。中島は、部屋を事務員らしく整え、しきりとカプセルを呑《の》みこむ練習をしていた。

「なにをやっているのですか」

　と土屋がきくと、

「この中に暗号文を入れて、ハワイの喜多総領事に渡す任務をもっているのだが、もしアメリカ側に発覚しそうになったら呑みこんでしまわなければならない。しかし、水もなしに早く呑みこむのがこれほどむずかしいとは思っていなかったよ」

　と言って笑っていた。

　中島の目的は、その暗号文を日本領事館総領事喜多長雄に渡すと同時に、ハワイのアメリカ軍軍備状況を実際に眼で確認することであった。

「眼でみるだけでわかるものですか」

と土屋が言うと、中島は、

「今までにわかっているハワイ関係の軍備は、すべてこの頭の中にたたきこんである。猛勉強をしましたよ」

と、自分の頭を指さしていた。

また青年将校二人は、一人がハワイ周辺の海水の澄明度《ちょうめいど》を、他の一人は、アメリカ軍用機をそれぞれ調査する目的をもっているのだと洩《も》らした。後に土屋は知ったことだが、その二名は、真珠湾内に潜入した特殊潜航艇員であったのだ。

「竜田丸」は、ハワイに近づくと、真珠湾口へと船体を寄せていった。それは、大本営海軍部から青年将校二人に真珠湾内を望見させてやってくれという依頼にもとづくものであった。

むろん商船が、みだりに軍港に接近することは許されない。まして日米関係が悪化している折だけに、その行為は、当然アメリカ側に強く阻止されるにちがいなかった。しかし、木村船長は、大本営の要望通りに巧みに船を湾口に接近させた。もしもアメリカ側に詰問《きつもん》されたなら、潮流に押し流されたのだと弁解しようと思っていたのだ。

幸い船は、アメリカ軍側に怪しまれることもなくハワイ沖合に碇泊《ていはく》した。と、武装したアメリカ海軍のコーストガード一〇〇名ほどが、砲艇を「竜田丸」に横づけすると乗りこんできた。と同時に、船の前後に二隻の砲艇が包囲するようにぴたりとついた。

緊迫した空気が船内にはりつめた。

まずアメリカ軍から、

「物を投げるな」

という厳重な指示があった。時限爆弾でも投下されることを恐れているのだ。

やがて「竜田丸」は、拿捕された敵国船のように、砲艇二隻に誘導されてホノルル港に向った。

が、その直後から、アメリカ軍のすさまじい威嚇《いかく》行為がはじまった。上空に機影が湧《わ》くと、爆撃機が「竜田丸」目がけて鋭い音をあげて急降下をくりかえしはじめ、そのうちに各種の戦闘機も飛来して、急降下すると空砲を連射する。たちまち空には、さまざまな機種の軍用機が、入り乱れて飛び交った。

中島中佐と二名の青年将校は、上空を見上げつづけていた。その軍用機による威嚇行為は、むしろ中島たちには、ハワイに配置されたアメリカ軍用機の機種を眼にすることのできる願ってもない機会であったのだ。

そのうちに、白波をけたてて魚雷艇が突進してくると、魚雷発射の訓練をはじめた。

衝突するかと思われるほど接近すると、その寸前に身をひるがえし、また弧をえがいて態勢をととのえると驀進《ばくしん》を開始する。「竜田丸」の頭上には、鋭い金属音と空砲の連射音が充満し、周囲の海水は、はげしく泡立った。

「竜田丸」は、漸《ようや》く桟橋にたどりつき船客の下船もはじまったが、コーストガードによって、船長以下全員の指紋が強制的にとられた。

木村船長は、

「屈辱的行為だ」

と、その犯罪者扱いにも等しい行為に激怒していたが、木村の抗議も素気なく拒否された。

さらにコーストガードたちは、ピストルを腰に船内を巡視し、船室、客室の中にも容赦なくふみこんで点検する。しかし、さすがに船長室だけは、入口からのぞきこむだけで一歩も足をふみ入れなかった。

中島中佐から喜多総領事への暗号文の受け渡しは、そうした厳しいアメリカ軍の警戒の中でおこなわれた。あらかじめ喜多総領事が木村船長を訪れてきた折をねらって、中島中佐が事務員としての用事を装って船長室へ赴くことになっていた。

やがて、喜多がやってきた。中島は、用事ありげに船長室に入り、土屋事務官が、室外で見張りに立った。カプセルは、中島から喜多にあわただしく手渡され、中島はすぐに部屋を出た。暗号文の授受は、成功したのだ。

中島中佐は、下船しなかったが、それも怪しまれるので、一度だけ見物に下りている。また木村船長、一等運転士滝浦文雄、土屋事務官、外務省アメリカ局局員の四名は、総領事館に招かれて夕食をともにした。

しかしその折にも、喜多総領事は、

「この領事館内での会話は、一切盗聴されていますから、秘密と思われることはしゃべらないで下さい」

と、念を押した。

「竜田丸」は、一切の業務を終えてホノルルを出港、サンフランシスコに向った。木村船長の眼は充血していた。かれは、中島中佐、青年将校二名の目的をはたすための心痛で、夜も一睡もしていなかったのだ。

任務を果した中島中佐たちの表情は明るく、デッキに姿を現わしたり、サンフランシスコでは市内見物をするため上陸したりしていた。

木村船長の顔にも深い安堵《あんど》の色がうかんでいたが、サンフランシスコ入港二日目に、木村の顔色を再び一変させるような突発事故が起った。それは、アメリカ側が、理由もなく郵便物を船に載せる荷役を拒否してきたのだ。

木村は、その措置が日米間の極度に緊迫した空気と深い関連があるものと判断、至急上陸していた土屋事務官に連絡をとった。そして、

「こんなことは、今までに一度もないことだ。様子が、どうもおかしい。日本大使館に事情をきいていただきたい」

と依頼した。

土屋は、すぐにワシントンの日本大使館に電話をかけた。

大使館からの返事は、予想以上の情勢悪化をつたえていた。日本軍をのせた輸送船団が南方にむかって行動をはじめたことを察知したアメリカ政府の態度が、急に硬化している。現在のような空気では、「竜田丸」が抑留される懸念《けねん》は充分にある。郵便物などどうでもよいから、すぐに出港せよ、……というあわただしい勧告だった。

土屋からの報告を受けた木村船長は、上陸していた者たちを船に急ぎ引き返させ、翌朝早く、郵便物をそのままにあわただしく出港した。そして、常用航路からはずれたアリューシャン方面の北方洋上に高速力をあげて突き進み、さらにその所在をさぐられぬように一切の無線発信を封じた。

北の海は、荒れに荒れ、「竜田丸」の巨体も大きく揺れつづけた。

それは、逃避行にも似た航海だった。しかし、無事に「竜田丸」は横浜に帰港した。その夜沖合で「竜田丸」は検疫を受けたが、その間に横須賀《よこすか》から海軍の小艇がひそかに舷側《げんそく》につき、匆々《そうそう》に中島中佐たち三名の海軍将校を乗せて闇《やみ》の海上に消えていった。

木村船長は、市川少佐から手渡されたピストルを見つめながら、むろん前回の航海よりもさらに困難なことが前途にひかえていることを強く感じとっていた。日米関係は最悪の事態におちいっているし、「竜田丸」が拿捕《だほ》される可能性も充分想像される。

市川少佐からのピストルは、なにを意味するのだろうか。万が一の折に護身用とせよというのか、それとも自殺の場合を想定したものなのか、木村は、いずれにしても第二回引揚げ任務を帯びる「竜田丸」の船長としての責任の重大さを痛切に感じとっていた。

木村にとって、その航海には、理解しがたいことがいくつかあった。その一つは、出港日の延期で初めは十一月二十日出帆とされていたのに、二日、三日と延びて遂《つい》に出港の許可された日は、十二月二日となってしまったことだった。木村は、なにかしら軍令部から会社に対してそうした指示があったにちがいないと思ったが、木村の想像通りその出港日の延期は、大本営海軍部で入念に仕組まれたものであった。

大本営海軍部にとっては、「竜田丸」は、あくまで開戦企図を偽装するための利用物であり、そのため故意に出港させたのだが、日本の最優秀船である豪華船とその乗組員、日本人乗客を敵の手に渡すことは絶対に防がなければならない。

当然、「竜田丸」を開戦と同時に急ぎ引き返さす方法について綿密な検討がおこなわれたが、そのためには、まず横浜出港日を調整する必要があった。

もしも出港予定日十一月二十日に出港させたら、十二月八日午前零時には、南米のバルボア付近に達していて簡単にアメリカ海軍に拿捕されてしまうだろう。

大本営海軍部は、出港日の延期をはかり、「竜田丸」の速度（最大速力二一ノット）をもとに、開戦日十二月八日零時から逆算して出港日を十二月二日と決定したのだ。

第二の問題は、その航路だった。大圏コースの常用航路をとらせることも考えられたが、開戦と同時に反転して引き返すためには余りにも危険が多い。アメリカの潜水艦に待ち伏せをくうおそれもあるし、ミッドウェーのアメリカ空軍哨戒《しょうかい》圏に入りこむおそれもある。

大本営海軍部は、ハワイ奇襲攻撃を企てる機動部隊の航路を、途中で商船に遭う可能性は少ないと判断、「竜田丸」をはじめ引揚船に実地に北方コースをとらせて航行させた。その結果はきわめて好ましく、他船と遭遇しないことが判明したが、「竜田丸」が無事に反転離脱するためには、同じように北方コースをとらせることが最善の方法と考えられた。

さらに大本営海軍部を不安がらせたのは、開戦と同時に船内に起る混乱だった。乗客には外人客が多く、上海からのアメリカ軍将兵も少数ながら乗っている。開戦を知れば、かれらは当然不穏な動きをしめし、それが「竜田丸」の帰航をさまたげるにちがいなかった。

それらの諸点については、海軍省軍務局第二課が「竜田丸」船長に適当な指示をあたえることになり、第二課長石川信吾大佐は、船内に混乱が起きる場合を想定して拳銃数梃を課員の市川義守少佐に携行させて、木村船長に手渡したのだ。そして同時に、アメリカ軍通信網に船の所在をさとられぬよう全面的に無線発信を禁止させた。

大本営海軍部は、「竜田丸」出航後、そのカムフラージュを一層完全なものにするため、外務省、逓信《ていしん》省両当局談として、

「先に、ロサンゼルス、パナマ（バルボア）に向け横浜を発航した竜田丸は、今回さらに左の日程でメキシコに寄港させることに決定した。十二月十四日ロサンゼルス着、十六日同港発、十九日マンザニヨ（メキシコ）着、二十一日同港発、二十六日バルボ

ア着、二十八日同港発」

と発表、「竜田丸」の航行が、邦人引揚げという重要な意義をもつものだということを強調させた。

三

木村船長は、横浜出航後軍務局第二課員市川少佐からの「なるべくゆっくり進んで下さい」という指示にしたがって、航行進度を制限した。

しかし、潮の流れはきわめて良く、速度はその分だけはやく出すぎてしまう。木村は、そのため機関室に対して、エンジンをしめろと異例の指示をあたえたりしていた。

「竜田丸」は、予定の進度よりやや早めに十二月七日、日付変更線を通過、時差調整のため翌日には再び十二月七日を迎えた。

と、その日の午前十時頃、事務室の一隅に設けられた電話交換室に逓信省から派遣されていた無線局の局長から電話がかかった。

局長は、

「急いで船長室に電話をつないでくれ」

と咳込《せきこ》むように言った。局長室と船長室には直通電話があるが、それが故障していて交換台を通してきたのだ。

「竜田丸」にただ一人の交換手として乗っていた鈴木花子は、すぐに船長室につないだ。が、局長の常とはことなったうろたえ気味の口調に、鈴木交換手は、職務上の規則も忘れて無意識のうちに局長と船長との会話をひそかに聴いていた。

局長の船長に報告する内容を耳にしていた鈴木交換手の顔は、たちまちのうちに蒼《そう》白《はく》になった。

「船長、重大なニュースをキャッチしましたので御報告申し上げます。よろしゅうございますか。よくおきき下さい。軍の発表がありました。帝国陸海軍は、今八日未明西太平洋において米英軍と戦闘状態に入れり。もう一度くり返します。帝国陸海軍は……」

鈴木は、思わずはじかれたように立ち上った。盗聴してしまったという罪の意識より、局長の話の内容に愕然《がくぜん》としたのだ。

事務室をみると、大学を出たばかりの若い事務員である石井次郎がただ一人事務をとっている。鈴木交換手は、今耳にしたことを自分の胸だけにおさめていることが恐ろしくなって事務室との間のしきりの小窓をあけると、

「一寸《ちょっと》」

と、手招きした。

石井は、血の気の失《う》せた鈴木の顔色をいぶかしんですぐに立ってきた。

「戦争がはじまったらしいのよ」

鈴木は、ふるえ声で言うと局長が船長に報告していた内容を話した。石井の顔もひきつれた。

その時上司の主席事務員武田精一が部屋に入ってきた。鈴木交換手は、同じことを武田にも報告した。

鈴木は、椅子《いす》に腰を落した。その時、無線局長から電話がかかってきた。

「鈴木君か、今私の話していたことをきいたろうが、誰にも話すな。いいね」

と局長は言った。

鈴木は、若い石井がすでに洩《も》らしてしまっているのではないかという不安にとらえられて、交換室をとび出すと船内を走りまわり、漸く石井を探し、

「今言ったことは口外しないで。お願いよ」

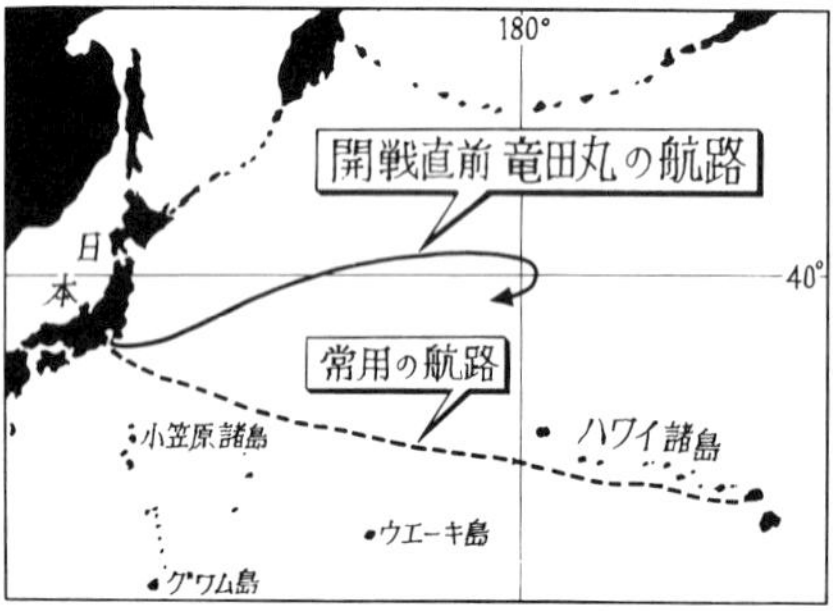

と、懇願した。

船長室には、宇田川監督官をはじめ主だったものが集まっていたが、船長は、ただちに反転の決断をくだした。すでに逓信省では、もし戦争が発生した折には、理由の如何《いかん》を問わずただちに引返すよう各商船の船長に指示をあたえており、木村船長も、それにしたがったのだ。

船長命令によって船は、気づかれぬように大きく回頭した。そして船長は、全速力航行を命じ、エンジンの音は、大きくたかまった。

船長は、船長室に一等運転士をはじめ機関長、事務長等の「竜田丸」幹部を召集した。船長にとって、開戦が外人客にもれ、そのための動揺が起ることを出来るだけ避けねばならない。その措置として、船長は、集まった者たちに厳重な指示をあたえた。

まず第一に、船内の治安維持のため、開戦については各部の責任者とそれに準ずる者のみが承知して決して他にもらさない。むろん船客には知らせない。また各自平常通りに行動して、客に不審感と不安をいだかせないようにつとめること。

また船の心臓部でもある機関室に、外人船客の手で砂でもまかれればそのまま停船してしまうので、特に機関室の出入りは厳重に警戒するよう命令した。

加藤祥事務長は、船長の命を受けて、まずラジオの処置を考え、武田主席事務員にそれを命じた。

ラジオは、一等船客用のサロン（談話室）にかなり大きなものが一台据えられているだけで、武田は、ひそかにそれをとりはずすと、パイロットルームに移し、英語に堪能《たんのう》な平松事務員に、ラジオのニュースを克明にメモさせた。

幹部のあわただしい動きも一般乗客にはかぎつかれず、「竜田丸」は、全速力で横浜にむかって突き進んだ。たまたま海は荒れ模様で、そのため船客たちのほとんどが自室にとじこもっていたことも幸いしていた。

しかし、船内の平穏な空気も、やがて破られるようになった。印度人の一人が、

「太陽が反対側になった。逆に走っている」

と叫び、やがて船客たちの間に、

「この船は、横浜に走っている」

という声がたかまった。

船内は、たちまち騒然となった。

加藤事務長は、否定することは逆に疑惑を深める結果となると判断し、

「日本政府は、至急横浜へ帰れと命令してきている。その理由については不明だが、政府より通知あり次第報告する」

という掲示を出させた。

外人客、特に米、英人の動揺ははなはだしく、

「戦争になったのではないか」

と、蒼白な顔でききにくる者もいる。

「全くわからん。もしもそうだとしたら、あなたに第一に教える」

と、加藤は、深刻な表情で答えたりしていた。

そのうちに、開戦の気配をかぎとったのか、外交官らしい外人乗客が、書類を破いて海へ捨てるのをみたという給仕の報告ももたらされてきた。

加藤事務長は、乗客の気分をやわらげるため、社交室では平常通り音楽を流し、喜劇映画を上映させた。そして自分も、平然と映画を観《み》ることにつとめていた。

木村船長の表情は、かたかった。かれには、第一次世界大戦中のいまわしい思い出が胸にやきついてはなれない。

その当時、一等運転士として日本郵船所属の客船「常陸丸《ひたち》」（六、五五七総トン）に乗船していたが、印度洋上でドイツの仮装巡洋艦「ウォルフ」に停船命令を受け、拿捕されてしまった。そして曳航《えいこう》途中「常陸丸」は、同艦に撃沈され、十五名の死者と同船を失った責任感から、富永清蔵船長は、船上から身を投じて自殺した。

木村は、それから二カ年ドイツの俘虜《ふりょ》収容所に抑留されたが、その折の拿捕事件が再び発生するような不安にとらえられていた。かれは、重大責任を負わされた船長として、貴重な「竜田丸」を失うのではないかという予感におびえつづけていた。

……大本営海軍部は、「竜田丸」の安否を気づかっていた。ハワイ奇襲と同時に、アメリカ海軍の活動は急に活潑《かっぱつ》化してきている。危険水域で反転しただろう「竜田丸」が撃沈又は拿捕されることは充分予想される。それに、開戦と同時に船内での外人船客たちによる暴動が発生する可能性もないとはいえない。

しかし無線管制をしいた「竜田丸」からは、なんの連絡発信ももたらされない。かれらは、ひどく苛立《いらだ》っていた。

が、十二月十三日、一哨戒機から房総沖合を全速力で航行中の「竜田丸」を発見したという報告が入電した。

大本営海軍部は、たちまち喜びにつつまれた。

翌十四日、「竜田丸」は、横浜港にその姿をあらわした。

タラップを最初に上ってきたのは、海軍省軍務局第二課員市川少佐だった。

市川は、勢いよく船長室へ駈《か》け上っていった。

「竜田丸」には、水上警察署員、県警察本部外事課員が乗りこみ、外人客をひとまとめにして連行した。かれらの顔には失望と不安の色が浮んでいた。

「竜田丸」は、その後海軍徴傭船として太平洋戦争に従事、昭和十八年二月八日午後四時、駆逐艦「山雲」ほかの護衛を受けて横須賀を出港。同日午後十時十五分、御蔵《みくら》島《じま》の九二度四〇浬《かいり》の海面に達した。

が、その時「山雲」は後方約一、五〇〇メートルを航行中の「竜田丸」にアメリカ潜水艦の雷撃によるらしい二度の爆発が起るのを認めた。

「山雲」は急ぎ反転して「竜田丸」に接近し、発光信号で、

「如何《いかが》セシヤ」

と問うた。

しかし、船上からは全く応答なく、そのうちに「竜田丸」は右に大きく回頭すると船尾から沈みはじめ、同十時三十七分船首を屹立《きつりつ》させて急速に海面下に姿を没した。

夜のことで船員を救助することも至難で、翌早朝から「山雲」をはじめ救助艇飛行機等も参加して捜索発見につとめたが、浮流物は全くなくただ直径五浬の広さで重油が流れているだけだった。

その後十二日間たった二月二十日、「白鳥丸」が、犬吠埼《いぬぼうさき》東方海面で一ケの浮流死

体を発見、収容した。それは、「竜田丸」便乗の海軍工員の遺体で、開戦時と戦時下にその身を挺《てい》して働いた木村庄平船長以下一九八名全員が死亡したのである。

南方派遣作戦の前夜

一

昭和十六年十一月二十六日の夜が白々と明けはじめた頃、広島駅前の一隅に一台の乗用車がとまっていた。

駅前広場には人の姿もなく、静寂があたりにひろがっている。

自動車から降りた一人の陸軍将校が、下りホームの片隅に立つと、線路の前方を凝視した。

かれは、船舶輸送司令部参謀家村英之助大尉《たいい》で、前日の夜、参謀長の渡辺信吉陸軍大佐から早朝に広島駅へ行くよう命じられた。それは、午前五時着の急行で広島につく寺内寿一《ひさいち》陸軍大将出迎えのためであったのだ。

「寺内閣下の行動は、隠密裡《おんみつり》におこなわれているから、一般の者の眼にふれられぬよう充分な注意をはらうように。そして寺内閣下を宇品《うじな》港へ御案内し、諏訪《すわ》丸へお乗せ申し上げよ」

渡辺参謀長は、緊張した表情で言った。

家村大尉は、軍事参議官寺内寿一陸軍大将がなぜ広島へやってくるのか、その理由を察することはできなかった。

しかし、宇品港には、各海運会社から徴傭《ちようよう》された船舶の群れがひしめき、すでに陸軍部隊を乗船させて一隻《せき》ずつひそかに出港していっている。

宇品におかれた船舶司令部は、船舶の大々的な徴傭をはじめとして、兵員や馬を収容するための居住施設の艤装《ぎそう》や、船に高射砲を据えつける兵装などのために忙殺されているのだが、寺内大将の行動もそうした船舶のあわただしい動きと密接な関連があるように思えた。

家村は、十一月六日大本営陸軍部の発令した「南方軍及ビ南海支隊ノ戦闘序列」により、寺内寿一陸軍大将が南方軍総司令官に親補されたことも知らなかったし、まして宇品港にひしめく船舶が、開戦日時を目ざしてマレー攻略上陸作戦を展開する予定であることも知らされてはいなかった。

しかし、おびただしい船舶の群れとその周囲にはりめぐらされた厳重な機密秘匿《ひとく》から、近い将来に大規模な作戦が起るにちがいないと推察していた。

やがて、線路上に機関車のヘッドライトの光が湧《わ》き、列車がホームにすべりこんできた。

家村が客車を凝視していると、副官一人をともなった寺内大将がステップからホームに降り立った。

寺内は、戦場へ赴く折着用する戦闘帽などはかぶらず、普通の軍帽で、それは気軽な旅行をたのしんでいるような姿にみえた。

幸い乗降客もまばらで、家村は、近づくと無言で挙手し、駅の改札口は避けて、横の小さな出口から寺内を外へ導いた。そして、すばやく自動車の中へすべりこませた。

まだ、夜は明けきっていない。

車は、人気の全くない広島市の中を突っ走った。寺内は、さりげなく広島市街の印象を機嫌よさそうに口にしたりしていた。

三十分後、車は、宇品港の桟橋についた。そこには、すでに一艘《そう》のランチが待っていて、寺内と副官と家村大尉を乗せると、すぐに桟橋をはなれた。

ランチは、朝もやのたちこめる海上を、白波を立てて進んでゆく。そして、諏訪丸の舷側《げんそく》についた。

タラップをあがると、船長以下の船の幹部が、寺内たちをロビーに案内した。

冷酒がくまれ、寺内は、

「よろしく」

と、乾杯しながら船長ににこやかな笑顔をみせて言った。

船長は、頭をさげたが、その顔には曖昧《あいまい》な表情しかうかんでいない。よろしく……という寺内の言葉は、乗船の挨拶《あいさつ》なのだろうが、船がどこにむかって航行するのか、船長にもわからない。

船内でその行先を知っているのは、寺内大将とその副官だけであった。

家村は、寺内たちを残してロビーを出ると、タラップを下り、ランチに乗った。

ランチが、舷側をはなれた。

家村は、軍事参議官寺内寿一大将が諏訪丸などに乗ってどこへ向うのかいぶかしみながら、諏訪丸の船体が朝もやの中に没するまで見つめつづけていた。


寺内寿一大将を乗せた諏訪丸は、いずこともなく宇品港から姿を消したが、その丁度一年前の昭和十五年十二月ごろ、台北の台湾軍司令部内に、第八十二部隊と称する為体《えたい》の知れぬ機関が新設されていた。

軍司令部内で、その部隊の目的を知っているものはごく限られた上層部だけであったが、部隊の中には、林義秀大佐をはじめ辻《つじ》政信中佐、江崎瞳生中佐ら陸軍作戦関係の著名な中堅幹部の顔も見えた。

かれらの行動は、人目に立たぬようなひそやかなものであった。時折私服で外出したり、厳重に外部と遮断して会議をおこなったりしている。

かれらに課せられた実際の任務は、寺内寿一大将の統率する南方作戦と密接な関連があった。第八十二部隊という名称は、一般にその目的をさとられぬための仮の名で、実際は、台湾軍研究部であったのだ。

かれらの研究は、南方作戦を仮想した戦闘法、それに必要な情報蒐《しゅう》集《しゅう》等多岐にわたっていたが、長年南方諸地域の調査をつづけていた南方協会をはじめ、台北帝国大学や南方で事業を営んでいる石原鉱業等から情報を数多く蒐集、また南方巡回から帰ったばかりの大谷光瑞師や、長い間南方航路を往復している民間海運会社の船長多数から上陸予想地点の海洋状況を聴取したりしていた。

やがて研究部は、充分に目的を達して閉鎖されたが、その研究で得られた戦闘法は、歩兵一大隊、砲兵一中隊による海南島上陸作戦で実地に適用された。

その折、敵前上陸に成功後、各部隊は、自動車、自転車をつらねて、熱気にさらされながら海南島を一周した。その一周距離は、約一、〇〇〇キロメートルあって、それは南タイの上陸仮定地点からシンガポールまでの行程に相当するものであった。

さらに昭和十六年三月には、その研究を参考に、南方地域上陸作戦を仮定した大々的な陸海軍合同演習が、山田乙三《おとぞう》大将統裁のもとに実施された。

それは、上海《シャンハイ》で訓練中であった第五師団の将兵を中心におこなわれたもので、三月二十七日、同師団は揚子《ようす》江《こう》河口の舟山列島で多くの船舶に乗船、進発した。海軍艦艇は、これら輸送船団を護衛し、上空には陸海軍機が掩護《えんご》にあたった。そうした実戦らしい雰囲気のもとに上陸部隊をのせた輸送船団は、東支《し》那《な》海を横ぎり、北九州に上陸作戦をおこなった。そしてシンガポール要塞《ようさい》に見たてた佐世保の攻略をもって終了した。

その演習が終ったのは、四月四日であったが、大本営は、この第五師団をつかって実際に中国軍のひしめく鎮海《ちんかい》その他中国大陸の数地点に敵前上陸をおこなわせた。

その作戦は充分な成功をしめし、大本営も、漸《よう》や上陸作戦の戦闘法に自信をいだくことができるようになった。

その後、南方作戦は、大本営陸軍部内において練りに練られ、やがて大規模な南方作戦計画となって発展していった。その計画の中で殊《こと》にマレー上陸作戦は、海軍のハワイ奇襲と同じように、対米英蘭戦の焦点となるものであった。

マレー上陸作戦の内容は、集結地海南島三亜から山下兵団を進発させ、上陸作戦に熟達した第五師団（師団長松井太久郎中将）その他で英領マレーのコタバル、タペー、パタニに奇襲上陸させると同時に、マレー国境に近いタイ領シンゴラにも上陸、一挙に国境を突破、マレー領内になだれこむというものだった。

その作戦計画にもとづいて、十一月中旬から南方作戦に従事する大兵力は、一斉に集結地三亜への移動を開始した。

作戦の陣頭に立つ山下中将

その指揮にあたる山下奉文《ともゆき》中将は、仏印のサイゴンにいたが、兵力の集結も最終段階にはいったころ、ひそかにサイゴンをはなれた。

山下も、寺内が戦闘帽を避けて普通の軍帽をかぶっていたのと同じように、ヘルメットをかぶって空港にむかった。随行者もわずかで、小旅行にでも出掛けるようなさりげない軽装であった。

飛行機は、サイゴンを出発、その日のうちに海南島三亜へ到着した。

山下は、十一月三十日、第五師団の命令下達に立ち会うと、

「予ハ竜城《りゆうじよう》丸ニ乗リ、師団将兵トトモニ上陸スル。航海中竜城丸ニ万一ノコトガアレバ、(香椎《かしい》丸乗船ノ)第五師団長ガ予ニ代ッテ全軍ヲ指揮ス。モシ香椎丸ニ事アラバ、予ハ直接師団ノ各部隊ヲ指揮セン」

との訓示をおこない、山下司令官自身も、輸送船団に乗って将兵とともに上陸地点へ向うことを発表した。

すでにマレー上陸作戦の主力となる上陸作戦専門の精鋭部隊第五師団も、三亜への集合を終り、それに参加する佗美《たくみ》支隊(支隊長佗美浩少将)の集結も終った。

また寺内寿一大将は、広島から諏訪丸に乗って台湾の基隆《キールン》にひそかに上陸、台北に身をひそめていた。

台湾軍司令部の者たちは、寺内が南方軍総司令官に親補されたことも、南方作戦が開始されることにも気づいてはいなかった。かれらは、ただ軍事参議官寺内寿一大将の軍情視察にすぎないと思いこんでいたのだ。

そうした背景の中で、十二月二日、遂《つい》に大本営陸軍部は、参謀総長名で南方軍総司令官寺内寿一大将に対し、「ヒノデ」ハ「ヤマガタ」トス……の隠語電報を発信した。開戦日時を十二月八日午前零時と定め、その日時を目標に作戦行動を開始せよと命令したのだ。

寺内総司令官は、ただちに山下兵団以下各兵団にその旨《むね》を緊急発令、待機していた陸海軍部隊は、一斉に作戦発動へと移った。

しかし、その奇襲上陸を主とした作戦行動には、きわめて多くの障害が予想されていた。

二

南方諸地域攻略作戦に対する大本営陸軍部の心痛は、大きく、そして深かった。

マレーのイギリス軍は、確実に日本軍の動きに不穏なものを探り出しているらしく、上陸予定地のマレー半島東海岸やタイ国境に強力な兵力を集結しているという情報がもたらされている。北多摩通信所の傍受したイギリス極東軍総司令部のイギリス全軍に対する外出禁止命令も、その情報を裏づけるものであるし、当然航空機や艦船を駆使して、その哨戒《しょうかい》に専念しているにちがいなかった。

そうした中へ山下兵団以下の大輸送船団は突入してゆくわけだが、敵航空機や艦船から発見される可能性はきわめてたかく、先制攻撃をうける懸念《けねん》も大きい。

そうした事態の発生を憂慮した大本営陸軍部は、あらかじめ輸送船団の進む航路に一工夫をこらしていた。

まず輸送船団は、三亜出港後、一直線に南下し、それからインドシナ南方海面を西へと進む。が、その後マレー半島方面への進路はとらず、故意に西北方へ変針する。

つまり船団が、あたかもタイのバンコクへでもむかうようによそおい、敵の注意をそらすことを企てる。そして、上陸前日、突然フコク島西南方の海面で急角度に進路を変え、一挙に上陸地点へ殺到しようというのだ。

大本営陸軍部は、この輸送船団の航路の偽装をさらに確実なものにするため、仏領インドシナの重慶支援ルートを断ちきる目的で、近々のうちに日本の大兵力がタイのバンコクに上陸するらしい……という噂《うわさ》をタイ方面で故意に流させた。

しかし、マレーのイギリス軍、フィリピンのアメリカ軍の緊迫した動きから判断すると、そうした日本船団の航路上の偽装も大した効果はあげそうにもなかった。輸送船団は、敵海空軍の待ちかまえる渦中にとびこんでゆくのだ。

殊に大本営を恐れさせていたのは、イギリスの新鋭戦艦プリンス・オブ・ウェールズ、巡洋戦艦レパルスの存在だった。

その二艦が、ヨーロッパから回航してシンガポール湾内に待機していることは、判明している。もしも輸送船団が敵の哨戒網にひっかかって発見されてしまえば、その二艦はただちに出撃してくるだろうし、その強力な威力をもつ巨砲の砲弾が、船団群にたたきつけられるにちがいなかった。

むろん出撃してきた折には、海軍艦艇と航空兵力でその二艦を迎撃はするが、大本営は、さらにそれを事前に壊滅させるため思いきった処置をとった。それは、プリンス・オブ・ウェールズ、レパルス二艦の出撃時に通過すると思われる航路上に、大量の機雷を敷設《ふせつ》しようとするものであった。

大本営は、プリンス・オブ・ウェールズ以下のイギリス艦隊の出撃航路を、マレー半島東南方海面、又はボルネオ西北方海面と予想した。そして、マレー方面には機雷を敷設する特設敷設艦「辰宮丸《たつみやまる》」、ボルネオ方面には特設砲艦兼敷設艦「長沙丸《ちょうさまる》」を派遣することとなった。

それら特設敷設艦の行動開始は、当然輸送船団の出発に先がけておこなわれなければならないが、それだけに敵に察知されないように隠密行動をとる必要があった。しかも、機雷敷設は、マレー半島、ボルネオ島にかなり接近して実施しなければならないし、それら特設敷設艦の行動は、ほとんど生還を期しがたいものと推測された。

大型の敷設艦「辰宮丸」は、五カ月ほど前に大阪藤永田造船所で商船から改造されたものであったが、一二センチ砲と機銃若干、それに大型機雷七五〇個搭載可能の一三、〇〇〇トンの優秀艦で、「長沙丸」は、それを小型化した敷設艦だった。

「辰宮丸」は、十一月十九日早くも佐世保を出港、「長沙丸」とともに三亜に向った。指揮官の辰宮丸艦長平野武雄大佐は、出発前、山本聯合《れんごう》艦隊司令長官、小沢南遣艦隊司令長官から、その行動についてそれぞれ厳重な忠告をあたえられた。それは、敵側にあくまで開戦企図をさとられぬよう隠密裡《おんみつり》に行動し、もしも敵航空機又は艦艇に発見され挑発行為を受けても、決して手出しはするなという内容だった。

平野大佐は、諒承《りょうしょう》し重大な決意をもって三亜に達した。そして、十二月一日午後七時〇分、同港から夜陰に乗じてひそかに出港した。

……それは、南方攻略作戦開始に先だつ最初の艦艇による目立った行動であったのだ。

大本営は、「辰宮丸」「長沙丸」の二艦の行動に大きな関心を寄せていた。もしも二艦が発見され、さらにそれらが機雷敷設中であった場合には、極東地域のアメリカ、イギリス、オランダの各軍首脳者を強く刺戟《しげき》し、その二艦の行動から日本軍の進攻作戦開始の確証と判断するにちがいない。そして、輸送船団接近を予測、それに対し大挙して先制攻撃をしかけてくるはずであった。

平野大佐に対しては、「決して手出しをするな」と厳重な命令をあたえはしたが、攻撃をしかけられれば、機雷敷設艦もそれに対して応戦する事態が発生しないとは言いきれない。

もしもそうした事故がおこれば、それは事実上の戦争を意味し、十二月八日午前零時を期してひそかに組み立てられ、そして実施されるマレー方面上陸作戦はむろんのこと、ハワイ奇襲攻撃をふくむ大作戦計画も完全に崩壊してしまうのだ。

大本営は、両機雷敷設艦の行動と、十二月四日出港予定の第二十五軍先遣部隊をのせた輸送船団の前途に大きな不安をいだいていた。

「辰宮丸」は、三亜出港後「長沙丸」と別航路をたどり、単艦で南下をつづけた。

艦長平野大佐は、三亜出港前からすでに死を覚悟していた。

情報によれば、敵の警戒は厳重をきわめ、敵に発見される確率はきわめて高いという。艦には、機雷投下用のレールも敷かれているが、それらはすべてかくされ単なる商船のようにしかみえない。しかし、怪船とみられ、また機雷敷設中をでも発見されれば、敵の攻撃を受けることは必至だった。

しかも、「辰宮丸」は、一種の大きな爆薬庫にひとしい。もしも爆撃か雷撃でも受ければ、搭載されている一トン機雷六四七個は一挙に爆発、艦は、完全に飛散してしまうのだ。

それを未然に防ぐためには、応戦することしかないのだが、それは「決して手を出すな」という厳命でかたく封じられている。

平野大佐は、全く無抵抗に敵の攻撃を受けることもやむを得ないと思った。しかし、それはそのまま確実に死につながる行為であったのだ。

一日、一日が、不安のうちに暮れた。

「辰宮丸」は、仏領インドシナの東方海上を南下、いよいよ英領マレー半島にむかって進路をとった。

十二月四日、平野大佐は、第二十五軍上陸作戦部隊が、三亜を海軍艦艇とともに出港したことを知った。

平野艦長は、一層警戒を厳重にさせ、マレー半島にひそかに接近していった。

しかし、その隠密航行も、遂にやぶれる時がやってきた。

十二月六日午前十一時二十分、突然西の空に双発機の機影が湧《わ》き、急速に高度をさげると「辰宮丸」の上にせまった。その翼にはオランダ空軍のマークがはっきりと印され、機銃の銃口も「辰宮丸」に向けられている。

たちまち「辰宮丸」の艦内に、はげしい動揺が起った。機銃には、銃弾が装塡《そうてん》され、乗組員たちは一斉に戦闘配置についた。

オランダ空軍機は、一〇〇メートルほどの低空でおびやかすように旋回をはじめた。

それは、あきらかに戦いを挑むような執拗《しつよう》さだった。

平野は、はげしい不安におそわれた。恐れていた通り「辰宮丸」は発見され、しかも低空で接触されている。爆撃か銃撃を受ければ、乗組員たちは、一三、〇〇〇トンの艦とともに吹きとぶのだ。

「射《う》ち落しましょう」

副長の堀木少佐が、うわずった声で叫んだ。

「いかん」

平野艦長は、強い語気で制した。

応戦し撃墜することは、それほどむずかしいことではないだろう。

が、オランダ空軍機には、当然無線機も備えつけられているだろうし、撃墜する前に日本の怪船から攻撃を受けているという報を基地にむかって発信するにちがいない。

それは、米、英、蘭三国を極度に緊張させ、哨戒も強力なものとなって、やがては輸送船団の発見につながることにもなるのだ。

「決して射ってはいかん」

平野は、乗組員にむかってけわしい表情で再び叫んだ。そして、オランダ空軍機に対しても、素知らぬ風をよそおうように厳命した。

しかし、オランダ空軍機は、いつまで経《た》っても立ち去る気配がない。

平野をはじめ乗組員たちの顔からは、血の色が失《う》せていた。いつ投弾されるか銃撃を受けるか、かれらは、おびえたようにオランダ空軍機の動きをうかがっていた。

漸くオランダ空軍機が艦の上空をはなれたのは、二時間半近くもたった午後二時頃だった。

平野は、安堵《あんど》をおぼえたが、オランダ空軍機に発見されたことは、その後も同じような接触を受けることが予想された。

かれは、予定航路を進むと同時に、一層警戒を厳にするよう命じた。

平野の予感は、やはり的中した。午後四時十分、今度はロッキード型のイギリス空軍機が爆音をとどろかせて姿をあらわし、同じような低空で艦のマストすれすれに旋回をはじめたのだ。

再び艦内は、緊張した。

オランダ空軍機についでイギリス空軍機が飛来したことは、かれらが「辰宮丸」の行動目的に大きな疑惑をいだいている証拠だった。

平野艦長は、避退するようにみせかけるため、「辰宮丸」の進路を変えさせた。

やがて、日が没し、月が出た。

イギリス空軍機も、それ以上の偵察は困難と判断したらしく、夜空を西北方に飛び去った。

それとほとんど同じ時刻頃、ボルネオ西北方の予定海面に達した機雷敷設艦「長沙丸」にも、イギリス空軍大型機が接触していた。

その日、午前中にも同型の機の偵察を受けていたが、二度目の偵察は一層執拗で、威嚇《いかく》するように低空で飛翔《ひしょう》しつづける。

「長沙丸」は、機雷敷設をあせっていた。しかし、頭上にイギリス空軍機がいるのでそれを実行することはできず、やむなく、機雷敷設困難と判断、遂にインドシナのカムラン湾に引き返すことになった。

「辰宮丸」は、日没と同時に、全速力でマレー半島東南方の予定海面に進んだ。そして七日午前零時、第一回機雷敷設位置アナンバス灯台の北方北緯三度一〇分東経一〇四度一〇分に達すると、月明をたよりに大規模な機雷敷設作業を開始した。

平野艦長は、海軍水雷学校の教官として機雷部部長をもつとめた機雷部門の権威者で、敷設効果をたかめるため航路上をジグザグに斜めに配置するという「稲妻型機雷敷設法」の考案者でもあった。そして、その折もその方法にしたがって、的確に大量の機雷を投じつづけさせた。

機雷間の距離は一〇〇メートル以上の余裕をもたないと、一個の爆発が隣の機雷の爆発をさそい、連続的にすべての機雷の誘発となってゆく。

平野は、そうした事態を招かぬよう月光のきらめく海面に、慎重な敷設をつづけさせていった。

午前二時三十分、二時間にわたる作業は終了し、一トン機雷四五六個が敷設された。残存機雷は一九一個で、第二回の敷設予定地までは四〇浬《かいり》ある。「辰宮丸」は、再び全速力で予定海面にむかって突き進んだ。

夜が、明けた。

その日もオランダ空軍の飛行艇が飛来、さらにつづいてイギリス空軍機も接触してきた。

それらの機は、「辰宮丸」を潜水母艦とでも思っているのか、潜水艦の姿でも探るように海上一帯を超低空で飛びつづけている。そして、それらの空軍機が飛び去った頃、見張員は、三、〇〇〇メートルほどの距離に海面からのぞいている潜水艦の潜望鏡を発見した。

平野艦長は、危険を感じ戦闘配備につかせると同時に、艦にはげしい蛇行運動を命じた。そして日が没すると、艦首を転じ、潜水艦の追尾から離脱することにつとめた。

大本営は、機雷敷設艦が、二隻《せき》ともイギリス、オランダ空軍機に発見され、執拗な偵察を受けたことを知った。

幸い攻撃も受けず両艦とも命令を守って発砲もしなかったようだが、簡単に発見されたことは、その後につづく輸送船団が敵の接触を受ける公算の大きいことを予想させた。

単艦で行動する機雷敷設艦ならば、たとえ発見されてもその行動目的まではかぎつけられることはないが、艦艇に護衛された大輸送船団が発見されてしまっては弁解の余地が全くない。それらは、重要な任務をもって行動していると判断されてしまうのだ。

航行予定の海面には、敵の哨戒網が厳重にはりめぐらされている。その網にふれず上陸地点に達することは、ほとんど奇蹟《きせき》にも等しいことに思われた。

しかし、大本営は、奇蹟の生れることを切にねがった。そして、三亜港を進発した第二十五軍上陸部隊輸送船団の動きを、不安と緊張の中で注視していた。

開戦前夜の隠密《おんみつ》船団

一

昭和十六年十二月三日午前三時三十分、マレー半島攻略作戦の任を帯びた第二十五軍司令官山下奉文《ともゆき》中将は、大本営に対し、

「軍ハ、四日早朝満ヲ持シテ三亜ヲ進発ス。将兵一同誓ツテ御期待ニ副《そ》ハンコトヲ期ス」

という軍機電報を発した。

遂《つい》に、マレー半島奇襲上陸を策す大作戦は、開始されたのだ。

翌午前七時三十分、第二十五軍先遣兵団の将兵、武器、弾薬、上陸用舟艇、車輛《しゃりょう》、自転車等を満載した輸送船団のスクリューは、ほの白い波を泡立たせて一斉に回転しはじめた。

午前七時三十分とはいっても、日本とは時差のちがいで海南島のその時刻では、まだ夜も完全には明けはなたれていない。

星の光も散り、西の空には残月が淡く傾いていた。

輸送船団の船舶は、いずれも速力一四ノット以上の優速船ばかりで、輸送船一七隻《せき》、病院船一隻の計一八隻で構成されていた。そして、ゆるやかな動きで誘導されながら三亜港の港外にむかってゆく。

桟橋には、船舶司令部の部員をはじめ整備や積載作業に従事した者たちが必死に帽子をふり手をふっている。かれらが連日夜を徹して出港準備に努力した船舶群が、つらなって港を出てゆくのだ。

かれらの眼には、光るものが湧《わ》いていた。

船団がどこへどのような目的で出港してゆくのか察しもつかないが、多くの海軍艦艇に護衛されてゆくことを考えてみても、おそらくそれは安穏な出港ではないにちがいない。船団を見送るかれらは、ひたすら航海の無事を祈っていた。

船舶群は、沖合に出ると、あらかじめ定められていた第一警戒航行隊形をとって洋上に散開した。

まず先頭には、熱田山《あつたさん》丸、那古《なこ》丸、香椎《かしい》丸、竜城《りゆうじよう》丸の四隻が縦にならび、その一、〇〇〇メートル左方に平行して笹子《ささご》丸、青葉山丸、九州丸、佐渡丸に病院船の波ノ上丸が一列縦隊を形づくった。そして、竜城丸には、マレー作戦総指揮の任にあたる第二十五軍司令官山下奉文中将が、香椎丸には、上陸作戦専門の精鋭部隊第五師団の師団長松井太久郎中将が乗船していた。

さらに、その船舶集団の後方には、埼戸《さきと》丸など六隻、またその左方には淡路山丸など三隻が平行して進み、淡路山丸には、マレー半島コタバル付近に上陸予定の侘美《たくみ》支隊の支隊長侘美浩少将が乗船していた。

船団の航行隊形は、縦に細ながい長方形に似た形をとっていたが、集団中の船と船との間隔は五〇〇メートルの距離がたもたれ、先導する艦から最後尾の船までの距離は、実に六・五キロメートルに及ぶ大規模なものだった。そして、その周囲には、南遣艦隊（司令長官小沢治三郎中将）の艦艇群が、敵潜水艦、航空機に対して厳重な警戒態勢をとりながら、船舶の群れをしっかりと抱きこむように護衛していた。

三亜港からの出港は、予定通りの時刻におこなわれたが、それまでの出港準備にはかなりの混乱がみられた。

それは、三亜港の港湾施設の悪かったこともあげられるが、極秘のうちに集結をおこなわなければならなかったため、その作業はとかく連絡の徹底を欠き、順調にすすめることができなかったのだ。

そして、その混乱は、二隻の輸送船を主力船団からはずさねばならぬという事故も生んだ。それは、関西丸と浅香山丸の二隻で、三亜集結後、両船の速力が、意外にも一四ノット以下であることが判明したのだ。

船団は、目的地点まで一団となって、はやい速力で進んでゆかなければならない。そのため優速船をそろえたのだが、その中で速力のおそい船があれば、作戦行動の立場から当然後方へ置き去りにしなければならない。

当惑した第二十五軍司令部は、やむなく関西丸と浅香山丸を機雷敷設艦《ふせつかん》「初鷹《はつたか》」に護衛させて、前日の三日午後七時に、三亜港を出港させるという緊急処置をとった。そしてその両船は、十二月七日早朝頃、後方から追ってきた主力船団と合流するだろうと予想された。

さらに、パタニ上陸部隊の乗船鬼怒川《きぬがわ》丸も、速力のおそいことが判明した。やむなく海口にいた埼戸丸を急いで艤装《ぎそう》変えし、乗船変更もおこなって辛うじて出港に間に合わせた。

また、南方軍総司令官寺内寿一《ひさいち》大将が、三亜港に姿をみせなかったのも大きな誤算であった。

寺内は、広島から台湾の台北に移動後、空路三亜に来てマレー攻略作戦にしたがう船団の出発を見送ることになっていた。

むろん、山下軍司令官以下との最後の連絡とその激励のためだったのだが、空路途中の気象状況が悪く、万が一をおもって三亜行を中止してしまった。そしてやむなく寺内は、その日に仏領インドシナのサイゴンにむかって全作戦の推移を見守ることになった。

二

輸送船団の前途には、多くの危険が待ちかまえていた。

マレー、フィリピン方面のイギリス、アメリカ両国軍は、すでに完全な戦備態勢をととのえ、輸送船団が敵に発見される公算は、日に日に増してきている。というよりは、日本軍に対し、大挙先制攻撃をしかけかねない気配さえみえる。

大本営陸軍部は、輸送船団出発直前の十二月三日午後十一時四十分、寺内総司令官と山下軍司令官宛《あて》に、

「マレー、フィリピン方面ノ敵ハ、大体ワガ企図ヲ察知シ、ソノ処置ヲトリツツアル」

旨《むね》の軍機電報を発して、その前途が容易ではないことを警告した。

そしてさらに、イギリス空軍がタイ国境付近にも集結して、上陸予定地点のコタバルをはじめその東方海面を厳重に哨戒《しょうかい》していることをつたえ、またイギリス極東艦隊と輸送船団との衝突の可能性も充分あることを示唆《しさ》した。

そうした警戒厳重な海面を、しかも敵に発見もされずに上陸予定地点に到達することは、絶対に不可能事だとさえ思われた。

その上、マレー方面にむかう兵団の上陸作戦は、投機的としか思えない案を敢《あ》えて採用した奇襲と突進とに徹する強行作戦だった。

南へむかう輸送船団

初め大本営海軍部は、付近に有力なイギリス空軍基地をもつマレー半島コタバルに奇襲上陸を断行するという大本営陸軍部の作戦計画に、強烈な反対を唱えた。

三亜出港後マレー半島まで長い航路を進む輸送船団は、必ずと言っていいほど敵に発見され、さらにその上イギリス軍の兵力が集中しているコタバルなどに上陸することは、無謀きわまりないと思っていたのだ。

そしてまず、航空機によって敵の航空戦力をたたき、それから上陸作戦をおこなうべきだと主張した。

しかし、陸軍部は、かたくなに自説をまげなかった。

海軍部の意見は穏当だとも思えるが、陸軍部には、敵の航空戦力を完全に撃滅できる自信がほとんどない。

それは、飛行機の航続力の問題で、海軍機は航続力が長いが、それらは、ハワイ奇襲とフィリピンのアメリカ空軍戦力を潰滅《かいめつ》させるために配置され、マレー方面には、わずかな海軍機しかまわされていない。

自然とマレー方面の航空作戦の主力は陸軍機によるものとなるが、陸軍機は一般に航続距離が短く、基地の南部インドシナからマレー半島にまで達して自由な航空戦を実施することはむずかしい。

それよりは、むしろ陸軍地上兵力をシンゴラ、コタバルに強行上陸させ、その付近のイギリス空軍基地を占領した方がいいというのだ。

陸軍部と海軍部は、鋭く対立した。

が、結局陸軍部の強硬な主張が通った形になったが、海軍部が懸念《けねん》するように、その強行奇襲作戦案は、あきらかに冒険的な決死上陸作戦であった。

三

第二十五軍先遣兵団をのせた輸送船団は、仏領インドシナ東方海面を高速度でひそかに南下しつづけていた。

各輸送船では、三亜を出航直後、乗船している将兵を集合させた。そして、初めて米、英、蘭《らん》三国に対する開戦が三日前の御前会議によって決定、その開戦日時を目標にマレー方面奇襲上陸作戦が決行されることを告げた。

将兵はむろんのこと、船長以下船舶関係者たちも、初めて船の行き先を知ったのだ。各船舶には、緊迫した空気がはりつめた。殊《こと》に将兵たちは、タイ進駐のためバンコクへでも上陸すると思っていただけに、その驚きは大きかった。

そしてかれらには、「これだけ読めば戦《いくさ》は勝てる」と書かれたパンフレットが配布された。それは、南方作戦研究の秘密機関であった台湾軍研究部の作成したもので、南方作戦における戦闘法、陣中勤務、南方諸国の軍情、兵要地理、また給養、衛生等まで記されていた。

将兵たちの動揺を避けるため、マレー方面のイギリス軍の厳戒態勢は知らされていなかった。しかし、米、英、蘭三国と戦争が開始されることを知った将兵たちの顔には、やはり不安の色が濃くただよっていた。

波は静かで、船団は順調に進みつづける。が航行をつづけるにつれて、危険は刻々と増してきていた。

殊に第二十五軍輸送船団の護衛に任ずる南遣艦隊司令部は、十二月一日に発生した中国大陸での「上海号《シャンハイ》」不時着事故に深刻な関心を寄せていた。

その旅客機に載っていた機密文書が、中国軍の手に落ちれば、開戦企図はたちまちアメリカ、イギリス、オランダ等にもれ、それは、それら三国の大挙先制攻撃となってあらわれてくるはずだった。

南遣艦隊は、そうした事態の発生することをおそれて、三亜出港直前、その出港を見送るため大本営から派遣されてきていた櫛田《くしだ》正夫中佐以下の西貢《サイゴン》大本営特別派遣班にその折の処置について諒解《りょうかい》をもとめた。

それは、航行中に米、英、蘭三国海空軍と戦闘のおこる事態が発生した場合には、輸送船団を一時仏領インドシナのカムラン等に退避させ、そのため、第二十五軍のマレー方面上陸作戦も、十二月八日より遅れることもあり得るというのだ。

護衛の任を託された南遣艦隊司令部は、ひたすら航行の無事を祈りつづけた。

しかし、それは奇蹟《きせき》にもひとしい至難事だった。

大本営は、息をひそめて船団の動きを凝視し、各方面からもたらされる情報に全神経を集中していた。

船団が三亜を出港した日、海軍側では、南部仏領インドシナに基地をもつ第二十二航空戦隊の九六式陸上攻撃機三〇機（元山航空隊一五機、美幌《びほろ》航空隊一五機）と九八式陸上偵察機三機によって、海洋一帯にわたって入念な偵察をおこなった。しかしその日の偵察では、南支那《しな》海には敵の艦艇も航空機の姿もみとめられなかった。

大本営は、その日はなんの事故も起らずに経過すると予想していたが、午後に入って間もなく、香港《ホンコン》沖を哨戒中だった第二遣支艦隊所属の二等駆逐艦「栂《つが》」から入電した報に、一瞬緊張した。

その内容は、午後一時十五分、アメリカ海軍砲艦「ミンダナオ」一隻が、マニラ方面にむかって航行しているのを認めたというのである。それは、輸送船団の航路とは交叉《こうさ》しそうもなかったが、決して楽観視することもできない通報だった。

また、大本営が重大関心を寄せていたことの一つに、マレー方面の気象状況があった。

マレー方面上陸作戦の開始される十二月八日は、気象的に最悪の時期に相当している。つまりマレー半島では、十一月頃から翌年三月頃まで北東季節風期となっていて、降雨をともなう北東風が強く吹き、海は大荒れに荒れ、上陸予定の東海岸には、すさまじい激浪がおしよせるのだ。

上陸をおこなう場合には、輸送船からおろした上陸用舟艇に兵員、武器その他をのせて海岸に殺到させるが、そのような高波では、海面へおろした舟艇はたちまち顚覆《てんぷく》し、まして、兵員、武器等の移乗も不可能だし、上陸作戦は、その波浪によって完全に挫折《ざせつ》してしまうこともあり得るのだ。

大本営陸軍部が、そのような危険度の多い時期をえらばなければならなかったのは、開戦を決意するまでの時間的経過によるものであるとともに、海軍部のハワイ奇襲日に同調したためでもあった。

大本営陸軍部は、その気象状況を的確につかむため、仏領インドシナに日本気象学界の最高権威中央気象台長藤原咲平博士と台北気象台長西村伝三博士をまねき、さらに強力な気象部隊を配置させて万全な長期予報態勢をととのえていた。そして、十一月二十八日から連日にわたって、マレー方面、フィリピン方面の長期気象判断を報告させていたが、十二月二日午後四時ごろまでの総合判断では、マレー、フィリピン方面とも十二月七日は天候が良く、その後天気は下り坂になるという。つまり、上陸作戦予定日の十二月八日は、まだ天候もそれほど悪化はしないだろうと予想された。

一応気象陣の診断は、大本営陸軍部を安堵《あんど》させていたが、むろんそれが事実となってあらわれるかどうかはその日を待たなければならなかった。

また航空機による船団の上空護衛は日没までおこなわれることになっていたが、万が一敵哨戒機が船団上空に飛来した場合、護衛機はどのようにそれに対処すべきかが、最大の難問となった。

船団は、仏領インドシナを迂《う》回《かい》するように航行し、上陸予定日の二日前の十二月六日夜には、あたかもタイのバンコクへむかうようによそおうが、敵機の偵察を許すことはどのような方法をとっても阻止しなければならなかった。

しかし、敵機と交戦することは、奇襲を原則とした全作戦をきわめて不利なものとさせてしまう。その点について大本

営は苦慮したが、

「敵航空機ノ我船団等ニ対シ反復偵察ヲ行フ如《ごと》キ場合ハ、コレヲ撃墜ス」

という旨の思いきった命令を発した。

それは大本営の苦悩をあらわにしたものであったが、同時に大局的には、開戦日時以前に戦争の発生する危険もはらんでいた。

三亜出港後第一日目の十二月四日が暮れた。

大本営陸軍部では、退勤時刻になると作戦首脳部たちは、匆々《そうそう》に帰途につく。それは、米、英、蘭三国の諜報網に開戦企図をさとられぬための配慮であった。だが、かれらは帰宅するとすぐに背広に着かえて、要所、要所に身をひそめる。そして、マレー上陸作戦の輸送船団の動きをじっとうかがいつづけていた。

時計の針は、十二月四日午後十二時をまわり、輸送船団は、夜の海上を厳重な灯火管制をしいて一四ノットの速力をたもちながら南下しつづけていた。

と、十二月五日午前二時四十分、船団護衛の南遣艦隊を戦慄《せんりつ》させるようなことが突然発生した。

輸送船団の前方には、航路を警戒している第三水雷戦隊所属の駆逐艦「浦波」が先行していたが、夜の海上を明るく灯をともしながら航行中の商船一隻《せき》と遭遇したのだ。

「浦波」艦上は、騒然となった。

日本船か外国船か。

しかし、日本の商船が、航進途上ですれちがうという報告は全くない。

艦長萩尾《はぎお》力少佐は、双眼鏡でその船を凝視した。

暗い海上を流し灯籠《どうろう》のように動いてゆく船影。しかも、その針路は、正しく北にむかっている。

船がそのまま進んでゆけば、やがてその商船の船員たちは前方に、灯火ももらさずに迫ってくる六十隻を越す艦船の黒々とした大集団がのしかかってくるのを眼にするにちがいなかった。

萩尾は、その灯をともした商船を外国船にちがいないと判断した。

処置は、急を要している。かれは、すぐに点滅式の信号で、第三水雷戦隊旗艦軽巡「川内《せんだい》」に緊急発信した。

と、「川内」の方向から、闇《やみ》の中に光が点滅しはじめた。それは、商船を捕捉《ほそく》し、輸送船団と接触しないように巧みに追い払え、という信号だった。

ただちに「浦波」は、高速力で、その商船に接近していった。

主砲の砲口は旋回した。「浦波」から、商船に対して「即時停船」が命じられた。

それを認めたのか、商船の速度はおとろえ、やがて停止した。

「浦波」からは、カッターがおろされ、銃を手にした乗組員が商船にむかった。そして、船に乗りこむと、すぐに通信室に走りこみ、無線機を破壊した。

臨検員は、武器の有無をたしかめ、船長から航海日誌を提出させた。

船は、敵国に準ずるものとして内示されているノルウェー国籍の船で、一、五〇〇トン、速力九ノットの貨物船であった。

ノルウェー人船長以下乗組員の顔は、蒼白《そうはく》だった。

その商船は、タイのバンコクを出港、十二月八日に香港着予定となっていた。

臨検の結果は、不審の点を発見できなかった。

むろん輸送船隊の通信は無線封止のため発信は厳禁されていたので、臨検員は、光による信号によって萩尾艦長に臨検報告をおこない、その指示をもとめた。

萩尾は、その報告を諒承し、船団とぶつからないよう東方へ針路をさだめさせた上で釈放するように指示した。

臨検員が「浦波」にひき揚げると、ノルウェー船は、船首を曲げ徐々に速度をあげた。

「浦波」は、追い立てるようにその後から尾行監視してゆく。

やがて商船は、輸送船団の航路から遠くはなれた。そして、「浦波」もその商船の船影が完全に没するのを確かめて、再び定められた航路前方警戒位置についた。

南遣艦隊、輸送船団は、第一の危機を漸《ようや》く避けることができた。

しかし、護衛艦艇、輸送船合わせて六十余隻の艦船群が、全くその姿を発見もされずに航行をつづけることは至難なことだった。それに、輸送船団の進む海面は、諸船舶の航路にもあたっていて、ノルウェー船と遭遇したように第三国の船舶とぶつかる公算はきわめて大きかった。

輸送船団はさらに南下し、仏領インドシナのカムラン沖合を通過した。

大本営は、早くも船団の航路上にノルウェー船が現われたことを知って、一層緊張の度をくわえていた。

とその日、第三飛行集団の一索敵機が、仏領インドシナ南方海面で、敵潜水艦二隻発見の報につづいて、その付近にイギリス国旗をかかげたライター型商船一隻を発見したという入電があった。

それらは、輸送船団と遭遇する公算はほとんどなかったが、大本営陸軍部内には、重苦しい空気が淀《よど》んだ。

船団が三亜出港後わずか二日目にはやくも航路付近に潜水艦の姿を認めたことは、アメリカ、イギリスの海軍兵力が、神経をとがらせて広範囲の哨戒《しようかい》をおこなっている証拠のように判断された。

そして、そうした懸念を裏づけるように、その日海軍の一偵察機は、哨戒圏内で一隻の敵大型潜水艦を発見した。

その潜水艦は、浮上したまま北へ針路をむけて進んでいる。美しく輝く洋上に、航跡の白さがきわ立っていた。

偵察機は、ただちに、

「敵潜水艦サイゴンノ一三〇度一九六浬《かいり》ニアリ。進路北、速度一〇ノット」

と、緊急報告した。

その報は、海軍側から陸軍部につたえられたが、その潜水艦の位置と進行方向は陸軍部を慄然とさせた。

輸送船団は、仏領インドシナのカムラン沖を通過後、わずかに西方へ変針して翌六日午後には、仏領インドシナのサイゴン南方海面に達する予定になっている。

その洋上を、敵潜水艦が、しかも北へむかって進んでいることは、輸送船団との接触を目的としているとしか思えなかった。

魚雷攻撃をくわえることはないだろうが、その潜水艦に船団の姿を発見されれば、マレー上陸作戦兵力の規模は、作戦開始二日前に早くもその全貌《ぜんぼう》をさらすことになるのだ。

大本営陸軍部は、沈鬱《ちんうつ》な空気に閉ざされた。

しかし、やがて入電した海軍側の情報で、部内の空気は急に明るんだ。

その後、同偵察機は、浮上して進む潜水艦を遠くから監視していたが、接近して見定めた結果、敵潜水艦と思われた大型潜水艦は、日本の潜水艦であることが判明したというのだ。

「間抜けめ！」

部員の一人は、腹立たしげに叫んだ。が、その声のひびきには深い安堵がにじみ出ていた。

……日が没し、輸送船団も護衛艦艇も、夜の闇につつまれた。それは、発見されることも少ない安らかな闇であった。

夜半に輸送船団は、西南方へ変針、サイゴン南方洋上にひそかに進み出た。丁度予定航路の半ばに達したのだ。

夜が白みはじめた。十二月六日が、明けたのだ。

船団の指揮者たちは、明るさを増してゆく空を不安そうに見上げた。敵の哨戒密度はさらに濃くなるはずだし、それだけにその日の航路途上の危険も増大することが予想された。

輸送船団は、朝の陽光を浴びながら遂《つい》に仏領インドシナの最南端に突出しているカモー岬南方洋上で西方に針路を向けた。いよいよマレー半島方面海域に突入したのだ。

午前十一時、航路前方を必死に走っている商船二隻の船影が浮び上った。それは、速力の劣っているため前日に三亜を出港して先行していた関西丸と浅香山丸だった。

両船の姿が次第に大きくなり、船上で鈴生《な》りになってしきりと手や帽子をふってい る将兵の姿もみえてきた。その手や帽子の動きには、機雷敷設艦「初鷹」に護衛されていただけの心細さから解放された安堵があふれているように思えた。

輸送船団は、抱えこむように両船を船団内に収容すると、大グループを形成して進みつづけた。

……大本営は、いよいよ輸送船団が危険海域に進入したことを知った。そして、船団に関する情報に全神経を集中していた。

と、南方軍総参謀長塚田 攻《おさむ》中将から大本営陸軍部参謀次長宛《あて》に、突然軍機電報が入電した。

その内容を眼にした大本営の中枢《ちゆうすう》部の者たちは、一瞬顔色を変えた。それは、「上海号」不時着事故にまさるとも劣らぬ緊急事態発生の報だった。

宣戦布告前日の戦闘開始

一

十二月六日午後一時四十五分、輸送船団は、仏領インドシナ最南端カモー岬南方（北緯七度五三分東経一〇五度五五分）の洋上にさしかかっていた。そして、数時間後には敵の眼をあざむくため、上陸予定のマレー半島方面へ直進することを避け、バンコクへでも行くようにタイ湾に向け西進することになっていた。

と、護衛艦隊と輸送船団に、突然緊急事態発生のブザーとラッパにつづいて、

「総員配置ニツケー、総員配置ニツケー」

という甲高い命令が、拡声機から流れ出た。

艦艇の乗組員たちは、敏速に予定配置につき、武装した船舶の砲手たちは、高角砲に走った。

緊張した静寂があたりを占め、ただ舷側《げんそく》でくだける波濤《はとう》の音がきこえるだけだった。

その静けさの中にかすかに爆音がきこえ、遠く曇り空に眩《まば》ゆく光るものが湧《わ》いた。

そして、その点状のものは急速に大きくなると、機体をかしげて横向きになった。艦船上の人々の間から、短い叫び声が起った。

機は双発の大型機で、爬虫《はちゅう》類の肌のように緑と薄茶のまだらな迷彩がほどこされ、そしてその翼と胴体には円形のイギリス空軍マークがはっきりと印されていた。

そのイギリス空軍機は、その形態からロッキードハドソン型爆撃機にちがいなかった。

その機種は、アメリカで生産され対英援助のためイギリスに供給されているもので、爆撃機としてはスピードの速い部類に入るが、一機で行動しているところからみると、その航続性能をいかして哨戒《しょうかい》任務についていることはあきらかだった。

ハドソン機は、大きく旋回すると、輸送船と護衛艦艇で構成された大きな楕円《だえん》形の環《わ》の周辺を、その規模をたしかめるようにゆっくりと動いてゆく。

双眼鏡でみると銃座が機首と胴体の上下に計三カ所認められ、操縦席には二人の搭乗員の姿もみとめられた。

旗艦「鳥海」におかれた南遣艦隊司令部は、充分予想はしていたことではあったが、それが現実のものとなってあらわれたことに大混乱を呈していた。

対空砲火を浴びせかけても慎重に距離をとって行動しているイギリス機を撃墜する

ことはむずかしいし、第一護衛艦艇が、一斉に対空砲火を打ち上げることは、余りにも戦意をむき出しにしたもので、却《かえ》ってその後の敵海空軍の攻撃を誘う結果を招く。

しかし、このままイギリス機の偵察を許しておくわけにもいかなかった。

ハドソン型爆撃機には、無線機も装備されていて、むろん大輸送船団発見の報は、イギリス機から基地にむかって発信されているにちがいない。そしてさかんに機上から空中写真もとられているだろうし、輸送船団の全貌《ぜんぼう》は、フィルムの映像にも焼きつけられているはずだった。

それに第一、輸送船団の進路は、まだバンコク方向に変針していず、丁度マレー半島のシンゴラ、コタバルへでも直進しているようにみえる。イギリス機が基地にもどれば、第二十五軍先遣兵団をのせた輸送船団が、マレーに向って進行中と報告されるにちがいなかった。

南遣艦隊司令部は、その爆撃機を完全に捕捉《ほそく》しなければならぬと決意した。それは、戦闘機によって空中で撃墜させる以外に有効な方法はなかった。

南遣艦隊司令部は、ただちに南部仏領インドシナに基地をもつ海軍第二十二航空戦隊に対し、そのイギリス爆撃機の撃墜を命令した。

イギリス機は、雲の中に入るかと思うと再び姿をあらわしたりしていたが、一時間ほどたった頃、目的を充分に達したと判断したのか、それとも危険を察したのか急に機首を返すと西方へ機影を没した。

南遣艦隊司令部からイギリス空軍機の撃墜命令を受けた第二十二航空戦隊には、前年に海軍制式機として採用されたばかりの零《ゼロ》式艦上戦闘機三六機が配属されていた。そして、基地に待機していた同戦闘機は、ただちに基地を離陸した。

戦闘機隊は、高速を利して、そのハドソン爆撃機を追った。

しかし、雲が多く、必死の捜索にもかかわらず、遂《つい》にそのイギリス爆撃機の姿をとらえることはできなかった。

接触してきたイギリス機の撃墜が果せなかったという報告は、南遣艦隊司令部を暗《あん》澹《たん》とさせた。

イギリス機は、一時間余にわたって輸送船団の上空を旋回、輸送船団の規模も護衛艦艇の兵力も詳細に把握したにちがいない。しかも、そのイギリス機を基地に帰投させることを許してしまったことは、致命的とも思える失態だった。

南遣艦隊司令部は、「竜城丸」に乗船している第二十五軍司令官山下奉文《ともゆき》中将に対し、

「輸送船隊ハ、本六日英飛行機ニ依《よ》リ、ソノ全貌ヲ発見セラレタリ」

とつたえると同時に、サイゴンの南方軍総司令官寺内寿一《ひさいち》大将に、きわめて憂慮すべき英機接触事故を緊急通報した。

二

南方軍総司令部の憂色は、深かった。

ただちに、大本営陸軍部に第一報を入れるとともに、南遣艦隊司令部とその対策について真剣な討議を交わした。その結果は、両司令部とも圧倒的な悲観論が支配した。

哨戒機の偵察で日本軍輸送船団の接近を知ったマレー、フィリピンのイギリス、アメリカ両国軍は、大衝撃を受けているにちがいない。そして、両国空軍機は、大挙して航行中の日本輸送船団に来襲してくるだろうし、またプリンス・オブ・ウェールズを旗艦とするイギリス海上兵力も総出撃し、すでに散開中と予想されるアメリカとオランダ海軍も、輸送船団にむかって全力をあげて突進してくるはずだと判断された。

すでに日が没しているので、その来襲は、翌七日早朝からすさまじい激烈さで開始されるだろうと予測された。

むろんそうした事態となれば、長い月日を費やして組み立てられたハワイ作戦、マレー上陸作戦の同時奇襲計画は、その寸前で崩壊する。

しかし、大輸送船団をいたずらにイギリス、アメリカそしてオランダ海空軍の猛攻にさらすことはできるはずのものではなかった。

寺内総司令官は、遂に悲痛な決断をくだした。

それは、断乎《だんこ》として敵の攻撃に総力をあげて応戦、しかも敵兵力の根拠地をたたきつぶすためにマレー方面等に対して航空機による大攻撃を開始する……というのだ。

寺内は、仏領インドシナに待機している陸軍第三飛行集団長菅原道大《みちおう》中将に対し、

一、本日英機ガ輸送船団ヲ偵知セル状況ニ鑑《かんが》ミ、明早朝ヨリ敵機来襲ノ虞《おそれ》多キニ鑑ミ、(上空)掩護《えんご》地点ヲ的確ニ把握セラレタシ

と命令し、また敵の空襲または艦艇の来襲によって海戦の起きた場合は、ただちにマレー方面の空軍基地、艦船に対し大攻撃を開始せよ、ともつけ加えた。

第三飛行集団は、重爆、軽爆、偵察機計三四八機に、陸軍の代表戦闘機である一式戦闘機(隼《はやぶさ》)を主体とした一六八機の戦闘機を保有する強力な飛行集団であった。

さらに寺内は、大本営陸軍部に対しても、事態が容易ならざる重大な危機に直面していることを告げ、

「……翌七日早朝ヨリ敵機ノ反復来襲ノ虞大ナリト認ム」

との判断報告につづいて、敵海空軍兵力の猛攻撃をうけた場合は、海軍と協同して、

航空兵力が戦いの主役となりつつあった……

航空機による進攻作戦を開始すると打電した。

大本営は、強烈な衝撃を受けた。

その電報内容は、杉山元参謀総長から、東条首相、永野軍令部総長にもつたえられ、陸海軍首脳部の間には、たちまち沈痛な空気がひろがった。

開戦日時は十二月八日午前零時であるのに、寺内南方軍総司令官からは、一日早い七日早朝から激しい戦闘が開始されることがほとんど決定的だと伝えてきている。寺内の判断は妥当と思えるし、敵海空軍兵力の大挙来襲の折にはそれに応戦し、さらにその根拠地を積極的に叩《たた》くという決意も当然のことだと思えた。

しかしそれは、結果的に奇襲を原則とした米英蘭三国に対する全作戦の大崩壊を意味し、マレー上陸を目ざす兵団だけではなく、真珠湾奇襲攻撃のためハワイにむかって航行中の南雲中将のひきいる機動部隊も、アメリカ海空軍のはげしい迎撃にさらされる。

しかし、マレー上陸作戦は、アメリカ、イギリス、オランダ三国軍の厳重な哨戒網のはりめぐらされた危険海域を航進するもので、しかも船団の規模も大きいだけに奇襲などできるはずのものではなかった。イギリス機に発見されたことも当然すぎるほど当然であるし、それは充分予測されていたことでもあったのだ。

大本営の中枢部《ちゆうすう》は、沈痛な空気につつまれてはいたが、くるべきものがきたという諦《あきら》めの色も浮び出ていた。しかし、翌十二月七日の夜明けから始まるかも知れぬ激烈な戦闘を想像すると、かれらの顔も一様にひきつれていた。

輸送船団は、その日（十二月六日）午後七時、西北方に一斉に変針し、タイ湾方面へとむかった。遂に、最後のコースに進入したのだ。

さらに午後七時八分には、南部タイに上陸予定の宇野支隊（支隊長宇野節大佐）の主力を乗せた山浦丸、浄宝縷丸《じようほうる》、伏見丸、良洋丸の四隻《せき》が合流してきた。それらの四隻は、サンジャック沖で待機していたもので、船団の規模は一層大きなものとなった。

南遣艦隊司令部は、敵来襲の折の作戦について鋭意協議をおこなった。

敵は、航空機の大群で攻撃をしかけてくるとともに、プリンス・オブ・ウェールズ、レパルスの二戦艦を出撃させて、輸送船団を襲ってくるにちがいなかった。

その場合には、まず輸送船団をフコク島の西北方にあるコンポンソム湾に退避させて、第二十二航空戦隊の海軍機で敵空軍機の攻撃を阻止する。さらに台湾の馬公《まこう》を出撃している戦艦「金剛」、「榛名《はるな》」を擁した南方部隊本隊を急速に進出させ、南遣艦隊は、イギリス極東艦隊をその南方部隊本隊の方向へと誘いこむ。そして、協同してプリンス・オブ・ウェールズ以下のイギリス艦艇を撃沈しようというのだ。

南遣艦隊司令長官小沢治三郎中将の乗艦している旗艦「鳥海」から、山下軍司令官の乗る竜城丸に、その旨《むね》が火光信号によってつたえられ、

「諒解《りようかい》」

の返信ももたらされた。

輸送船団は、夜の洋上を身をひそめるように進みつづけた。

三

夜が白み、十二月七日の朝がやってきた。

その日は夜明けとともに、第三飛行集団の戦闘機部隊第十二飛行団（団長青木武三少将）が主体となって上空掩護を担当することになり、陸上基地を離陸した戦闘機隊と司令部偵察機三機によって厳重な警戒態勢がとられた。

緊迫した空気は、いつの間にか乗船している将兵にもつたわり、かれらの顔には、不安な色がただよっていた。

敵の大挙来襲を予想している南遣艦隊司令部には、早くも午前八時、敵潜水艦二隻発見の報もあって、部内には息苦しいほどの緊迫した空気がはりつめた。

午前十時、敵来襲時の退避地域と予定されていたフコク島付近から進み出た三隻の船が、輸送船団に合流してきた。それは、善洋丸、三池丸、東宝丸（工作船）で、サイゴン東方サンジャック沖で合流した宇野支隊の一部であった。

輸送船団は、危機にさらされながらもこれらの輸送船をもくわえてさらに大きくふくれ上った。

その頃、南遣艦隊支援に急行していた南方部隊本隊では、イギリス極東艦隊との遭遇にそなえ波浪のはげしい洋上で、戦艦「金剛」、「榛名」から駆逐艦に対する重油の曳航《えいこう》補給がおこなわれ、いよいよ戦闘の気配は濃厚となった。

と、輸送船団に、前日の英機接触につづいて第二の危機がせまってきていた。

午前九時五十分、南遣艦隊所属の特設水上機母艦「神川丸」から発した緒方予備少尉と射手一名の搭乗した零式水上偵察機が、不意に船団の航路にかなり近い上空で偵察飛行中のイギリス空軍機と遭遇したのだ。

それは、コンソリデーテッドPBYカタリーナ型飛行艇で、双発のプロペラを豪快に回転させて飛行している。その飛行艇は、同時に潜水艦攻撃もおこなえる海上哨戒機で、翼の下に対潜用の爆弾がむき出しになってとりつけられていた。

緒方は、その飛行艇の進行方向に慄然《りつぜん》とした。

そのまま進めば、イギリス飛行艇の搭乗員たちは、どんよりと曇った洋上に、七十隻近い艦船群で構成された大輸送船団の姿を望見するはずだった。

なんとしてでも、輸送船団の発見は阻止しなければならぬ……とかれは思った。撃墜してしまうことが最も完全な阻止方法だが、零式水偵には、七・七ミリ機銃が一挺《ちよう》そなえつけられているだけで、全金属製の防弾装置も充分なその飛行艇と渡り合うには力不足のように思われた。

体当りをすることは辞さないが、もしもそれが不成功に終れば、イギリス機はそのまま飛行をつづけて船団を発見してしまうだろう。

緒方は、イギリス機を監視しながらしきりと適当な方法について思案しつづけた。

やがてかれは、一計を案じた。それは多分に危険の多い方法だったが、かれは、機首を曲げると、大胆にもイギリス飛行艇にゆっくりと接近しはじめた。

日本の水上偵察機を凝視していたらしいイギリス機は、その接近に驚いたらしく機銃を緒方機に一斉に向けてきた。それが火をふけば、緒方機はたちまち火炎につつまれ撃墜されるのだ。

緒方は、胸の動悸《どうき》がたかまるのを意識しながら急速に接近してゆき、遂に飛行艇と並んでしまった。飛行艇の操縦席には、二人のイギリス操縦士の呆気《あっけ》にとられたような顔がはっきりとみえた。

緒方は、不意に笑顔をつくると、その操縦士にむかって親しげに手をふった。イギリス人操縦士は、いぶかしそうに緒方の動作を凝視していたが、それに促されたように手をふるのがみえた。

緒方は、イギリス操縦士の敵意をやわらげるように手をふりつづけながら飛行艇と並んで飛行しつづけた。そして誘導するように、左へ向きを変えたが、飛行艇は緒方の期待に反して船団位置の方向に直進をやめない。

かれは、苛立《いらだ》ち、さりげなく飛行艇の後方へ行くふりをすると、不意に反転して死角になっている飛行艇の下へ巧みにもぐり込んでしまった。そして、部下の射手に命ずると、飛行艇の下腹部めがけて七・七ミリ機銃の機銃弾を浴びせかけた。しかし、機銃が突然故障を起して飛行艇は火をふかず、憤然としたように急旋回すると反撃にうつってきた。機銃の故障は予想外だったが、イギリス飛行艇が反転したことは、緒方の期待通りのことだった。

緒方機は、急反転すると逃げはじめた。むろん、船団の航行している位置とは逆の方向に逃げ出したのだ。

飛行艇は、しきりと銃撃をおこないながら緒方機を追ってくる。緒方は、すべてがうまく運んでいると思った。

しかし、零式水偵の速力ははやく、飛行艇との間隔がすぐにひらいてしまう。それは飛行艇の追撃をあきらめさせてしまうことにもなるので、緒方機はわざと速度をゆるめ、飛行艇との距離をたしかめながら逃げつづけた。

緒方機がイギリス飛行艇を発見してから、二十分ほどが経過した。イギリス機は、緒方機の機智《きち》にとんだ誘導で船団位置からかなりはなれた。

緒方は、その結果を喜んだが、イギリス機が速度のはやい敏捷《びんしょう》な零式水偵の追撃をあきらめて反転することも予想された。

緒方は、不安をおぼえた。自分の仕組んだ工作が、いつかはイギリス機にさとられてしまうにちがいないとも思えてきた。

その危惧《きぐ》は、やがて現実のものとなってあらわれてきた。イギリス機が、日本の水上偵察機の奇妙な行動の意味を見破ったのか、不意に機首をかえすと緒方機を無視したように船団位置の方向へ飛行しはじめたのだ。

緒方は、顔色を変えた。前日につづいて輸送船団を発見させてしまうことは輸送船団にとって大打撃となる。かれは、急速に機を反転させると、イギリス機を刺戟《しげき》するように必死に付近を旋回してみせたりした。しかし、イギリス機は、平然と爆音をとどろかせて直進している。

と、午前十時十五分頃、船団の航行している方向の曇り空に、十個ほどの小さな点状の光が湧《わ》いた。敵機か、味方機か、緒方は急速に拡大してくる飛行機編隊を凝視した。緒方の眼に、日の丸のマークがはっきりととらえられた。かれの胸に熱いものがひろがった。その戦闘機編隊は、陸軍の第十二飛行団の九七式戦闘機中隊（中隊長武田金四郎少佐）で、輸送船団の上空掩護の任務を終えて地上基地に帰投する途中であったのだ。

しかし、その戦闘機隊は、大型飛行艇が、友軍のものなのかどうか判定はつかないらしく、編隊をくんだまま接近してくる。

初めに銃撃をくわえたのは、イギリス機の方だった。逃走する姿勢をとりながら、接近してきた戦闘機隊に銃撃を放ったのだ。

たちまち戦闘機群は、編隊をくずすと一斉に散開した。そして、全速力で逃げる飛行艇を追撃しはじめた。

九七式戦闘機には、七・七ミリ機銃が二梃装備され、零式水偵よりも火力は大きい。そして、その中の一機が、急速に飛行艇の後方に追尾するとはげしい銃撃を浴びせかけた。

と、その瞬間、飛行艇の巨大な発動機付近から炎がふき出し、それはまたたく間に主翼から胴体へとひろがった。

飛行艇は、機首をさげた。炎がはためくようになびき、機は逆さまになって落下し、やがてはるか下方の海面に白い水しぶきをあげて突っ込んだ。撃墜したのは、戦闘機乗りとして卓越した技倆《ぎりよう》をもつ窪谷《くぼたに》俊郎中尉機で、その撃墜位置は、仏領インドシナのパンジャン島西方約四〇キロの海上だった。

陸軍の戦闘機隊によってのイギリス飛行艇撃墜の報は、南遣艦隊に、また陸軍第三飛行集団からサイゴンの南方軍総司令部に緊急報告された。

撃墜したことは、船団の偵察を確実にはばんだという意味で大成功だったが、その撃墜は、開戦日時以前にすでに戦闘が開始されたことを意味するものでもあった。

イギリス機が、撃墜される直前に日本の陸軍戦闘機隊に攻撃を浴びせかけられたことを、イギリス空軍基地に発信報告したことも充分考えられるし、それは、イギリス軍だけではなく、アメリカ、オランダ軍を激怒させるにちがいなかった。

四

南方軍総司令官寺内大将から報告を受けた大本営は、イギリス機撃墜の事実に複雑な表情をしめした。

輸送船団の発見されなかったことはむろん喜ばしいことだが、イギリス機を撃墜してしまったことは、輸送船団への敵来襲となってあらわれることは確実となってきた。大本営の首脳者たちは重大な覚悟をしていた。

すでにこうした事態になったからには、ただアメリカ、イギリス、オランダ三国の海空軍兵力の先制攻撃を、日本軍の艦艇や航空機が阻止してくれることを願うだけだった。

南遣艦隊に護衛された輸送船団は、来襲の予感におびえながらも航行をつづけ、午前十時三十分、予定海面に到達した。それまで、あたかもバンコク方面へむかうように航行してきたが、その予定海面で不意に進路をかえ、タイ南部、マレー半島に上陸のため直進することになっていた。

すでに三亜出港後、輸送船団は、一、〇一六浬《かいり》の洋上を航行してきた。そして、その予定海面で、いよいよ上陸地点への、二〇〇浬近い洋上をそれぞれ小集団にわかれて突進することになったのだ。

「鳥海」乗艦の南遣艦隊司令長官から、竜城丸乗船の第二十五軍司令官山下奉文中将に対し、

「上陸ハ予定ノ如《ごと》ク決行ス」

旨《むね》の信号が発せられた。

山下軍司令官は、ただちに各師団長に同様の指示をつたえた。

しかし、これからの航行は、マレー上陸をむき出しにした行動で、しかもイギリス海空軍兵力の待ちかまえている海面への突入だった。そして、船団は、それぞれの上陸予定地点にむかうため、五つのグループに分離し、海軍艦艇もそれに応じて兵力を分け、各進路にわかれて航行を開始した。

しかし今までの寄りかたまった大集団よりも、当然防禦《ぼうぎょ》力は乏しくなり、しかも危険の増大する海面であるだけに、各船団の前途は、さらに憂《うれ》うべきものとなった。殊《こと》に南部タイ上陸を目ざす宇野支隊の一部兵力をのせた浄宝縷丸は、先導艦もなくただ一隻で航行していった。

午後になると、天候が悪化しはじめた。そして、時々スコールが海上をわたってき

て、各艦船は、白い雨しぶきにつつまれた。

雲が低くたれこめ、視界も急に悪くなってきた。また航行するにつれて、降雨のきざしもみえ、やがて雨が時折勢いをつよめて海上を暗くとざした。それは、飛行機の行動を制限するもので、各輸送船団にとっては幸運な気象状況と思われた。しかし、それらの悪気象も、イギリス、アメリカ海空軍兵力の攻撃を阻止するほどのものではなかった。

静寂のはりつめた時間が、無気味に流れていった。

殊にイギリス領マレー半島コタバルに上陸作戦をおこなう佗美《たくみ》支隊の船団は、当然多くの危険が予想された。

その船団には、優秀船淡路山丸、綾戸《あやと》山《さん》丸、佐倉丸の三船が配され、それらは、二一ノットの快速で静かな海面を疾走していた。

と、午後四時四十五分、突然、その進行方向に、一隻の商船が出現した。

その船影を発見したのは、やはり前路警戒中の駆逐艦「浦波」であった。

「配置ニツケ」の命令が「浦波」艦内に伝達され、「浦波」はフルスピードでその商船に接近していったが、商船は、うろたえたように逃走する気配を露骨にみせた。

「浦波」は、ただちに停船命令を発し、たちまちその船に近づいていった。

艦上からカッターがおろされ、臨検員がその商船に乗りこんだ。船団は、後方から

駆逐艦「浦波」

急速に近づいており、一刻の猶予《ゆうよ》も許されない。

あわただしい船内の臨検がはじまった。艦長萩尾少佐は、艦橋からその船を見守っていたが、やがて手旗で臨検結果が報告されてきた。

それによると、船はノルウェー国籍のハーフサー号（一、三五〇トン）であるが、航海日誌をしらべてみると、不審な点がきわめて多い。つまり、その船の行先も曖昧《あいまい》で、その海面を航行している理由が全くわからないという。

萩尾艦長は、おそらくその貨物船は、イギリス軍に依頼されて諜報《ちょうほう》活動をしているものにちがいないと判断した。そして、

「怪船ヲ認ム」

の報告を旗艦「川内《せんだい》」に送った。

と、すぐに返ってきた信号は、

「撃沈セヨ」

の命令だった。

すでにイギリス飛行艇は撃墜しているし、障害となるものは容赦なく武力で除去しようというのだ。

萩尾艦長は、諒承すると臨検員にその旨をつたえた。

問題は、そのノルウェー船に乗っている船員たちの処置だった。かれらが諜報任務についていることはほぼ確実だが、その生命までうばう必要もあるまいと思われた。

萩尾は、船員たちを退避させることを決意し、その旨を指示した。

やがて、臨検員に導かれた船長以下船員三十名ほどが、船上に姿をあらわした。

かれらは、あわただしく二艘《そう》のボートを海面におろすと、それに乗りこんだ。オールが、おびえたようなかれらの手で動きはじめ、ボートは徐々に船からはなれてゆく。

臨検員が、すぐにもどってきた。

「浦波」の砲口が、船に向けられた。砲術長漆原清中尉の砲撃命令で、砲声があたりの空気をふるわせた。

二発、三発。轟音《ごうおん》とともに砲弾が発射された。が、船の周囲に水柱があがるだけでなかなか命中しない。

結局十数発の砲弾が発射されたが、結果は全く同じだった。

萩尾艦長は、苛立った。砲声が、これ以上海上にとどろくことは、イギリスの哨戒《しょうかい》機や艦艇に気づかれるおそれもあって好ましくない。

萩尾は、砲撃を打ちきらせると、機関長加藤久大尉を招き機関員の手で船を沈没させるように命じた。

ただちに機関長が指揮者となって、作業道具を手にした乗組員たちが、ボートに乗りこんだ。

かれらは、船に乗りこむと船の吸入弁をこじあけた。たちまち海水が船内に流れこんだ。

かれらは、すぐにボートに乗って引き返してきた。

萩尾艦長は、傾きだした船を見て、それで充分目的を達したと判断し、旗艦「川内」に、

「船ヲ破壊シ沈没セシメタリ」

と報告した。

「浦波」は、船の近くからはなれ増速すると前路警戒位置にむかった。

海上には、ハーフサー号の船員たちの乗るボートが二艘、遠く波間にただよっていた。

タイ進駐の賭《か》け

一

イギリス極東軍総司令部は、必死になって日本軍輸送船団の動きをとらえようとしていた。

かれらは、日本が必ず開戦にふみきり、石油をはじめとした南方資源を得るためにマレー攻略を策すにちがいないと推定していた。

イギリス極東軍総司令部は、はりめぐらされた諜報《ちょうほう》網を総動員して日本側の動静をさぐっていた。

初めにかれらが日本軍に関する重大な情報を得たのは十月で、上陸用舟艇が日本内地の各地で大量に建造され、海南島でも日本軍による密林内の戦闘訓練がおこなわれたという情報を入手した。さらにそれにつづいて、十一月にはいると、多くの上陸用舟艇をつんだ日本船舶が、海南島三亜港に続々と集結しはじめたという報告もつかんだ。

いよいよ日本軍のマレー上陸作戦の開始は接近したと、かれらは判断して、全力をあげて哨戒《しょうかい》行動を強化、日本軍を迎撃しようと待機していた。

と、突然哨戒に出ていたハドソン型爆撃機が、十二月六日午後、海軍艦艇に護衛された日本軍の大輸送船団を発見した。

イギリス極東軍総司令部は、その報告に緊張した。

同司令部総司令官ポッパム大将は、ただちにマレー軍司令官パーシバル中将とその対策について協議した。しかし、かれらには、日本輸送船団がマレー半島にむかうのか、それともタイのバンコクにむかうのかは判断がつかなかった。

かれらは、一層偵察を厳重にして日本輸送船団の動きをさぐっていたが、その後船団の行方は全くわからなくなった。

すると、翌七日に偵察に出動したカタリーナ型飛行艇が、一機未帰還となった。それをどのように解釈すべきか、かれらの間にはげしい討議が交わされたが、その事故についてはかれらの間に結局なんの結論も生れなかった。かれらはその飛行艇が、日本陸軍の窪谷《くぼたに》俊郎中尉機によって撃墜されたことなど想像もしていなかったのだ。

その日の午後から天候が悪化したことも、イギリス海空軍の哨戒行動をさまたげた。それでも、日本の一、二隻《せき》の輸送船や艦艇発見の報もつたえられて、上陸の予想されるマレー東海岸には地上兵力が増強され、海空軍は厳戒態勢をとって待機していた。

十二月七日の日も没した。奇蹟《きせき》的にも、イギリス、アメリカ海空軍の来襲はなく夜に入ったのだ。

船団上空を掩護《えんご》していた陸軍第十二飛行団の戦闘機も、最後の任務を終えて地上基地へと帰投した。

しかし、それに従事した加藤建夫少佐指揮の一式戦闘機（隼《はやぶさ》）六機は、限界を越えた無理な船団護衛のためその半数を失うこととなった。

一式戦闘機は、九七式戦闘機よりも航続力がすぐれているため第七飛行団から応援にきていたものだが、船団位置から基地までは五〇〇キロもあって、高性能の一式戦闘機も、基地へ帰投することは困難となった。それに、乱気流のすさまじく発生する悪天候の上に帰途が夜間になったため、その帰投は、危険きわまりないものとなった。

加藤隊長機は、それらの悪条件を克服して辛うじて基地に帰着することができたが、六機のうち二機は海中に墜落、また他の一機も不時着するという事故が起きた。またこの日、同じように船団護衛にあたっていた第十二飛行団では、海中に墜落したもの二機、大破二機を出した。

そうした中にも船団は、闇《やみ》の海上をフルスピードで上陸地点にむかって突進しつづけ、さらに分れてそれぞれの上陸地点へとむかっていた。そして最も早く上陸予定地点近くの海面に進出したのは、マレー半島のコタバル上陸を企てる侘美《たくみ》支隊将兵の乗船する「淡路山丸」「綾戸《あやと》山《さん》丸」「佐倉丸」の三隻の船舶だった。

午後八時、護衛する第三水雷戦隊旗艦「川内《せんだい》」から、

「コタバル付近海岸ハ上陸ニ適ス。天候曇、風速七メートル、波高一メートル」

との報告が船団につたえられた。

息づまるような緊迫感が、船内にみちた。

午後十一時ごろ、月が出た。

船団は、月明りの海面を高速で進みつづけた。

と、前方はるか遠くに、漁火《いさりび》のような粒状の光の聚落《しゅうらく》が浮び上った。船上に、興奮したどよめきがひろがった。

それは、コタバル付近の町の民家からもれる電燈《でんとう》の輝きだった。

ただちに上陸準備が、開始された。

船にのせられていた上陸用舟艇のロープが、つぎからつぎへと敏速にほどかれてゆく。そして上陸する将兵も、完全武装をととのえて、甲板上に各隊別に集結した。

三隻の船は、さらに速度をあげて陸上の灯の方向に進み、ついに予定海面に達した。三亜出航後、初めて三隻の輸送船はその動きをとめたのだ。

錨《いかり》のおろされる重々しい音が、無気味に鳴りひびいた。

将兵たちは、甲板上から陸上に見える灯の聚落を凝視していた。無事に航海を終えることができた安堵《あんど》とともに、眼前の陸地にどのような危険が待ちかまえているのかという不安が、かれらの顔を一様にこわばらせていた。

その時、不意に陸地にひろがっていた灯が消えた。船上に重苦しい空気がはりつめた。灯の消えたことは、海岸線を警備しているイギリス軍が、沖合に投錨《とうびょう》した日本輸送船団を発見した証拠にちがいなかった。

支隊長佗美浩少将は、一刻の猶予《ゆうよ》も許されぬと判断し、至急上陸を開始することを命令した。

しかし、その頃から、気象状況が急速に悪化しはじめた。マレー半島東岸は、丁度悪天候にさらされる季節にはいっていて、それが上陸作戦行動を大きくさまたげると懸念《けねん》されていたが、幸い船団が錨をおろした頃までは、上陸にも支障がないと判断された。

それが、都合の悪いことに風が急に強まってきて、波もそれにつれて高まり、黒々とした波浪が船腹に激突するようになった。船は、大きく動揺し、風はうなりをあげて走った。

指揮官たちは顔色を変えたが、逡巡《しゅんじゅん》することは許されなかった。早速三隻の輸送船では、それぞれ舷側《げんそく》の左右二カ所ずつで上陸用舟艇が海面におろされはじめた。

と、淡路山丸では、早くも危惧《きぐ》していた事故が発生した。

上陸用舟艇は、デリックで吊《つ》り上げられて海面へおろされるが、最初の大型舟艇を吊り上げた時、すさまじい強風と船の激しい動揺でその舟艇が鉄のワイヤーと激突、轟音《ごうおん》をあげて甲板上に落下したのだ。

落下したのは、他の上陸用舟艇の上だったので、人の被害は少なかったが、その事故は、上陸作業の困難さを暗示した。

夜空には、淡い月が出ている。そのかすかな光に、各船では、舟艇が左右にゆれながら吊り上げられている。そして、次々と海面上におろされていったが、おろされた舟艇も、二メートルを越える波にもまれて母船の船腹に激突し、上下にはげしく揺れている。

船の甲板上から縄梯子《なわばしご》がおろされ、それに武装した将兵がしがみつきながら舟艇に移乗しはじめた。しかし、縄梯子が振子のようにゆれ、その勢いで暗い海中にふり落されてしまう者も多かった。

さらに、縄梯子から舟艇の上に乗り移る作業は危険をきわめた。舟艇は、大きく上下し、その上船腹に激突をくり返しているため、移乗をあやまる者や舟艇と船腹の間におしつぶされる者も多く、それらは一様に海中に姿を没した。

各舟艇に将兵の移乗が終ったのは、移乗をはじめてから一時間近くもたった十二月八日午前一時十五分だった。

やがて午前一時三十五分、風のうなり声のなかに、

「発進」

の甲高い叫びがきこえた。

舟艇の群れは、一斉に進み出した。押しよせる波は、さらに高まり、舟艇は、その波の谷間にうずもれた。

舟艇群は、陸地から、一、〇〇〇メートルほどの海面に達すると横に散開し、陸地にむかって淡い月の光の落ちた海上を波にもまれながら突進した。

と、陸地から四〇〇メートルほどの位置に達した時、前方の陸地から一斉に閃光《せんこう》が湧《わ》き、それにつづいてあきらかに機関銃の銃撃音と思われる連射音が伝わってきた。海岸防備のイギリス軍が、接近してくる上陸用舟艇に対して攻撃を開始したのだ。そ

して、それがきっかけのように、砲撃も開始され、たちまちあたりは、すさまじい水柱につつまれた。

上陸用舟艇は、砲弾で飛散するものもあり、さらに陸地近くにくると、波頭《なみがしら》が一斉にくずれていて、そのあおりで転覆する舟艇もふえてきた。

投げ出された将兵は、必死になって陸地に泳ぎつこうとするが、波にさらわれて行方不明になる者も続出した。

そのうちに、爆音がしてきて、夜空に機影が湧き、三隻の輸送船に爆撃が開始され超低空で銃撃もはじまった。たちまち綾戸山丸、佐倉丸に爆弾が命中して火炎がふき上った。

上陸作戦は、難航をきわめ、第一大隊長数井孝雄少佐以下死傷者約七百五十名を数えた。

が、将兵たちは、水にぬれた体で海岸にたどりつき、佗美支隊長は、船上から第二十五軍司令官山下奉文《ともゆき》中将に対し、

「本八日午前二時十五分、第一回上陸成功ス。敵ノ抵抗激シク熾烈《しれつ》ナル銃砲声ヲ聞ク。尚《なお》、船団ハ敵機ノ襲撃ヲ受ケツツアリ」

と発信した。

二

その前日の十二月七日午前十時三十分、大本営は、輸送船団がマレー方面、タイ南部にむかってそれぞれのコースをたどって航行を開始したことを知った。大本営の作戦首脳者たちは、息をのんで時の流れを見守った。

「上海《シャンハイ》号」不時着事件、イギリス機の接触など、戦慄《せんりつ》させるような事故がつづいているが、船団が最後のコースにはいったことを知った大本営の関心は、ひたすらマレーと隣接しているタイの動きにそそがれていた。

タイ問題は、マレー上陸作戦が成功するか否《いな》かの重大な鍵《かぎ》をにぎっている。日本のタイに対する工作が失敗すれば、マレー作戦は完全に崩壊、それは、アメリカ、イギリス、オランダに対する全作戦の無残な敗北ともなるのだ。

第二十五軍は、イギリス領マレー半島のコタバルに奇襲上陸するとともに、マレー国境に近いタイ領シンゴラ等にも上陸し、一挙に国境を突破してマレー半島になだれこむ。マレー上陸作戦は、タイ領土内の地点に上陸を円滑におこなうことができなければ、その目的を達することは不可能なのだ。

それに、イギリス領ビルマはタイに隣接し、たとえ第二十五軍がマレー半島上陸に成功しても、ビルマからしきりと背後をおびやかされるし、ましてタイ国がイギリス軍の手中にでもおちいれば、たちまちマレー上陸部隊は、完全にイギリス軍に包囲される憂目《うきめ》にあう。

そうした事態になることを恐れた大本営は、タイと友好関係をたもち、穏便に日本軍を平和進駐させようと企てていた。しかし、それには、多くの障害がまちかまえていた。

大本営のタイに対する動きは、一年以上も前からはじめられていた。

昭和十五年九月初旬、タイのバンコク埠頭《ふとう》についた三井物産船舶部所属の朝日山丸から十人ほどの日本人がタラップを降りてきた。

かれらの服装はまちまちで、手にしているビザに記された身分も雑多だった。それらは、三井物産、三菱商事、大日本航空（日本航空の前身）の各社員、その他商人、観光客等さまざまだった。

しかし、かれらは、大本営陸軍部から派遣された秘密情報要員で、その中には、大本営作戦課員八原博通中佐もまじっていた。

八原は、雑貨商という身分となって三菱商事バンコク支店の代理署名者河辺真澄の家に身を落ちつけると、いかにも雑貨商らしい服装で佐藤鉄太郎少佐とマレー方面をひそかに旅した。上陸予定地のシンゴラ、パタニなどにも足を向けるほか、オランダの客船に乗って船上からマレーの東海岸を偵察したりした。

三カ月ほど情報蒐集《しゅうしゅう》をした八原中佐は、大本営に呼び寄せられると、南方作戦計画グループに加わり、さらに翌十六年五月下旬には、タイの日本公使館の武官付補佐官としてバンコクに赴いた。武官には、すでにタイ情勢に精通していた田村浩大佐が配属されていた。

田村たちに課せられた任務は、開戦と同時に南部タイへの上陸と、イギリス領ビルマ進入を可能とするためタイ国内への平和進駐と同時にタイの積極的な支援を得ることにあった。

武官　田村浩大佐

はじめは、タイ国首相ピブンが親日家で、田村たちの工作も比較的円滑にすすめられるのではないかと予想されていたが、日を追うにつれてタイの日本に対する態度は、徐々に硬化しはじめた。

タイ国には、一般にイギリスに好意をもつ者も多く、さらにタイの経済がイギリスに依存していることからも、親英的な雰囲気が濃かった。殊《こと》に日本軍が仏領インドシナに進駐してからは、イギリスはさかんに日本がタイを侵略すると宣伝して反日感情をあおるのにつとめていたため、タイ国民の日本に対する態度も険悪さをくわえてきていた。

タイは、仏領インドシナの日本軍と、マレー、ビルマのイギリス軍とにそれぞれ威圧される形となり、必然的に、ピブン首相は、国民にもまた対外的にも厳正中立をとると声を大に声明していた。

しかし、日本としては、どのようにしてもタイを自国側に抱きこまなければ、南方作戦は惨敗《ざんぱい》する。厳正中立をとられては困るのだ。

大本営は、タイへの工作を強化するため、まず公使館を大使館に昇格し、坪上貞二《つぼがみていじ》を特命全権大使に任命、すでに二年以上もタイに武官として駐在している田村浩大佐と総領事浅田俊介を補佐役として必死のタイ工作を開始させた。

それに対して、イギリス側は、バンコク駐在の公使サー・クロスピーを中心にタイをイギリス側につけさせるための工作に専念させていた。クロスピー公使は、敏腕な外交官で完全な情報網をタイ全土にはりめぐらし、日本側の工作をさまたげようと機敏な活動をつづけていた。

その頃、タイと仏領インドシナの間に国境紛争事件が起っていたが、大本営は、対タイ工作を有利に進めるため巧みにその事件を利用した。半ば強引にその調停役を買って出ると、終始タイ側を支援してタイの信頼を得ることにつとめ、さらに、タイ空軍の第一線機として日本機をあたえ、日本の飛行将校を教官として派遣したりした。タイに対する日本側の工作の中心となったのは、田村大使館付武官であった。

かれは、ホノルル総領事をしたこともある外交官の父を持ち、かれ自身もホノルルで生れ育ったため英語は巧みで、外交官らしい駆け引きでピブン首相をはじめ政府首脳者たちと親交を深めていた。また坪上大使、浅田総領事も、大本営の依嘱を受けているだけに気骨のある有能な外交官として、その評価は高かった。

坪上貞二大使

しかし、坪上大使、田村武官を中心とした必死のタイ抱きこみ工作にもかかわらず、日がたつにつれて日英両国の脅威にさらされたタイは、その恐怖心から厳正中立を楯《たて》に日本に対する態度も冷たくなる一方だった。

タイは、まず在留している日本人に厳重な

監視をはじめた。電報、手紙の検閲を実施すると同時に電話も盗聴するようになり、大使館員や武官たちに対しての尾行すらおこなうようになった。そして、日英両国の圧力に対抗するため軍備を増強し、兵力動員の円滑化を企ててピブン首相に軍事の全権をあたえる法案を通過させたりした。

大本営にとって、タイの日本に対する態度の硬化は、一大脅威となった。開戦と同時に、山下中将指揮の第二十五軍はタイの南部に上陸するし、飯田祥二郎中将指揮の第十五軍は、仏領インドシナから国境を越えてタイ領土内になだれこむ。そのためにはタイの諒解《りょうかい》を得て平和進駐しなければならない。

しかも日本の側には、あらかじめタイへの進駐をおこなえない根本的な弱味がある。もしも開戦日時以前にタイ進駐を開始すれば、イギリス軍に大恐慌をひきおこし、それと対抗しようとするイギリス軍との間に必ず武力衝突が発生する。それは、開戦日時を目標に組み立てられたハワイ奇襲作戦、マレー奇襲上陸作戦等全作戦を無意味なものにしてしまうのだ。

と言って、平和進駐の黙約をとるためとはいえ、ピブン首相にも米英蘭《らん》三国に対する開戦決定もその武力行使日時についても教えるわけにはゆかない。結局、日本は、開戦直前にタイ国政府に平和進駐を要求し、短時間のうちにその諒解を得なければならぬ苦しい立場に立たされていた。

大本営は、開戦直前の交渉にすべてを賭けた。

その交渉開始時刻は、開戦日時ぎりぎりの十二月七日午後六時から十二月八日午前零時までと定められた。そして、その交渉は、バンコクの坪上大使と田村武官たちに一任されたのだ。

三

ピブン首相以下の閣僚にいつ、どのようにして日本側の平和進駐要求をつきつけるかが最大の問題となった。

余り早い時刻に交渉を開始すれば、親英的なタイの一部閣僚から開戦企図がイギリス側にもれるおそれがあるし、逆におそすぎると、たとえ交渉が妥結してもタイ国軍にその結果を通達することがおくれ、予定時刻にタイ領土内へ上陸・越境を断行する日本軍とタイ軍との間に猛烈な戦闘が発生する可能性がある。

この件について八原補佐官は、田村大佐に一つの案を提出した。

それは、七日夜に晩餐《ばんさん》会をひらくという名目でピブン首相以下の閣僚を大使館へ招待する。そして、午後十一時になった瞬間、ピブン首相以下の閣僚を足どめさせて日

ピブン首相

本の開戦を告げ、日本軍のタイ領土内への平和進駐許可をうながす交渉を開始する。そして午前零時までに交渉を妥結させて、ピブン首相名でタイ国軍に日本軍に対して抵抗しないように命令してもらう。

それは、強引な外交交渉だったが、開戦企図の秘匿《ひとく》を第一とする日本側にとってそれ以上の妙案は思いつかなかった。

田村は、八原の案をすぐに受け入れた。

しかし、どのような方法をとろうとも、ピブン首相の厳正中立の意志はかなり強固で、日本軍の平和進駐を容易には許可しそうにもなかった。

十二月一日の開戦日を決定した御前会議でも、タイの動静は、重要な議題となったが、その席上、原枢密院《すうみついん》議長の、

「タイ国は日本につくか、英国につくか、その見通しはどうですか」

という質問に対して、東条総理大臣は、

「五分と五分です」

と答えている。

つまり、対タイ交渉は、大きな危惧《きぐ》をもたれていたのだ。

そうした大本営の不安をさらに深刻なものとさせるように、ピブン首相は、

「先にわが領土に侵入した国の軍隊に対しては、タイは全力をあげてたたかうであろう。もしもそうした場合は、他の一国は必ずタイを援助してくれるだろうが、タイは、その援助を喜んで受け入れる」

とラジオを通じてタイ全土に声明した。

坪上大使、田村武官たちの顔には、暗澹《あんたん》とした表情がただよった。

日本軍は、開戦日にはタイへ進入する。もしも、交渉がまとまらなければ、タイ国軍の猛烈な抵抗にあうことはあきらかだ。そうした場合には、やむなく日本は、タイ国軍と戦って強引にタイ全土を手中にするだろうが、その間に両軍に多くの死傷者が出ると同時に、在留邦人の生命も死にさらされる。

邦人は、主としてバンコクに集中しているが、老幼婦女子の数だけでも五〇〇名近くを数えている。田村は、そうした緊急事態の発生にそなえて、それら老幼婦女子の生命を保護する方法について思いをめぐらした。

その結果、開戦予定時刻の数時間前にあたる十二月七日夜に、バンコク市内にある

日本人小学校で映画会を開催させるという案を思いついた。その会には、日本人会の手で日本人婦女子たちを一人残らず会場に集めさせる。そして頃合いを見はからって、バンコクの三井埠頭《ふとう》にあらかじめ横づけさせた大阪商船のシドニー丸にそれら婦女子を車等で送りこむ。もし日・タイ両国軍の間で戦闘がはじまれば、そのままバンコクを出港させてしまうのだ。

さらに、在留邦人の中で、在郷軍人を中心に頑健な青壮年によって別働隊を編成し、ひそかに武器をわたす。そして茶店の設備もあるバンコク南方十数キロのバンブー海岸でパーティーをひらくという名目で、かれらをその海岸に集結させる。

バンブーには、仏領インドシナから海路を進む第十五軍の吉田支隊が上陸することになっているので、その上陸を迎えてバンコクへ誘導任務にあたらせ、さらに別働隊の一部は、吉田支隊の上陸をバンコクに通報されることを防ぐため、バンコク、バンブー間の通信網を遮断する手筈《てはず》もととのえた。

坪上大使、田村武官が、大本営から開戦日の決定を知らされたのは、十二月三日で、それは数人の武官付補佐官、総領事に伝えられただけであったが、すでに十月頃からマレー半島方面の日本人たちが続々とタイ領土内にひき揚げてきていた。

かれらは、今にも戦争がはじまるような恐怖におびえているのだが、田村武官たちは、かれらの引揚げが開戦企図の洩《も》れている結果ではないかと大きな不安をおぼえていた。

それら多数の引揚邦人は、逞《たくま》しくもバンコクで商売をはじめたりして、市内は、にわかに活況を呈した。

田村たちは、かれらの動きを落着きのない眼で見守っていたが、十二月六日頃から急に起った市内の変化に、顔色を変えてしまった。

それは、印度《インド》人、華僑《かきよう》、日本人たちが経営している市内の商店が、一斉に店を閉じてしまったのだ。

開戦企図がすでに一般人にももれてしまっているのだろうか、田村たちは、急に閑散となった市内をおびえたような眼で歩きまわった。

しかし、それはおそらくかれら商人が、商人らしい嗅覚《きゆうかく》で開戦の接近を予知した結果にちがいなかった。

翌七日、日本大使館には、緊迫した空気がはりつめていた。

マレー作戦、ビルマ作戦を成功させるか否かは、その夜に開始されるピブン首相との会談にすべてがかかっている。すでに、第二十五軍の輸送船団は、最後のコースに入って南部タイに上陸するため突き進んでいるし、また仏領インドシナの第十五軍の大軍も国境に集結してタイ領土内に進入するため待機している。日本とタイ両国軍の間に戦闘が起きるか起きないかは、ピブン首相との交渉結果の如何《いかん》によるのだ。

息づまるような時間が流れ、やがて日が没した。

夜空には、無数の星がかがやき出し、その下を別働隊の日本人男子が、三々五々ひそかにバンブー海岸へむかってゆく。

そして、日本人小学校では、五〇〇名に近い日本人老幼婦女子が、わずかな貴重品をたずさえて集まり、やがて映画会がはじまった。

さらに、バンコクの港に碇泊《ていはく》しているシドニー丸の周辺には、元三井物産バンコク支店支店長代理保田英一が、十数名の青年を指揮して老幼婦女子の収容をおこなうため待機していた。

大使館の広間のシャンデリヤにも、灯がともった。

坪上大使の招きに応じて、タイの閣僚たちが続々と車を乗りつけてくる。日本側は、坪上大使、左近允尚正《さこんじようしよう》海軍少将、田村武官、浅田総領事、その他武官付補佐官、大使館員数名が、かれらを迎えた。

華やかなシャンデリヤの光の下で晩餐会がひらかれた。

が、その折、日本側を戦慄《せんりつ》させるような事態が発生していた。閣僚の中にピブン首相の姿がみえない。いつまでたっても交渉の主役となるピブン首相がやってこないのだ。

坪上や田村たちの顔はひきつれた。

交渉開始時刻の午後十一時は刻々とせまってきている。晩餐会の席に、たちまち重苦しい空気がひろがった。

ピブン首相の失踪《しっそう》

一

姿を見せないのは、ピブン首相だけではなく、海軍長官ルアンシン中将も、バンコク南東一三〇キロの海岸にあるサタピップ軍港への視察から帰らないという。

ピブン首相がいずこともなく姿を消してしまったのは、前日の十二月六日朝であった。

その朝、ピブン首相の秘書役であるワニット商務長官が、憤然とした表情で日本大使館武官室に入ってきた。そして、田村浩大使館付武官にピブン首相からの手紙を突きつけるように手渡すと足早に立ち去った。

その手紙には、ピブン首相がシエムレアで起った事件に激怒していることがはげしい筆致で記されていた。

シエムレアというのは、タイ国境に近い仏領インドシナの町で、タイと仏印間の国境紛争解決のため、その町の周辺にもタイ側からの国境劃定《かくてい》委員が行動していた。

そのタイ側委員の一人であるタイ外務省の官吏が十二月二日午後シエムレア付近を自動車で通っていた時、突然、タイ・仏印国境に待機していた近衛《このえ》師団の将兵に停車を命ぜられた。そして、その官吏と同乗していた使用人一人と運転手の三人が、その場で捕縛されて連行された。

取調べに当った近衛師団の若い将校は、それら三人を諜報《ちようほう》活動のため行動しているものと判断し、自白をうながすため失神させるほどはげしく殴打、その上牢《ろう》に投じてしまったのだ。

やがて容疑もはれて釈放されたタイ外務省の官吏は、タイ政府にその事件を報告、たちまちそれはピブン首相の耳にも入ったのである。

田村武官は、それまでタイ国に対して慎重に親善工作をしてきていただけに、近衛師団の一将校のとった軽率な行為に憤激し、ただちに大本営にその旨《むね》を電文で報告した。

大本営は、ピブン首相との最後の交渉がはじまる寸前だけに、そのシエムレア事件の及ぼす影響について深く憂慮した。そして、タイ外務省官吏たちに暴行を加えた者に対する厳重な処罰と、タイ国政府に対し、充分陳謝する用意のあることを告げるようにという返電を田村武官宛《あて》に発信した。

田村武官は、早速坪上《つぼがみ》大使に大本営の指示をしめし、坪上大使からタイ側に、「とりあえず謝罪する」旨の申入れをおこなった。

しかし、ピブン首相の行方は全くわからず、タイの閣僚たちに問い合せても、だれも知らぬという。ピブン首相に対して陳謝の意をつたえることもできなかった。

そのうちに田村たちの間に、疑惑がきざしはじめた。閣僚たちの表情から察すると、かれらは、ピブン首相の行方を知っているように思える。

第一、タイをめぐる情勢が急速に緊迫化しているというのに、シェムレア事件の発生だけで失踪するというのは、一国の総理のとるべき行為ではない。

ピブン首相の失踪は、閣僚たちとともに仕組まれたなんらかの外交的工作ではないのだろうか。

開戦日時の十二月八日午前零時は、刻々とせまってきている。

輸送船団にのった第二十五軍主力はタイ南部に、第十五軍の吉田支隊はバンコク南方バンブー海岸にそれぞれ上陸するし、第十五軍は、仏領インドシナから国境を突破してタイ領になだれこんでくる。

ピブン首相との日本軍の平和進駐許可をうながす交渉が妥結しなければ、日本軍とタイ国軍との間に激烈な戦闘が発生するのだ。

時計の針を見つめる坪上大使、田村武官たちの顔は、血の気も失《う》せてひきつれていた。

二

バンコクの日本人小学校では予定通り日本人会の映画会が開催され、それが一段落ついた頃、日本人会の幹部から集まっていた日本人老幼婦女子たちにひそかな指令が口から口へとつたえられた。

バンコクの三井埠頭《ふとう》に横づけされているシドニー丸に行けというのだ。しかも、それは、タイ国人たちに気づかれぬように行動せよという。

集まっていた日本人たちは、はじめてその夜の映画会がタイ国人の監視をそらす偽装の意味をもつもので、真の目的は、シドニー丸に老幼婦女子を収容することにあることを知った。

しかし、貴金属等は指示されて身につけてきてはいるものの、家には家財がそのまま残されている。それらを投げうって、港にむかわねばならぬ意味がかれらには理解しかねた。

「いったい、なにが起るのですか」

と、かれらは、日本人会の幹部に顔色を変えて詰問《きつもん》する。

しかし、幹部たちにも、その理由はわからない。

「大使館の武官からの命令だ。ともかく危険だから港へ行けといわれているのだ」

幹部の顔には、不安な表情がはりつめていた。

家財に執着をもつ老人や女たちも、漸《ようや》く事態の急迫に気づいていそいで港へ向うことになった。

空は、満天の星だった。

かれらは、数人ずつのグループにわかれて日本人小学校を出発した。

バンコク市内には、日を追うにつれてあわただしい動きをみせているタイ国軍の将兵や警官が警備のため巡回している。

日本人老幼婦女子たちは、三輪車や車やまたは徒歩で、路地から路地をつたわってバンコク港へと急いだ。

が、バンコク港の三井埠頭付近には、早くも日本人のひそかな動きを察したのか、タイ国軍の将兵たちが姿を見せはじめていた。そして、続々と姿をあらわす日本人老幼婦女子に、険しい視線をそそいでいた。

三井埠頭に横づけされたシドニー丸の近くには、保田英一を長とする日本人収容隊が、老幼婦女子の乗船に専念していた。が、同時に保田たちは、ひっそりと集まってきているタイ国軍の将兵たちの動きにも大きな不安をいだいていた。

やがて、その不安は現実のものとなってあらわれた。

老幼婦女子の中に日本人小学校の校長がまじっていたが、校長は手に紫色の布に包まれた教育勅語をささげていた。それが、タイ国軍の兵の眼にとまった。かれらは、突然近よってくると、その恭《うやうや》しく捧《ささ》げもった教育勅語の箱を取りあげようとした。

校長が必死に抵抗しているのをみた保田たちは、駈《か》けつけると、タイの兵たちと激しいもみ合いとなった。

兵たちは、校長の手にしたものが、武器かそれともタイにとって不利な書類かなにかと判断しているらしく、押収するといって銃を擬した。

保田たちは、教育勅語だと必死に説明したが、兵たちには理解することができない。漸く内部を見せて納得させたが、三井埠頭は、それをきっかけに急に険悪な空気につつまれた。

時刻は、開戦時刻にせまってきている。

田村武官は、ワニット商務長官とパリバン経済大臣に重大事件を伝えたいから、大至急ピブン首相を探し出し、海軍長官ルアンシン中将とともにバンコクに呼びもどしてくれるようにはげしい口調で要求した。

そのうちに、漸くワニット商務長官から、ピブン首相が、仏領インドシナとの国境に近いシソフオンにいることがわかった、と伝えてきた。そして、そのシソフオンと、ルアンシン中将の視察に出向いているサタピップ軍港に、それぞれ迎えの飛行機が出発したと報告してきた。

田村たちは、安堵《あんど》した。

しかし、その後いつまでたってもピブン首相もルアンシン中将の姿も現われず電話連絡も全くない。

坪上大使や田村武官たちは、すっかりいらだち、蒼白《そうはく》な顔でただ時計の針の動きを見守っているだけだった。

遂《つい》に時計の針が、十二時をさした。十二月八日午前零時がやってきたのだ。

計画では、すでにその時刻には、平和進駐に関する交渉は完全に妥結し、その旨が仏領インドシナ国境にひしめく第十五軍司令部に通報されなければならないはずであった。

坪上大使や田村武官たちの眼は血走っていた。そして、日本側はこれ以上猶予《ゆうよ》することは絶対にできないと判断し、坪上大使が立つと、

「日本は、アメリカ、イギリスに対して戦争を決意しました。日本軍は、本日午前零時以後一斉に作戦行動を開始する」

と、うわずった声で言った。

晩餐《ばんさん》会に出席していたタイの数名の閣僚の顔は蒼白となり、宴席はたちまち騒然となった。

さらに坪上大使は、田村たちと大使館を出ると総理官邸に出向き、晩餐会に出席していなかった外務大臣ナイジレックと大蔵大臣プラジットに面会して戦争決意をのべ、

「日本軍はタイ領に進入するが、領土的野望は全くない。貴国軍と武力衝突することは絶対に避けたいので、貴国軍に日本軍と交戦しないよう大至急指令を出していただきたい」

と、強い語気で要望した。

時刻は、すでに十二月八日午前一時五十分になっていた。

外務大臣ナイジレックの顔からも血の色がひいた。そして、緊急閣議の開催が、外務大臣によって発せられたが、週末の夜なので、夫婦同伴でレストランや社交場に出

掛けている閣僚が多く、なかなか集まってこない。

その頃になると大使館付武官室へは、サイゴンの南方軍総司令部から、「山」か「川」かとの督促電報が休みなく発信されてくる。「山」は平和進駐交渉妥結、「川」は決裂の隠語で、南方軍総司令部は、一刻も早く国境を越えてタイ領に進入したいとあせっているのだ。

しかし、ピブン首相不在では、交渉の妥結とも決裂とも返信のしようがなく、ただ、

「ピブンいまだ帰らず」

との報告をくり返すだけだった。

やがて閣議がはじまった。

日本側は、会議の空気を日本側に有利な方向へ導くために、

「イギリス軍が、十二月七日夕刻、マレー方面からタイ領に侵入した」

という情報を閣僚たちに告げた。

しかし、それは日本側が捏造《ねつぞう》した情報で、どのような方法をとっても日本軍とタイ国軍の衝突を避けたいという焦《あせ》りから生れたものであった。

閣議は熱っぽい空気の中ですすめられた。が、決定権をもつピブン首相が参加していないため、結局その閣議からはなんの結論も生れなかった。

南方軍総司令部は、すっかり苛立《いらだ》っていた。すでに午前一時すぎには、南部タイに上陸予定のため突き進んでいた第二十五軍主力船団から、

「泊地ニ進入セリ」

の報告も入電してきている。三亜出港後、ひそかに航行をつづけていた輸送船団が、南部タイの上陸地点沖合に達し、まもなく、上陸も開始されるのだ。

そうした緊迫した折に、その根底ともなるべき重要なタイに対する平和進駐交渉がまだはじまっていないというのでは、作戦の基本形が完全にくずれてしまう。

すでに交渉妥結の予定時刻は過ぎてしまっているし、総司令部の作戦参謀たちは、バンコクの田村武官たちの腑甲斐《ふがい》なさをはげしい口調でなじっていた。が、ピブン首相が行方不明では、田村たちにも手の下しようもあるまいという同情の声もあった。

マレー攻略作戦は、長い歳月を要して綿密に組み立てられている。その作戦計画には、第二十五軍から第十五軍の指揮下に一時的にはいっていた近衛師団によるタイへの進駐が前提となっている。そのための平和進駐交渉だったのだが、それが不調となったかぎり、強引にタイ領土内へ進入する以外に方法はないと思われた。

それに、ピブン首相とルアンシン海軍長官の行動にも不可解な点が多すぎる。

第一、ピブン首相の行先が、仏領インドシナ国境に近いシソフォンであり、またルアンシン海軍長官がサタピップ軍港に行っているということは、日本軍と抗戦することを決意し、その戦争指揮のために赴いているとも想像できた。

そうした場合、もしも進入をためらっておれば、タイ国軍の戦備は一層ととのえられるだろうし夜が明けはなたれてから作戦行動をおこしてはタイ国軍の抵抗もはげしさを増すにちがいない。

タイ国軍の兵力は、決して日本軍にとって脅威となるような強力なものではない。陸軍兵力は、警察部隊をふくめても約七万、空軍は、日本からあたえた新式機約六〇機以外にアメリカ製の旧式機約一〇〇機で、海軍も日本式の新式海防艦以下数隻《せき》の小型艦艇しかない。

しかし、タイ国軍が必死の抵抗をおこなえば、日本軍にも当然かなりの損害を生ずるだろうし、在留邦人も死の危険にさらされる。

平和進駐こそ最も希望するところだが、マレー攻略作戦全体のことを考えれば、武力進駐にふみきることもやむを得ないと思われた。

南方軍総司令部は、そうした判断から仏領インドシナに待機している第十五軍司令官飯田祥二郎中将に対し、タイ領へ進入を開始するよううながした。

しかし、飯田中将は、ピブン首相との交渉が成立するのを待ってから進入を開始したいと考え、進入開始命令を発することをためらっていた。

南方軍総司令部は、飯田中将のそうした意図も一応理解はできるが一刻も猶予は許されないと、飯田に対してさらに進入開始をはげしく督促した。

しかし、飯田中将が、依然として進入をためらっているので、南方軍総参謀長塚田攻《おさむ》中将は、総司令官寺内寿一《ひさいち》大将の決裁を仰ぎ、十二月八日午前三時三十分、

「第十五軍司令官ハ、即時タイ国進入作戦ヲ開始スベシ」

という南方軍命令を発した。

飯田中将は、正式の南方軍命令が発せられたかぎり、それにさからうこともできず、先頭をきって進入予定の近衛師団（師団長西村琢磨中将）に国境突破を命令した。遂に危惧《きぐ》していた最悪の事態におちいったのだ。

午前七時、岩畔豪雄《いわくろひでお》大佐指揮の近衛師団先遣隊が、自動車をつらねて一斉に国境を突破した。午前七時とはいっても、時差の関係で夜の色が濃い。

その中をヘッドライトをともした自動車の列が、バンコクにむかって突進を開始した。

三

夜が白々と明けはじめ、バンコクの日本大使館の窓からも、朝の陽光が流れこんだ。坪上大使や田村武官たちの顔には、はげしい焦燥と精神的な疲労で窶《やつ》れの色が濃くにじみ出ていた。

すでに、第二十五軍主力は、南部タイに上陸をおこなっているだろうし、第十五軍も国境を突破してタイ領になだれこんでいるだろう。

殊《こと》に田村たちを憂慮させたのは、バンコクにほど近いバンブー海岸に上陸予定の第十五軍吉田支隊の動きだった。

吉田支隊は、その海岸に宴会と称して待機している在留邦人男子の別働隊の用意したトラック二〇台をも利用して、バンコクへ突進する予定になっている。当然平穏裡《り》に上陸できることになっていたが、それが思いもかけぬタイ国軍のはげしい抵抗に遭遇した場合、吉田支隊の将兵が激昂《げっこう》してタイ国軍の抵抗を排除しバンコクに突き進むことが予想される。

そうした折にはバンコクが戦火を浴びることは必至で、それまで保たれていたタイ国民の親日的態度は日本に対する憎悪《ぞうお》に一変するにちがいない。

それに、タイの首都バンコクを戦火にさらしてしまっては、ピブン首相との平和進駐交渉も決裂してしまうことはまちがいない。いずれにしても、吉田支隊の突進は、絶対に阻止することが必要だった。

タイの閣僚たちも同意見で、田村武官は、吉田支隊のバンコク進入を阻止するため武官付補佐官を急派することとなった。その任務をあたえられたのは、八原博通中佐であった。

と、その頃、武官室の近くの競馬場では、タイの警察官と武官室関係者の間に紛争が起っていた。

その日の朝、その競馬場の上空に日本の飛行機が一機飛来することになっていた。それは、タイとの交渉経過を、飛行機を利用してつたえようとしていたのだ。

航空担当者徳永賢二中佐が、まだ交渉が成立していないといった趣旨を記した布板信号を部下にもたせて待機していた。

やがて爆音がきこえ、日本機が超低空で姿をあらわした。

早速、布板信号が土の上にひろげられた。その時、徳永たちの行動をひそかにうかがっていたらしいタイの警察官たちがかけつけてきて徳永たちのひろげた布板信号を取り上げてしまった。

たちまち徳永たちと警察官たちの間で布板信号の奪い合いがはじまり、はげしい乱闘がおこった。が、人数も少ない徳永たちはやがて多数の警察官に押えつけられ荒々しく連行されてしまった。

大使館のまわりには、いつの間にか警察官の姿もふえ、競馬場での衝突もあって不穏な空気が急に濃くなった。

大使館では、万が一の場合を予想して、仏領インドシナ方面からひそかに重機関銃二梃《ちょう》を持ちこんでいたが、タイ国軍と戦闘状態にはいった時には、その機関銃を主に大使館に立てこもろうという計画をたてていた。

そうした険悪な空気の中におこなわれる八原のバンブー海岸行きは、多くの危険が予想された。そのためタイ側からも軍関係者が同行することになり、八原は、タイ参謀本部と海軍軍令部それぞれの情報部長である二人の将軍と落ち合った。

三人をのせた自動車は、すぐに出発した。

朝の陽光を浴びたバンコクの街々には、いつも数多くみられる黄色い衣を着た裸足《はだし》の托鉢《たくはつ》僧の姿もなく、人家もかたく戸をおろして森閑としている。時折みえる市民も、緊張した表情で小走りに歩いているだけだった。

が、路《みち》を進むにつれて、タイ国軍の姿が急に増し、戦車もキャタピラの音をとどろかせて何台もつらなって進み、兵も鉄帽に偽装網をつけ完全軍装で行進してくる。それらの兵の黒々とした顔には、はげしい戦意がむき出しにされていた。

八原は、不安をおぼえて、兵の動きを車窓から見つめつづけた。

おそらくタイ側も、日本軍進入の報をとらえ和戦いずれかにきめかねてはいるものの、戦闘決定の場合にそなえて兵の移動をいそいでいるものと思われた。

タイの二将軍も沈鬱《ちんうつ》な表情をして黙りこんでいる。もしかすると敵になるかも知れぬ八原中佐と同乗していることに、複雑な感情をいだいているようだった。

自動車が、バンコク南方の郊外に出ると、タイ国軍の兵士たちが、陣地をさかんに構築しているのがみえた。

さらに進むと、路の前方に殺気立った眼をした兵たちの姿が見え、対戦車障碍《しょうがい》が路をふさいでいるのが眼にとまった。

八原は、不吉な予感をおぼえたが、タイの二将軍が下車すると、兵たちに命じてその障碍をとりのぞかせた。

道は坦々《たんたん》とした舗装路で、緑の色濃い平野を一直線にバンブー方面にのびている。銃砲声はきこえず、人の姿もみえない。

自動車は、すさまじい速さで路上を疾走した。

と、前方にパクナムという部落の家並がみえてきた。それは、バンコクとバンプー海岸の中間点で、そこにはまだ日本兵の姿もタイ軍の将兵の姿もみえない。路傍には、熱地らしい真紅の花があざやかな色をふりまいて咲きみだれていた。

ふと八原の頭に、一つの案がひらめいた。それは、日・タイ軍の武力衝突を避けるため、タイ国軍は、バンコク南方の郊外から前進しない。また日本軍吉田支隊は、このパクナム部落から決して前進せず、以後の指示をまつ……というものだった。

早速八原は、傍らのタイ国軍の将軍たちにその案をしめすと、かれらもそれは妙案だといって賛成してくれた。

自動車は、美しい花にふちどられた舗装路を走りつづけたが、バンプー海岸へ千数百メートル程の距離に近づいた頃、前方を見つめていたタイの将軍が不意に、

「日本兵がいる」

とおびえたように八原に言い、あわてて運転手に停車を命じた。

八原が前方をみると、かなりの数の日本兵が物かげをつたわって散開しているのが眼にとまった。そして、陽光にかがやく海の沖合には、日本の輸送船（白馬山丸）が一隻ぽつんと浮んでいるのがみえた。

八原は、

「一緒に日本軍のところへ行ってみませんか」

と将軍たちを誘った。

しかし、かれらは身の危険を感じるらしく頭をふりつづけている。

やむなく八原は、

「では、ここで待っていてください」

と言って、ひとり自動車をおりた。

八原は、歩き出した。日本兵が、重機関銃を手に路の傍らに伏している。

八原は、微笑をたたえながら、その中にはいりこんでいった。

と、路の左側の窪地《くぼち》に服を泥だらけにしたタイの警察官が、日本人の別働隊員にとりかこまれているのが眼にとまった。そして、土の上には、警察官からとりあげたらしい小銃が数梃投げ出されていた。別働隊員とタイ警察官の間でもめごとがあったことはあきらかだった。

「支隊長はどこにおられるか」

八原が兵に言うと、兵は駈《か》け出した。

面識はなかったが、すぐに吉田支隊長の吉田勝中佐が姿をあらわした。

八原には、不安があった。吉田支隊は、上陸と同時に、すぐにバンコクへ突進し、

すでにマレー半島からシンガポールを
めざし日本軍の進撃は始まっていた。

市内のラーマー六世橋（メナム河にかけられた鉄道橋）を占領せよという重大な任務遂行命令があたえられている。

たとえピブン首相との交渉が成立していなくても、命令通り進撃すると主張されては、八原にもそれを阻止する力はないのだ。

八原は、吉田に外交交渉の経過を簡単に話し、パクナムから絶対に前進しないで欲しいと頼んだ。

「わかりました」

吉田は、温厚そうな眼に微笑をうかべると、八原の提案をあっさりと受諾した。

八原は、自分の任務が完全にはたされたことに深い安堵《あんど》をおぼえた。そして、自動車にもどると、タイの将軍たちとバンコクへ急ぎ引き返した。

吉田支隊の阻止は成功したが、タイ領土内では、すでに日本側とタイ側でしきりに衝突がくり返されていた。

南部タイに上陸した日本軍とタイ軍の間には戦闘が発生し、双方にかなりの死者を出していた。また南部タイでは、在留邦人六名が、家にふみこんできたタイ警官によって連行され全員虐殺《ぎゃくさつ》されてしまっていた。そして、それらの紛争は、時間がたつにつれて激化することが予想され、一刻も早く、ピブン首相との外交交渉の成立が強く要求された。

八原中佐がバンコクにもどり、田村武官に吉田支隊阻止の報告を終えて間もなく、日本大使館に、ピブン首相がもどってきて大使に面会する……という電話連絡がはいった。

田村たちは、その報にはじかれたように立ち上った。

すでに時機は失してしまってはいたが、随所に起っている紛争を一刻も早く停止させるためにもピブン首相の出現は、田村たちに大きな安堵をあたえたのだ。

早速、大使館側からは坪上大使、浅田総領事、それに陸軍武官田村浩大佐、海軍武官左近允尚正《さこんじょう》少将、八原武官付補佐官らに通訳をくわえた一行が、会見場所に指定されたタイの陸軍省に急いだ。

と、陸軍省の表玄関には、二、三十名のタイ国軍の高級将校が集まっていて、坪上たちの姿を眼にとめると、一斉に殺気だった視線を集中してきた。かれらの顔には、すでに自国内に進入を開始した日本軍に対するはげしい憤《いきどお》りが感じられ、日本軍に徹底抗戦しようという気配さえみえる。

坪上たちは、その視線をはねかえすようにかれらを見据えながら玄関に足をふみ入れた。が、タイの将校たちがなぜ陸軍省に集まっているのか、坪上たちははげしい不安に襲われた。

すでにピブン首相は、日本軍に対する抗戦を決意しているのではないだろうか。ピブン首相の失踪《しっそう》は、戦闘指揮のためではなかったのか。もしもそうだとしたなら、タイ全土に戦火がひろがり、坪上たちも再び生きて陸軍省の外へ出ることはなくなるだろう。

ピブン首相は、二階の簡素な部屋に待っていた。小さな体に軍服をまとったピブン首相はテーブルの前に立ち、その傍にはワニット商務長官が血の気のうすい顔をしてひかえている。

坪上たちは、顔色を変えた。ピブン首相にもワニット商務長官の顔にも全く友好的な気配はみじんもみられないのだ。

時計は、すでに十二月八日午前九時をまわっていた。

失敗した辻《つじ》参謀の謀略

一

坪上《つぼがみ》大使が立ち上った。かれの顔には、殺気のような気迫すら感じられた。

坪上は、日本軍のタイ領侵犯はやむを得ないものであったと弁明し、日本軍の平和進駐のために必要な四つの条件をしめして、その中のいずれかを受諾してほしいと告げた。

その四条件とは、一、軍隊通過の承認、二、防守同盟、三、攻守同盟、四、三国同盟加入で、その条件には「マレー方面の二州をタイ領へ編入することを認める」という項目もつけ加えられていた。

ピブン首相は、坪上大使の言葉が一句ごとに通訳されるのをきいているだけで、一言も発しない。

やがて坪上大使の申し入れが終ると、さらに田村武官が進み出て、流暢《りゅうちょう》な英語で日本に協力してくれるようにということを熱っぽい口調で話しはじめた。日常酒を痛飲し物事にも拘泥《こうでい》しない野放図なかれも、その顔には、別人のような必死の表情がただよっていた。

田村の懇々と説く言葉には、誠意がみちあふれ感動的ですらあった。そしてその言葉のひびきにも、祖国から課せられた重大任務をぜひとも果したいという願いとともに、タイ国に対する深い愛情がこもっていた。

たしかに田村は、ピブン首相らと親交をもつだけではなく、タイそのものに対しての好意も並々ならぬものがあった。

かれの大本営に発信する意見具申にも、タイの自主独立を絶対に尊重すべきことを執拗《しつよう》にくり返し、また開戦日に日本・タイ両国軍の間に戦闘が発生することをおそれて、仏領インドシナの第十五軍の進入を、交渉開始後四十八時間まで延長してくれるよう懇願したこともある。

かれにとって兵力の乏しいタイ国の立場と、その全権をにぎるピブン首相の苦悩が充分に理解できていたのだ。

田村の眼には、光るものが湧《わ》いていた。かれは、すでに発生している日・タイ両国軍の衝突を一刻も早く停止させ、両国軍にこれ以上死者を出したくないと訴え、それはピブン首相の決断如何《いかん》によるものだと説いた。

ピブン首相のこわばっていた顔も徐々にやわらぎ、時々かすかな苦笑を口もとに浮べて静かに田村の懇願をきいている。

田村が話し終ると、浅田総領事が、それを補足するように口をひらき、ピブン首相の回答をせまった。

そして、浅田も口をつぐんだ時、突然、ワニット商務長官が英語でしゃべりはじめた。かれの顔は青ざめ、その言葉の語気はふるえていた。

「日本軍のやりかたは、市井《しせい》無頼の徒と同じではないか。なんの通告もなく、わが領土に侵犯してくるとはなにごとだ」

そこまで言うと、ワニットは、激情の余り両眼から涙をあふれさせ、嗚咽《おえつ》した。

部屋の中にいた者たちの間に、粛然とした空気が流れた。

タイとしては、強大な日本とイギリス両国軍にはさまれ、唯一《ゆいいつ》の活路を厳正中立にもとめたのである。ピブン首相をはじめ指導者たちは、兵力の乏しい祖国を守るためにどれほど悩んできたか知れない。それは、小国の共通した悲哀にちがいなかった。

ワニットは、田村武官の親友で、常に日本に好意をもった温厚な紳士だった。そのワニットが、体をふるわせ泣きながらはげしい憤《いきどお》りをしめしている。

ワニットは、

「君たちのとっている武力行動は、いったいなんだ。アランプロテット飛行場上空では、わが国の空軍機を攻撃し撃墜しているではないか。ピブン総理は、日本に好意をもっているのに、日本軍はいったいなにをしたか。その背信行為は、親日的といわれる総理を非常に苦しい立場に立たせている。マレー攻略のために南部タイに上陸させてくれというのなら、それは許すこともできる。しかし、仏領インドシナから、なぜ大軍をタイの中心部に向けて進撃させるのか。日本は、タイをどのように思っているのだ」

ワニットは、むせび泣きながら叫んだ。

ピブン首相は、体も動かさず黙っている。

坪上たちは、ワニットのすさまじい憤りに交渉が決裂するかもしれぬというはげしい不安におそわれた。

日本軍は、作戦上タイ領土内に上陸をし、国境突破をおこなった。それについてタイ政府との事前交渉を企てたのだが、ピブン首相の失踪《しっそう》によってそれも果すことができずに現時点を迎えてしまった。

坪上たちにしてみれば、ピブン首相さえいてくれたら交渉もおこなえたのに……という気持は強かったが、結果的には、事前通告もなくタイ領土を侵犯したことにはちがいなく、日本側としては全く弁解の余地はないのだ。

タイ側の怒りも当然で、坪上たちの申し入れが拒否されてもやむを得ない。しかし、この交渉が決裂すれば、日・タイ両国軍の間の戦闘が本格的なはげしさでタイ全土にひろがってしまうだろう。

タイ国軍も警察も一般民衆も、日本軍の進入で殺気立っている。かれらは、このまま情勢が推移すれば、一致して日本軍にすさまじい抵抗をしめすだろうし、在留邦人にもはげしい憎悪《ぞうお》をたたきつけるにちがいない。

坪上たち日本側の交渉委員たちは、日本軍の行為を不当なものとは思いながらも、タイ国軍との衝突をどのような方法をとっても阻止しなければならぬとかたく誓っていた。

重苦しい沈黙がひろがった。

そのうち、突然ピブン首相が立ち上ると、

「申し入れ事項について相談する」

と言って、ワニットとともに部屋を出ていってしまった。

坪上たちは、顔を見合せた。かれらの眼には、不吉な予感が一様に色濃くはりつめていた。

時間が流れ、かれらは苛立《いらだ》っていた。

と、三十分ほどたった頃、ピブン首相が、外務省顧問プリンス・ワンワイとドアを開けて入ってきた。

坪上たちは、息を殺した。日・タイ間で戦闘が発生するかどうかが、決定される瞬間だった。

ピブン首相が、口をひらいた。ピブンは低い声で、タイは、日本側がしめした四項目のうちの「軍隊通過の承認」を受け入れると言った。しかし、付帯条件である「マレー方面二州を与える」という日本側の条件は、不必要であるといって拒絶した。

ピブン首相としては、日本、イギリスのどちらが勝利をおさめるかは全く不明であるし、もしもイギリスが勝利をおさめた場合の後難をおそれて、そうした最も無難な回答をしたのである。つまり、その回答は、日本に積極的な協力をおこなわないことをしめしていたが、いずれにしてもその回答は、日・タイ両国軍の戦闘を回避するものとなることにはちがいなかった。

坪上大使以下出席の日本側交渉委員の間に、深い安堵《あんど》の色がひろがり、かれらの顔は明るんだ。

ただちに平和進駐決定の報を、各方面へ大至急つたえることになった。殊《こと》に、タイの首都バンコクにむけ仏領インドシナ国境を突破してなだれこんでいる近衛《このえ》師団へは、その旨《むね》を緊急連絡する必要があった。

その任務は、再び八原博通中佐にあたえられた。

八原は、部屋をとび出すと、大日本航空のバンコク支店に急ぎ、同支店の社員十数名とバンコク郊外のドンマン飛行場に自動車を走らせた。

社員は通信筒五本を用意していて、飛行場正門前で降りたが、そこに待機していた二十名ほどのタイの警察官に不意にとりかこまれてしまった。かれらは、通信筒を爆弾とでも思っているのか、押収するといってきかない。

事情を説明したが拙《つたな》いタイ語では話が通ぜず、そのうちに突然かれらは、一斉におそってきた。

一刻も早く飛行機で連絡にとび立ちたいとあせっていた八原たちは、その思いがけない行為に激昂《げっこう》して、たちまちかれらとの間にはげしい格闘がはじまった。

と、そのうちに社員の一人が、

「戦車だ」

と叫んだ。

みると、いつの間にか近くに戦車が二台接近してきていて、戦車砲と重機関銃をこ

結局、バンコクへ平和進駐が実現したが……

ちらに向けている。

八原は、重大な任務を帯びているだけにいたずらに争っている折ではないことに気づき、鉄柵《てっさく》にもたれて乱闘を小気味よげにながめているインテリらしいタイの陸軍少佐の所へ駈《か》け寄ると、英語で事情を説明した。

かれは、冷淡な態度をしめしていたが、漸《ようや》く八原の懇願をいれ、警察官にうばわれていた通信筒も返し、飛行場へはいることも許可してくれた。

八原たちは、大日本航空の旅客機に駈けこんだ。プロペラが回転し、飛行機は、爆音をあげて滑走路を離陸した。機は、近衛師団の進撃予定路を逆行して東進しはじめた。

ふと八原は、進行方向にその日、日本陸軍機がタイ軍機を撃墜したアランプロテット飛行場があることに気づき、もしもタイ空軍機に捕捉《ほそく》されては危ういと判断し、高度を上げて同飛行場上空を迂回《うかい》させた。

そして、再び進撃予定路にもどって間もなく、眼下はるか前方に日本軍の整然と動く列を見出《みいだ》した。

見渡すかぎり濃い緑のひろがりの中を一筋つらぬいた道路に、トラックの大縦列が近づいてきている。その車輛《しゃりょう》の数は、一千輛にも達する大群で、うすい砂塵《さじん》が一条の線となってのびている。そして自動車の列も砂塵の筋も、はるか仏印国境方面にかすんで消えていた。

八原は、眼下を見まわした。銃砲火のひらめきも土煙もみえず、眼にしみいるような美しいタイ国の土がひろがっているだけだった。

八原は、胸の熱くなるのをおぼえた。幸い日・タイ両国軍の衝突はなく、予定時刻よりはるかにおくれてはいたが、危惧《きぐ》していた事態は発生していないらしい。

トラックの列には日の丸がはためき、しきりと手をふる兵もみえる。

八原は、「タイ国ハ、日本軍ノ平和進駐ニ同意セリ」という趣旨をしたためた通信筒を、五個投下した。

通信筒につけられたパラシュートが、タンポポの冠毛のようにゆっくりと降下してゆくのを、八原中佐は、うるんだ眼で見つめつづけていた。

近衛師団の進撃には、完全に危険は去ったのだ。

二

タイ南部のシンゴラ、パタニ、タペー等に上陸予定の第二十五軍は、タイ国軍の抵抗を受けることなどみじんも考えてはいなかった。上陸日時には当然平和進駐交渉は成立し、円滑に上陸も進むだろうと予想していたのだ。

第二十五軍は、第五師団と安藤支隊に二大別され、シンゴラへは、第五師団主力の竜城丸以下一〇隻《せき》の船舶が、またタペー、パタニへは、安藤忠雄大佐指揮の安藤支隊が東山丸以下五隻の船舶に満載され、一体となってタイ南部東海岸にフルスピードで突進していた。そして十二月七日午後十時ごろ、安藤支隊の船舶六隻が、パタニ方面へむかうため徐々にシンゴラ上陸船団とはなれはじめ、やがて北方海上にその船影を没してしまった。

遂《つい》に第五師団主力は、単独でシンゴラへ直進することになったのだ。

師団長松井太久郎中将は、

「歴史的上陸ノ時至ル。宜《よろ》シク伝統ノ威力ヲ発揮スベシ」

という訓示を、火光信号により各船舶の部隊長に発信した。船団の所在をさぐられぬため、すべて無線通信は禁じられ、ライトによる通信だけがおこなわれていたのだ。

シンゴラ上陸の第五師団の任務は、第一に、上陸地点付近の飛行場の占領だった。仏領インドシナ南部に基地をおく日本空軍機では、航続力の不足のため、上陸地点の制空権をにぎることはできない。そのためまず上陸地点付近の飛行場を確保し日本機を強行着陸させて、そこを基地に上陸船団に来襲するにちがいないイギリス空軍機の攻撃を阻止しようとはかっていたのだ。

さらに上陸部隊には、ぜひ果さねばならない重要な任務があった。それは、マレー領内のペラク河にかかっている鉄道橋を無傷のまま入手することであった。

大本営陸軍部は、マレー作戦を効果的におこなうためには仏領インドシナのサイゴンからタイを経てマレーへの鉄道一貫輸送をおこなう必要があると考えていた。それには、まずタイのバンコク市にあるメナム河にかかっているラーマ一六世橋と、マレー領内のペラク河鉄道橋を確保することが必要だった。

そのため、大本営陸軍部は鉄道省の下山定則技師をひそかに派遣して、レール幅等の研究をおこなわせた結果、レールの幅は、全線一メートルで、一・〇六七メートルの日本のレール幅よりせまく、日本の機関車では使用できないことがわかった。

上陸が開始されれば、イギリス軍によって機関車や客車が持ち去られることも充分予想されるので、あらかじめ列車は内地で車輪間の幅をなおし、仏領インドシナに運びこまれていたのだ。

ペラク河鉄道橋を占領するためには、むろんマレー国境を強行突破してペラク河に達しなければならない。それを可能とするために、第二十五軍は、二つの作戦を決定していた。

その一つは、鉄道突進隊の編成であった。

上陸地点のシンゴラには、マレー領内のシンガポールまで達する鉄道が通っている。しかも毎週一回シンゴラ〜シンガポール間を往復する直通列車が、日曜日にシンゴラに着き、翌月曜日の朝に折返しシンガポールにむかうことになっている。

上陸日時は、丁度月曜日の朝なので、折返すシンガポール行き列車をつかまえることは決して不可能ではない。その押収した列車に上陸部隊をのせて、マレー国境へと突っ走る。当然マレー国境付近ではイギリス軍の激しい攻撃を受けるだろうが、強引に列車を走らせて国境を突破、全速力でペラク河に突進しようというのだ。

その列車に乗るのは、機関銃中隊をふくむ一大隊と独立速射砲中隊がえらばれ、その戦闘を指導するため、鉄道のエキスパートである第二十五軍の鉄道主任参謀本郷健中佐があたることになっていた。

さらにペラク河鉄道橋占領の第二の案として、第二十五軍参謀辻政信中佐の独創的な発想が採用されていた。

辻は、南方作戦の基礎ともなった台湾軍研究部の重要な一員として南方情勢にもくわしく、大本営陸軍部から特に第二十五軍司令部に派遣されていた作戦参謀だった。そして、サイゴンの第二十五軍司令部で作戦構想を練っていた折、ふと或《あ》る戦法を思いついた。

それは、まず上陸する一部の日本軍将兵にタイの軍服等をつけさせる。上陸地点には、それら兵員を収容させるだけのトラック等の車を用意させ、しかもその上には、シンゴラ付近から集めたカフェーやダンスホールのタイの女性をのせ松明《たいまつ》をたいて待機させる。

タイ兵を装った日本軍と女をのせたトラックは、マレー国境にむかって突進するが、国境線にさしかかってイギリス軍の検問にかかった折には、通訳に、

「日本兵がきた、日本兵が進んでくる」

と叫ばせて、マレー領内にはいりこんでしまう。

女は避難民にみえるだろうし、タイの軍装をした将兵は、日本軍に追われて国境へ逃げてきたタイ兵のようにみえるだろう。

国境を通過したトラックの列は、そのままフルスピードで進み、ペラク河鉄道橋を

奇襲占領してしまおうというのだ。

辻の考案したその戦法は、軍司令官山下奉文《ともゆき》中将にも受けいれられ、市川正少佐指揮の市川支隊がその任務を担当することになった。

辻中佐は、ただちに大曾根義彦という少佐参謀を招き、シンゴラに潜入し、上陸日時にトラック約三〇台とタイの女性を集めて待機するように命じた。

大曾根は、早速サイゴンを出発、シンゴラの日本領事館に館員を装って潜入し、その上陸日時を待ちかまえることになった。

そして、辻中佐は、約一、〇〇〇着のタイ国軍の軍服その他をつくり、市川支隊全員に配布した。

三

十二月七日午後十時四十分、輸送船団の前方に点滅する光がかすかにみえはじめた。上陸予定地のシンゴラ灯台の光だった。

ただちに、

「泊地進入用意」

の火光信号が発せられた。

船団は、夜の海上を速度をゆるめて突きすすんだ。

やがて前方に灯台の光以外に、シンゴラ市街の灯も浮び上ってきた。それは、接近するにつれて数を増し、蛍の群れのように闇《やみ》の中に美しくひろがった。

時計の針がまわり、十二月八日がやってきた。

午前零時三十五分、海面に水しぶきをあげて錨《いかり》が投じられ船団は整然と所定の位置に停止した。

それまで雲間にかくれていた月が海面を明るませたが、その頃から波浪が急にたかまり、風も音をたてて吹きつけるようになった。

竜城丸の檣頭《マスト》に、

「泛水《はんすい》ッ」

の火光信号があげられた。

ただちに各船舶から大・小発動機艇が、起重機に吊《つ》りあげられて母船からおろされはじめた。そして、午前二時には、全舟艇が海面におろされた。

縄梯子《なわばしご》が舷側《げんそく》に垂らされ、将兵はそれにすがって移乗を開始した。が、舟艇は、激浪にもてあそばれて、本船に激突してなかなか乗り移ることができない。

殊《こと》に戦車や装甲車は、移乗させることはむずかしく、辛うじて載せたものも沈没してしまう事故も起った。そのため、それら重量物の揚陸は、夜明けまで中止されることになった。

鉄道主任参謀本郷中佐と辻中佐は、縄梯子をつたわって舟艇に辛うじて乗りこんだ。

午前三時三十六分、遂に、

「発進」

の信号が発せられた。

舟艇は、一斉に船の舷側をはなれたが波高はたかく、顚覆《てんぷく》する舟や波浪にまきこまれて沖合にさらわれる将兵が続出した。

そうした混乱のため、水際《みずぎわ》にたどりついたものたちも所属部隊からはなれ、その集合にはかなりの時間がついやされた。

上陸地点では、まだ日本軍の上陸に気づかないらしく、シンゴラの電燈《でんとう》はともり、海岸近くの道路にはライトをつけて走っている自動車もあった。

タイ国軍の軍装をした市川支隊の将兵も、漸《ようや》く海岸の一角に集合を終った。

が、市川支隊長は、意外な事態が起っているのに気がついた。計画では、海岸に合図の松明がたかれているはずなのに、その気配は全くない。トラックもみえないし、女の姿も認められない。

辻中佐は、狼狽《ろうばい》していた。そして通訳をつれると道路に駈《か》け上り、たまたまリヤカーを曳《ひ》いて歩いてきたタイ人をとらえ、

「日本領事館に案内しろ」

と言った。

辻たちがその男に導かれて領事館に行ってみると、門はとざされ館内の電燈も消えている。

辻は、苛立《いらだ》って門をはげしくたたいた。

と、その物音をききつけたらしい勝野領事が寝巻姿であらわれ、その後から大曾根少佐も姿をあらわした。

「上陸したが、準備はどうしたんだ」

辻が興奮して叫ぶと、二人の顔は蒼白《そうはく》となった。

大曾根少佐は、全く準備をしていなかったのだ。シンゴラは、マレー国境に近く、その上開戦日が迫るにつれていつイギリス軍が進攻してくるかわからない緊迫した情勢となった。もしも不意にイギリス軍が日本領事館にふみこんでくれば、館内に保管されている軍の暗号書はまちがいなくイギリス軍に押収されて日本軍の全作戦に重大な悪影響をあたえるだろう。

そうした事態を恐れた大曾根は、勝野領事と相談して、すべての暗号書を焼却した。しかし、そのことが、一つの大きな錯誤を生んでしまった。やがて暗号文で発信されてきた上陸予定日の十二月八日未明を、大曾根たちは十二月九日未明と誤読してしまったのだ。

辻中佐は激昂《げっこう》したが、議論などをしている余裕はなかった。それにあらかじめ辻は、勝野領事と大曾根少佐に、シンゴラのタイ国軍と警察署に武力衝突を避ける工作を依頼していたが、それがまだ果されていないことを知ると、大至急その収拾にとりかかることが先決となった。

辻は、まず警察の諒解《りょうかい》を得るため領事と大曾根を促して、領事館の車でシンゴラの警察へと急いだ。

と、警察の門に近づいた時、突然前方からはげしい銃声が起り、やむなく辻たちは引き返さなければならなくなった。シンゴラのタイ国軍、警察への平和工作は挫折《ざせつ》してしまったのだ。

そうした中にも、山下奉文軍司令官は、午前五時二十分、上陸用舟艇にのって上陸した。

その頃からタイ国軍の抵抗は、さらにはげしくなって、やがて砲撃さえはじまった。

日本とタイの平和進駐交渉によってその上陸は円滑にすすめられると思っていた上陸部隊にとって、タイ国軍の攻撃は思ってもみない不本意なことであったのだ。

ましてタイ国軍の軍装をした市川支隊は、意外な結果に途方にくれたが、とりあえず自動車を徴発することにきめて何台かの車を集めさせた。そして、一部の兵力をのせて出発させたが、タイ国軍の抵抗はすさまじく、自動車を走らせてマレー国境を突破できるような状態とは程遠い状況となり、市川支隊の計画も遂に完全崩壊してしまった。

本郷中佐の指導する鉄道突進隊も、予定通りには作戦をすすめることはできなかった。部隊は、とりあえずシンゴラ停車場に進んでそれを占領すると同時に列車を押収した。そして、計画にしたがって午前五時四十分、同停車場を発車させたが、鉄道沿線を確保しているタイ国軍の銃砲火はすさまじく、それ以上進むことはできなくなった。そのため、部隊を列車からおろして、タイ国軍と対峙《たいじ》しなければならなかった。

そうした中で、あたえられた任務を完全にはたしたのは、佐伯《さえき》捜索聯隊《れんたい》（聯隊長佐伯静夫中佐）であった。その隊は、マレー国境に近い要衝ハジャイへの突進を命じられ、後続部隊の前進路を確保する任務を課せられていた。

上陸した佐伯聯隊も、思いがけぬタイ国軍の攻撃に当惑したが、佐伯中佐は、強引にハジャイ突進を決意した。佐伯は、上陸地点付近で入手した自動車に五〇名の将兵をのせて先行させ、その後から主力部隊をひきいて徒歩で急いだ。

途中、タイ国軍との交戦が頻発し、トンリー村では頑強なタイ国軍にその前進をはばまれた。

戦闘は激しく一時苦戦にもおちいったが、漸くタイ国軍陣地を破壊、白旗をかかげさせることに成功した。

佐伯中佐は、タイ国軍の全自動車を押収し、それに乗車してフルスピードで路上を突き進んだ。そして、午後二時にはハジャイに突入、出発直前であった機関車八、客車九、貨車一五八を同駅でそれぞれ押収、自動車五〇台も確保した。

この佐伯聯隊の機敏なハジャイ突入は、第二十五軍主力のマレー国境突破に大きな意義をもつものとなった。


ピブン首相の失踪《しっそう》による日・タイ平和進駐交渉妥結の時間的おくれは、マレー攻略作戦の第一歩に日・タイ両国軍の衝突となってあらわれた。

大本営は、日・タイ交渉の経過に暗澹《あんたん》としていたが、同時に作戦部隊が無事に上陸できるかどうか危ぶんでいた。

まず入電したのは、マレー領コタバルに向った佗美《たくみ》支隊からの、

「本八日午前二時十五分、第一回上陸成功ス」

であった。しかしその電報は、「敵ノ抵抗激シク、……船団ハ敵機ノ襲撃ヲ受ケツツアリ」と、予想はしてはいたが上陸至難をつたえる報告だった。

大本営の関心は、自然とコタバル上陸につづく南部タイのシンゴラに向っている第二十五軍の上陸成否に注がれた。

と、午前五時、サイゴンの南方軍総司令部は、

「八日午前四時十二分シンゴラ東岸ニ上陸成功ス」

の非公式報を受信した。

この通報は、香港《ホンコン》攻略を目ざす南支第二十三軍と密接な関係があった。香港攻略作戦は、第二十五軍の南部タイ上陸確認と同時に国境突破を開始することになっていたのだ。そして、その香港作戦開始命令は、杉坂少佐が「上海号《シャンハイ》」に搭乗し携行していた機密書類の内容でもあったのだ。

上陸作戦、成功！

ただちに南方軍総司令部は、大本営をはじめ支那《しな》派遣軍総司令部、第二十三軍司令部に上陸成功を緊急発信した。――十二月八日午前五時二十四分であった。

タイ国軍との衝突は、その日の午後、日・タイ間の平和進駐交渉の妥結によって停止され、世界戦史上稀《まれ》にみるマレー半島奇襲上陸は一応の成功をみた。そして、それと同時にイギリス国境を突破した第二十三軍の香港への進入も開始されたのである。

北辺の隠密《おんみつ》艦隊

一

昭和十六年十一月八日、青森県下北半島の大湊《おおみなと》湾に停泊していた海防艦「国後《くなしり》」の乗組員たちは、突然の出港命令にかなりの混乱をしめしていた。

その日、艦長の北村富美雄大佐は、大湊警備府（司令長官大熊《おおくま》政吉中将）の司令部に出頭を命じられたが、しばらくして帰ってくると全乗組員に上陸禁止を命じ、

「明夜半出港」

を指令したのだ。

「国後」の乗組員にとって、そうした不意の出港は、今までに例のないことであった。

第一に、季節的にみてその出動は理解しがたい。毎年の例によると、三月末から十月初めにかけて千島方面には蟹《かに》漁を主とした北洋漁業が大々的にくりひろげられ、女子従業員を数百人ものせた蟹工船も出動し、多くの日本漁船がその方面でひしめき合いながら操業する。日本の漁船群は、ソビエト領のカムチャッカ半島付近の操業では、

国際常識としてひろく認められている三浬《かいり》領海規則を守っているが、ソ連側は、十二浬説を主張してゆずらない。

当然、そこには、ソ連警備艇による日本漁船の拿捕《だほ》事件が頻発する。それらの警備艇は、ペトロパブロフスクを基地に十数隻《せき》の小艦艇で構成され、領海侵犯の日本漁船に厳重な監視をつづけている。

それに対して、日本側は、大湊警備府の「神風」等四隻の駆逐艦と、「国後」「石垣」「八丈」の三海防艦が、日本漁船保護のために出動している。そうした毎年の慣習から考えると、北洋漁業期もすでに終ってしまった季節はずれの時期に出港するのもおかしいし、常に行をともにする姉妹艦の「石垣」「八丈」が同行しないのも理解できなかった。

さらに奇妙なことには、弾薬、爆雷等を戦闘状態と同じ定数をつめという命令が出され、しかも食糧も一カ月分をつみこめという。「国後」にとって、そうした物々しい命令を受けたのは、異例のことであったのだ。

のちに砲術長兼分隊長になった相良辰雄中尉《ちゅうい》は、

「いったい、どういう警備府命令なのですか」

と北村艦長にたずねた。

しかし、北村は、

「ともかく隠密裡《り》に出港しろというのだ」

と言うだけで要領を得ない。

相良は、いぶかしそうに、

「それなら行先はどこなのですか」

ときいてみたが、北村は、かたく口をつぐんで返事もしない。

相良は、首をかしげた。艦長は、なにかを知っているのだが、それを教えてくれないというのはなにか重大な任務が課せられている証拠である。機雷長の前田与太郎、砲術長藤川薫、機関長の脇田新左衛門特務大尉らも、それぞれに艦長に同様の質問をしたらしいが、艦長の答からはなにも探り出すことができなかったようだった。

しかし、かれらも艦への積み込み作業に忙殺されて、それ以上艦長にたずねる余裕もなかった。

翌日の夜十二時、「国後」は、ひそかに大湊湾を抜錨《ばつびょう》した。

「国　後」

大湊湾の周辺は、積雪がはなはだしく、その夜も霏々《ひひ》と雪が舞っている。艦は、灯火ももらさず陸奥《むつ》湾をひっそりと西進すると、変針して津軽海峡に出た。波が急に荒くなり、艦は波浪にもまれて進んでゆく。

その頃になると、奇妙な話が将校たちの耳にもはいってきた。それは、主計長の口から出たもので、大湊出港前に警備府から「国後」の乗組員に対して、戦時加俸が支給されたというのだ。戦時加俸が俸給以外に出たことは、戦闘またはそれに準ずる出港だと解釈できる。

戦闘とは、いったいなにを意味するのか。ソ連との関係が悪化したとでもいうのか。もしそうだとしても「国後」一艦だけで、戦闘行動などとれるとも思えない。たしかに「国後」は、前年の十月三日に日本鋼管鶴見造船所で竣工《しゅんこう》したばかりの北方警備を目的とした新鋭海防艦で、一二センチ砲三門、二五ミリ二連装機銃二基（四艇《ちょう》）を配し、爆雷も一八個備えた速力一九ノットの艦だが、やはり八五〇トンの小艦であることにちがいはない。

相良たちは緊張したが、戦時加俸を支給される意味がどのように考えてみても思い当る節はなかった。

翌朝四時すぎ、北海道南端の恵山岬《えさんみさき》の灯台の灯が左方にみえた。

その直後「国後」の行先がはじめてあきらかとなった。

北村艦長が航海長の直江政治予備中尉を部屋に招くと、千島のエトロフ島に針路をさだめることを命じたのだ。そして、朝食が終った後に、艦長は、士官室に準士官以上の集合を命じた。

部屋のドアは、かたく閉じられた。

北村艦長は立つと、

「今まで不審に思っていたと思うが、実は、聯合《れんごう》艦隊の機動部隊が、エトロフ島の単《ひと》冠《かっぷ》湾に集結して演習をおこなうことになった。本艦は、集結前に単冠湾におもむいてその下準備をすることを命じられた」

と言って言葉をきった。そして手帖《てちょう》をとり出すと、

「単冠湾の部落内には、警察の駐在所と三等郵便局がある。演習艦隊の構成を知られることは好ましくないので、警官の協力を得てその部落の住民たちを湾の背後にある山の稜線《りょうせん》の向うに立ち去らせる。またエトロフ島の通信をおさえる必要があるので、郵便局の電信を封じさせる。その他、住民の監視も厳重におこなう。さらに、もしも単冠湾に入っている船舶があった折は、その出港をおさえ、また入ってきた船もそのまま足どめさせる。以上」

北村艦長は、それきり口をつぐんだ。

士官たちは、釈然としない表情でたがいに顔を見合せていた。

二

「国後」は、雪の舞う海上を北東に進んだ。

艦長の命によって、夜は、灯を艦外にもらさず、軍艦旗もきわめて小さなものを艦尾にとりつけているだけであった。そして、十一月十一日朝には、早くも単冠湾の沖合に近づいた。

単冠湾は、浅い所でさえ水深十五メートルから二十メートルもある大型船舶の泊地に適した湾であった。が、季節はずれのため、単冠湾に入っている船舶の姿は一隻もなく、天寧《てんねい》、年萌《としもい》という湾の両側の岸にある二つの部落もその後方にせまる山なみも、雪におおわれ荒涼とした光景を呈していた。

「国後」は、湾にははいらず沖合から単冠湾を、一二センチ双眼望遠鏡で監視しつづけた。海岸には人影も稀《まれ》にしかみえず、付近海上にも船影は全くない。千島列島は、雪と氷の中で完全に眠っているのだ。

一週間以上も沖合からの監視をつづけてから、「国後」は、十一月二十日夜明けに単冠湾にはいり、岸から約六〇〇メートルの位置で投錨した。そして、相良辰雄中尉を長とした電信兵をふくむ二十名ほどの者が、内火艇とカッターに分乗して海岸に上陸した。

一隊は、ただちに望遠鏡で確認していた年萌の巡査派出所にむかった。出てきたのは、名位《みょうい》という三十五、六歳の巡査で、年萌、天寧両部落にただ一人駐在しているという。

相良中尉は、まず両部落の人口について質問した。警官の説明によると、天寧は二十二戸、年萌は二十戸の戸数があり、天寧、年萌にそれぞれ一つずつの尋常小学校があって、菊地義夫、松浦仙松が校長兼教師としてそれぞれ二十名ほどの学童を教えているという。

相良は、名位巡査に住民を立退《たちの》かせるように依頼したが、挙動不審の者は皆無であるとの証言もあって、その件については名位巡査に一任した。

その後、相良中尉一行は、天寧にある三等郵便局に赴いた。突然の来訪に、局員たちは驚いていた。

やがて局長の松本尚三が、外からもどってきた。松本は、相良を奥の部屋に案内した。

相良中尉

相良中尉は、

「艦隊が当湾に集結して演習をはじめるが、隠密裡におこなわれるので、エトロフ島全島の通信を遮断する。これは、海軍の命令であるから、ただちに実施していただきたい」

と、厳しい口調で言った。

島内には、反対側の西海岸にある沙那《しゃな》に二等郵便局と、各所に七つの三等郵便局がある。無線機は、沙那郵便局のみにあってその局だけがただ一つの島外への通信連絡機関であったのだ。

相良は、直接沙那郵便局に行って無線封止をおこないたかったが、天寧から沙那までは六五キロもあって、その上積雪をおかして進まねばならない。かれには、そうした時間的余裕はなかった。それよりも松本局長の協力を得て沙那郵便局に連絡をとらせたかった。

「沙那郵便局の無線を完全に封止してもらいたい」

相良は、重ねて言った。

松本局長は、困惑した。たとえ海軍の命令であっても、通信遮断ということは前例のないことである。その上、松本には、二等郵便局の局長に対して、そうした要請をする権限もない。

「御趣旨はよくわかりましたが、郵便局としては正式の命令がないかぎりそのようなことはできないことになっております。この島の郵便局は札幌逓信《ていしん》局の管轄《かんかつ》下にありますが、逓信局長命を出していただけませんか」

「その点は、心配ない。すでに逓信省も諒解《りょうかい》ずみのことなのだ」

松本は、相良中尉の断定的な言葉にうなずいた。そして、島外への通信遮断に努力することを約した。

相良中尉が去ると、松本局長は、七つの三等郵便局で組織されている会の会長谷沢虎雄に連絡をとって相談した。その結果、沙那郵便局へは相良中尉から直接電話で命令をつたえてもらうとともに、札幌逓信局の指示を仰ぐことになった。

谷沢は、根室経由で札幌に連絡をとると、やがて札幌逓信局から電文がはいった。

その内容は、

「申入レ官ノ指示ニシタガイ、当分ノ間島外ニ対スル通信ヲ閉鎖スベシ。尚《なお》、貴官カラコノ旨《むね》島内ノ各機関ニ指示セヨ」

という趣旨のものだった。

この電文によって、エトロフ島の通信は一切遮断された。

相良中尉を長とする二十名の者たちは、そのまま部落にとどまって厳重な監視をつづけていた。

相良は、山の稜線に一二センチ双眼望遠鏡を据えつけさせると、周囲にレンズを向けさせた。

部落の背後の地域は一面の積雪で人影は全く見えない。動くものといえば、雪の上を狐《きつね》が走る姿がしばしば認められるだけであった。

湾内も降雪と濃霧におおわれ、「国後」の姿があるだけで入港してくる船舶もない。時折海上監視のためか、「国後」が湾口から沖へと出てゆくのがただ一つの目立った動きだった。

しかし、十一月二十一日に、沖合に二〇〇トン程度の小さな船影が浮び上り、岬をまわって単冠湾に入港してきた。それは、函館の千島汽船所属の貨物船であった。

「国後」からは、ただちに指令が飛び、船員を強制的に上陸させると出港停止を命じた。船長以下船員たちはその処置をいぶかしんだが、諦《あきら》めたように天寧部落内へはいっていった。

再び湾内に静寂がもどり、夜は、完全な闇《やみ》につつまれた。灯火はおおわれ、炊事の火もたかれない。「国後」は厳しい灯火管制をしているし、島の民家でも、灯火はおおわれ、炊事の火もたかれない。食事は、罐詰《かんづめ》と乾パンのみですまされ、煙草《たばこ》の火も掌《てのひら》でおおわれていた。

相良中尉は、自分たちに課せられた機密秘匿《ひとく》行動のきびしさをいぶかしんでいた。日米外交関係の緊迫化は日増しにはげしくなっているし、演習もそれにつれて高度なものになってきているのかも知れない。いずれにしても、「国後」が集結地設営にあたるこの演習は、アメリカを仮想敵国とするかなり規模の大きなものであるにちがいないと思った。

そうした解釈は、「国後」艦上の艦長北村富美雄大佐でも同じであった。

北村は、大湊警備府参謀長石井啓之少将から、高度な演習をおこなうための重要な任務をあたえると命じられて、単冠湾の監視を指令された。そして、その行動も、隠密裡にすすめるように指示されたことから、その演習が、難航しているアメリカとの外交交渉に関連をもつものだということは薄々気づいていた。

そして、そうした北村艦長以下「国後」乗組の者たちの予想は、翌日の十一月二十二日早朝、眼前の驚くべき光景となってあらわれた。

その日の朝、天寧の小学校では授業がはじまった直後、生徒たちが騒ぎ出した。妙な音が、海の方向からするというのだ。

校舎は改築のため、冬期に引き上げてしまっている海軍建築部の空き事務所を教室に代用していたが、そこは一寸《ちょっと》した高みになっていて、見晴らしもよい。菊地校長も、耳をすました。たしかに沖合の方向から海鳴りのような音がきこえてくる。菊地は再び授業をつづけたが、その異様な音は次第にたかまって生徒たちは落着かない。

菊地も首をかしげ、授業を中断すると生徒たちと教場を出て沖合に眼を向けた。薄い霧がかかってなにもみえないが、その奥から轟《とどろ》くような音が湧《わ》いてくる。

そのうちに生徒の一人が、

「船だ、船だ」

と、叫んだ。

見ると、たしかに大型の船が右手の沖合にみえ、単冠湾方向に進んできている。十一月に入ってから入港する船もなくなっていたので、生徒たちは喜んだ。

が、その時菊地は思わず短い叫び声をあげていた。海上を進んでくるのは、その船だけではなく背後に薄黒い大きな船影が浮び上り、さらにその後にも同級程度の船の姿がつづいている。

菊地は、生徒にかこまれて立ちすくんだ。薄曇りの海上を果てしなく船影があらわれ、その間には駆逐艦、巡洋艦の姿もつづいてくる。それは、沖合から不意に湧き出てきた無気味な生き物のようにも感じられた。

雪の稜線を巡視していた相良中尉にとっても、そのおびただしい艦船の接近は想像以上のものであった。さらにかれを驚かせたのは、それらにつづいて巨大な艦が相ついで姿をあらわしはじめたことであった。艦型からみて、それは戦艦「比叡《ひえい》」と「霧島」であり、さらに「赤城」をはじめ空母群の入港もみられた。

大演習だ。……相良は、たちまち三十隻ほどの艦船の群れに充満した湾内に眼を据えた。しかも、吃水《きっすい》線も沈みがちなほど油を満載しているタンカー八隻をともなっているところをみると、洋上をかなり長い期間航行する大演習が開始されることはあきらかだった。

突然様相を変えた湾内で、「国後」と千島汽船所属の貨物船の姿は、それら大型艦船の群れの中にいつの間にか埋もれてしまっていた。

相良は、胸の動悸《どうき》がはげしく高鳴るのを意識しながら、その日も稜線で監視をつづけた。

艦船群は、湾内に投錨したままひっそりと並んでいるだけである。艦船上に人の影はみえるが、上陸する者は全くいない。

無気味なほどの静寂がしめ、艦船上には兵の動きがかすかにみえるだけであった。

十一月二十二日の日が没していった。

三

その丁度一カ月前の十月二十二日、日本郵船所属の大洋丸が、横浜港埠頭《ふとう》で出港準備を急いでいた。

大洋丸は、アメリカの対日資産凍結令の布告によって杜絶《とぜつ》していた横浜〜ハワイ間の外人引揚船として出港しようとしていたのだ。

出港もせまった頃、背広姿の二人の男が、トランクを手にタラップをのぼってきた。

二人は、船長室にはいるとトランクの中から、それぞれ事務服と船医の服をとり出してすばやく着換えた。

事務員を装ったのは、大本営海軍部参謀鈴木英《すぐる》少佐、また船医となったのは潜水学校教官前島寿英《ひさひで》中佐で、かれらの素姓を知っているのは、船長の原田敬助と事務長の小林安序《やすのぶ》だけであった。

鈴木少佐は、実戦のパイロットだったが、昭和十一年末から一年間、軍令部でアメリカ関係の航空情報の蒐集《しゅうしゅう》に従事したことがある。情報は、各国にはりめぐらされた諜報《ちょうほう》網から流れこんでくるが、アメリカ人、ソ連人からのものも多く、それらは東京中央郵便局の私書函《かん》あてに送られてきていた。

その後、鈴木は、第三艦隊航空参謀として転属となったが、数カ月前再び不意に軍令部出仕として大本営海軍部員となった。

鈴木にあたえられたのは、論功行賞関係の仕事だったが、その転属がなにかの偽装であることには薄々気づいていた。

自分に課せられる任務は、いったいなんなのだろう。アメリカとの外交交渉が難航している緊迫した気配の中で、鈴木は、落着かない日々をすごしていた。

鈴木少佐が情報担当の第三部長によばれたのは、それから一カ月ほどしてからであった。

「重大任務をあたえる」

第三部長の眼は、光っていた。

「大本営は、対米戦の可能性充分として、開戦と同時に、機動部隊によるハワイ奇襲を計画している。それについての航空情報はかなり蒐集されてはいるが、ハワイに赴いて実地に視察してきてもらいたい。引揚船として大洋丸がハワイにむかうが、それに乗船して充分任務を遂行するように……」

そう言って第三部長は、ハワイ関係の資料をしめした。

鈴木は、顔色の変るのを意識した。アメリカとの開戦は或《あ》る程度予想はしていたが、大本営がハワイ奇襲を考えていることなど、いかにも唐突すぎるように思えてならなかったのだ。

しかし、資料に眼を通している間に、その奇襲計画がかなり以前から、しかも綿密な構想のもとに企てられているものだということに気がついた。

鈴木少佐の想像通り、ハワイ奇襲作戦はすでに一年ほども前からそのきざしがみえていたもので、その計画を発案し強力に推しすすめたのは、聯合《れんごう》艦隊司令長官山本五《い》十《そ》六《ろく》海軍大将であった。

山本は、対米関係の悪化につれアメリカ海軍との対決方法になやんでいたが、そのうちに航空機によるハワイ奇襲を真剣に考えはじめるようになっていた。

もともと海軍には、アメリカ海軍と対決する折には、アメリカ艦隊が日本近海に接近してきた機会をねらって迎撃すべきだという作戦計画が根強く残されていた。

しかし、山本は、そうした方法では優勢なアメリカ海軍を撃滅することは不可能だと考え、それよりもむしろ近代戦の主力である航空機によって、ハワイを基地とするアメリカ海上兵力を潰滅《かいめつ》させるべきだと考えるようになっていた。そして、昭和十五年暮には、対米開戦と同時にハワイ空襲を決意したのだ。

しかし、日本本土から三、〇〇〇浬《かいり》以上もあるハワイに機動部隊がアメリカ側にさとられずに接近することは至難なことだし、またもしそれが果せたとしても、アメリカ艦艇がハワイに集結しているかどうかの保証もない。

発案者である山本自身の不安も大きく、嶋田繁太郎海軍大臣宛《あて》に、

「全滅を覚悟」

している旨の書簡も出されたほどだった。

そうした中でも山本は、作戦計画の実施について、大西滝治郎少将にもその研究を命じ、また第一航空戦隊参謀源田実中佐もそれに参画させた。

しかし、このハワイ奇襲作戦計画は、軍令部をはじめ聯合艦隊内部にすら強硬な反対意見が出されるようになった。余りにもその奇襲計画は投機的にすぎ、失敗の公算が大きいというのである。

やがて大勢は、作戦計画の中止にかたむいていったが、山本司令長官はそれに屈せ

ず、その採用を強引に決定してしまった。そして、作戦計画を本格的にすすめると同時に、それにもとづく猛訓練も開始された。

作戦は、航空機関係と、潜水艦関係とに分けられた。

航空機関係では、「赤城」をふくめた六空母に、戦艦以下の護衛艦艇が配され、それに給油するタンカー七隻《せき》が加えられた。空母に搭載される航空機の攻撃は、雷撃、水平爆撃、急降下爆撃に三大別され、その中で、殊《こと》に雷撃についての積極的な研究がおこなわれた。

魚雷は航空機から水面に投下されると、いったん深く海中に沈んでから突き進むが、真珠湾の水深はわずか十二メートルで、これまでの魚雷を採用したのでは投下と同時に全魚雷が爆発を起してしまう。

これについては、海軍航空廠《しょう》雷撃部員片山政市少佐を中心とした研究によって、漸《よう》く《や》解決策を見出すことができていた。

また潜水艦関係では、潜水艦を先発させるとともに、特殊潜航艇による潜水攻撃も企てられていた。

いずれにしても、このハワイ奇襲作戦は、企図の秘匿が第一の問題であった。そのため、作戦を知っているのは、大本営海軍部内でも作戦担当のごく限られた者たちだけで、閣僚中にも陸・海相以外には伝えられていなかった。

作戦上の問題としては、航行中アメリカ艦船はむろんのこと、第三国の船舶に遭ってしまえば、隠密《おんみつ》行動はたちまちアメリカ側に洩《も》れてしまう。そのため、一般の航路は避けて北よりの海面を迂回《うかい》して進むこととなった。

第二の問題としては、アメリカ艦隊がハワイの真珠湾に集結しているかどうかということであった。この点については、日曜日には艦艇の大半がハワイに帰ってきているという情報も得て、奇襲日は日曜日と定められていた。

鈴木英少佐の実地視察は、航路問題、アメリカ艦艇の動きその他に関する情報蒐集にあったのだ。

四

ホノルル（ハワイ）行き大洋丸は、昭和十六年十月二十二日午後三時十五分、横浜の大岸壁をはなれた。同船に鈴木少佐と乗りこんだ前島寿英中佐は、潜水艦関係の情報蒐集を命じられていた。

二人は偽名をつかい、前島は森山、鈴木は鈴木武と称していた。鈴木がそのままの姓をつかったのは、その姓がありふれたものであるし、トランクに実兄の鈴木武という氏名がしるされていたので、そのトランクを借用することから思いついたものであった。

むろん鈴木は船員手帖《てちょう》、前島は船医の免状をもち、さらに月給も船から支給され素姓のばれぬよう極力神経がはらわれていた。

大洋丸は、大本営の指示にもとづいて、一般航路からはずれた北方航路をすすんだ。

鈴木は前島とデッキに出て、やがてはこの海面をハワイ奇襲艦隊が航行するのかと深い感慨にうたれていた。たしかに横浜出港後、多くの商船や漁船に出会っていた大洋丸も、翌日午後になると一隻の船にも会わなくなった。

鈴木たちは、人眼にたたぬ所に出ては、海上を監視する。

天候は良かったが、予想されている通り波は荒く、船は絶えず動揺していた。

大洋丸は、徐々にハワイへ接近していった。

鈴木たちの緊張は増していった。幸い、航行中に船影は全くみず、十一月一日午前三時五十分、ハワイのオアフ島西岸を走る沿岸監視艇に出会っただけで、北方航路を選定することは賢明だとあらためて確認された。

大洋丸がホノルル港口に達すると、警備艇が急速に近づいてきて、拳銃《けんじゅう》をさげた十名ほどのアメリカ兵が乗船してきた。

鈴木たちは、不安をおぼえたが、要所要所に配置されたアメリカ兵も、いつの間にか船内のバーに入りこんでのんきにウイスキーを飲みはじめた。

その頃から、十数機のアメリカ機が大洋丸上空を威嚇《いかく》するように飛行しはじめ、そうした中を大洋丸は静かにすすむと、やがてホノルル港アロハ桟橋にその船体を横づけにした。

鈴木も前島も、息をのんで眼前の光景に眼をすえた。

やはり眼に映るハワイには、ものものしい緊迫感がはりつめていて、埠頭にも数多くの監視兵が所々に立って眼を光らせている。そして、ヒッカム飛行場の方向には、三個の阻塞《そさい》気球があげられ、飛行機の発着もしきりだった。

船上からは、ヒッカム飛行場も真珠湾の情景もみえた。鈴木たちは写真撮影も考えたが、埠頭のアメリカ兵に見つかる危険も多いのでシャッターを押すことをあきらめた。

その日、上陸する船客の健康診断に船医の高倉外次郎の補助医をよそおった前島中佐が立ち合ったりしたが、たえず真珠湾方向に監視の眼をはなさなかった。鈴木たちの眼には、巡洋艦、駆逐艦一七隻が真珠湾に入港するのが認められた。

翌十一月二日は日曜日のためか、飛行機の発着はほとんどなく、艦艇の出動も全くみられなかった。そしてその日の午後、ホノルル領事館総領事喜多長雄をはじめ、領事館員が船を訪れはじめた。

ハワイの情報蒐集については、奥田乙治郎副領事以外に、軍令部からひそかに派遣されていた吉川猛夫少尉《しょうい》（予備役）が、領事館書記生として積極的な諜報活動をおこなっていた。

かれらは交互に船へやってくると、それまで蒐集してきた情報を鈴木たちにつたえる。米軍は神経をとがらせていて、領事館員の持物に監視の眼を光らせていたが、そうした中を新聞紙に軍事施設の地図をはさんで持ちこんでくる者もいた。

かれらのもたらしてくる情報は、驚くほど詳細をきわめたものであった。真珠湾の水域別の水深はもとより、飛行場格納庫の屋根の厚さまでしらべ上げている。フォード島を中心とした軍事施設の全貌《ぜんぼう》は、これ以上は無理と思えるほどの調査がおこなわれていたのだ。

鈴木と前島は、上陸して視察することも考えたが、それは領事館側からかたくさしとめられた。入港と同時に船内電話がとりつけられているが、それらもすべてアメリカ側で盗聴され、もしも上陸すれば尾行はつけられるし、目的は達せられないだけではなく身分の発覚するおそれが多分にあるというのだ。

やむなく鈴木たちは、領事館員から得た情報をココリにして船内にかくし、専《もっぱ》ら船上からの視察をつづけた。

その日（十一月二日）は日曜日で艦艇も飛行機の動きもなかったが、午前七時頃イギリス軍艦に護衛された商船が入港、再び夕刻には出港していった。原田船長の判定によると、それは一三、五〇〇トン、速力二一ノットの優秀船「アワテア」号で、約一、五〇〇名の陸兵と航空兵をのせていずこともなく出港していった。

鈴木と前島は、埠頭の警戒兵の存在におびえながらも、息を殺して真珠湾方面に視線を注ぎつづけた。

真珠湾情報蒐集《しゅうしゅう》

一

前日の日曜日の静けさとは異なって、十一月三日（月曜日）は、朝早くからヒッカム飛行場の格納庫からボーイング四発爆撃機、ダグラス及びマーチン双発爆撃機、それに戦闘機八十機ほどが引き出され、次々と離陸してゆくのが望見された。それらは、小編隊を組んでかなり激しい訓練をはじめた。

また午前十時頃には、真珠湾から一万トン級巡洋艦一隻《せき》とP型潜水艦四隻がいずこともなく出港、さらに翌日午後二時には、「メリーランド」型又は「カリフォルニア」型と思われる戦艦の籠檣《かごマスト》が真珠湾内を湾口の方に移動し、また駆逐艦一〇隻が出港してゆくのが確認できた。

それらを目撃した事実から、ハワイのアメリカ艦隊と航空兵力が、日曜日には訓練をおこなわずに集結していることと、真珠湾がまちがいなく戦艦の泊地になっていることをしめしているように思えた。

鈴木英《すぐる》少佐にあたえられた重要課題の一つは、アメリカ艦隊が休息日の日曜日にハワイのどこに集結しているかということであった。

予想される場所は、真珠湾以外に、マウイ島のラハイナ泊地があげられる。奇襲をしかける攻撃隊としては、真珠湾かラハイナかどちらかに目標をしぼりたかった。

この点については、船に来訪した喜多総領事等から有力な情報を得ていた。それによると、五、六年前までのアメリカ艦隊の泊地は、たしかにラハイナにおかれていた。それは、真珠湾の水深が余りにも浅すぎて、大型艦の停泊には適していなかったからであった。が、その後真珠湾の水底をさらう大工事がおこなわれ、その後艦隊は、訓練終了後真珠湾に直接帰港し、ラハイナに在泊するのは駆逐艦以下の小艦艇だけになっているという。

その情報をさらに一層確実なものとさせたのは、帰国のため乗船してきていた広島市出身の満岡豊蔵という人の証言だった。

満岡は、ラハイナにあるアメリカ人経営の砂糖会社の社員としてラハイナに三十四年間も住みつき、その土地の事情に精通していた。

鈴木少佐はむろん身分をかくして満岡に近づいたが、満岡の話によると、ラハイナ泊地には今年四、五月以後潜水艦以外の艦艇は一隻も入港したものはなく、しかもそれらは小型潜水艦にかぎられているという。

その上、艦艇の泊地として絶対に必要な補給施設も貧弱で、現在もそれを改良する工事の施行はみられない。つまりアメリカ艦隊の主力が在泊するにふさわしい港湾設備が、全く整えられていないというのだ。

これらの情報を綜合《そうごう》した結果、鈴木少佐は、アメリカ艦隊の集結地は、真珠湾以外にはないと断定した。

潜水艦関係の前島中佐も、必死の情報蒐集につとめていた。

特殊潜航艇は、真珠湾内にもぐりこむが、潜水艦行動のためには湾内の海水澄明度《ちょうめいど》をぜひ知っておかねばならない。専門家のかれの判定によると、ホノルル港内の澄明度は瀬戸内海と同じまたはそれ以下で、真珠湾もホノルル港内とほとんど同等程度であると推測された。

また日本潜水艦が、もしもハワイ近海で在留邦人漁師と連絡をとることができれば、むろん奇襲攻撃は一層効果的になることはあきらかだった。しかし、日本人漁師に対するアメリカ側の監視はきわめてきびしく、沖合に出ることすら厳禁されているので、その方法は断念しなければならなかった。

さらに、潜水艦上から真珠湾在泊の艦艇の姿を眼にできるかどうかということも重要な課題だった。

しかし、ホノルル入港日に真珠湾口の沖合七浬《かいり》の海域を通過したが、その折高さ一五・二メートルある大洋丸の船橋からも在泊中の艦影を眼にすることはできなかった。そうしたことから考えてみても、九メートルの眼高しかない潜水艦の艦橋から真珠湾内の艦を確認することは到底できるはずはなかった。

ただ真珠湾口の狭い水路は、大洋丸からも充分確認できたし、潜水艦橋からもそれは可能のはずだった。が、潜望鏡だけを水面からのぞかせて見るためには、二浬から三浬近くまで接近しなければ確認することはできそうになかった。

防潜網については、真珠湾入口に、ボタンを押せば電気装置で防潜網が一斉に閉じる装置の完備しているという情報も入手した。

さらに、それらの情報以外に、ホノルルへ入港してきたイギリス駆逐艦四隻の艦橋の上に妙なものがとりつけられ、それは電波探知機《レーダー》と想定された。また海軍機陸軍機それぞれ約延《のべ》百機近くが、各飛行場に並んでいるのも確認され、その機種もすべて記録することができた。

二

大洋丸は、翌四日午後五時出港予定であった。

鈴木も前島も豊富な情報を手中にしたことを喜んでいたが、出港直前になってその予定は完全にくずされてしまった。

大洋丸には、帰国する日本人が乗るが、その乗客の荷物に対する調査がきびしく、女性の中には裸身にされて検査される者さえいた。そうした苛酷《かこく》な調査のため、出港は翌日に延期され、さらにそれは乗組員の厳重な身体検査ともなってあらわれた。

大洋丸は、出港を急いでいたが、アメリカ軍はいつまで経《た》っても出港を許さない。鈴木たちは、自分たちの行動が察知されたのかと不安をおぼえたが、その日の午後七時三十分になって漸《ようや》く出港許可がおりた。

それは、明るいうちに出港させると真珠湾方面をはじめ他の部分を盗み見られることを恐れたアメリカ軍の配慮からにちがいなかった。

この出港の遅延は、前島中佐をひどくうろたえさせた。

大洋丸はこのまま順調に進んでも、横浜入港は、十一月十七日となる。潜水艦、特殊潜航艇等の先発部隊の呉《くれ》軍港出撃日は、十一月十八日と決定されていて、その出撃までに間に合うかどうか危ぶまれる状態となってしまった。折角前島が得てきた情報も、隊員に伝えられなければ全く無為なものに終ってしまうのだ。

前島の要請で、大洋丸は、スピードをあげて航進しつづけた。

そうした中でも、鈴木と前島は、大洋丸に乗船している四四七名のハワイ引揚げ邦人、日系二世にしきりと接近しては活潑《かっぱつ》な情報聴取をおこなっていた。

がそのうちに、鈴木たちは、一等船客室に奇妙な人物がまぎれこんでいるのを発見した。その男は、往路の折にも一等船客として乗船していたのに、ホノルルで下船もせずそのまま帰航中の大洋丸に乗っている。

「あの男は、いったい誰ですか」

と鈴木は、事務長にたずねたが、

「船内警備のため特に乗っている警察関係の人だということです」

という答えが返ってきただけであった。

……その一等船客は、ハワイ攻撃に参加する特殊潜航艇の作戦関係者である松尾敬宇海軍中尉《ちゅうい》で、鈴木たちと同じように真珠湾の実地視察のため、ひそかに大本営海軍部からの命令で大洋丸に乗りこんでいたのだ。

鈴木は、結局松尾の素姓を最後まで知らずに過したが、前島は、いつの間にか松尾と連絡をとったらしく人眼に立たぬ場所で情報の交換をおこなっているようだった。

十一月十七日早朝、大洋丸は漸く横浜に入港、同日午前十時大桟橋に横づけとなった。

潜水艦関係の出撃日は翌十八日に予定されていたので、前島と松尾は、待機していた飛行機に乗って呉に急行した。

航空関係の情報蒐集にあたった鈴木英少佐は、その日、大本営海軍部に帰任の挨拶《あいさつ》をすると資料を整理し、翌日軍令部総長永野修身《おさみ》大将以下大本営海軍部の首脳者たちを前に、ハワイ関係の状況について詳細に説明した。

その鈴木の報告は、それまで得てきたハワイ関係情報を裏づけるものばかりで、ただちにハワイ奇襲作戦にあたる攻撃部隊に、直接鈴木少佐から説明させることになった。

すでに攻撃部隊旗艦「赤城」をはじめとした艦艇は、日本各地の軍港から単艦または小グループでひそかに出港し、集結地の千島エトロフ島単冠《ひとかつぷ》湾に向いはじめていた。

それらの艦には、完全な無線封止が実施され、発信機の電鍵《でんけん》も絶対に使用できぬように縛りつけられている。

そして、それらの出港と同時に、日本海軍の機動部隊の主力が依然として九州方面にいるとみせかけるため、その方面の航空隊基地や艦艇の間でしきりと偽《にせ》の通信を交わさせることを開始した。むろんその交信に使われた呼出符号は、航空母艦使用のものであった。

また出撃した各艦では、艦長のみしかハワイ作戦を知らず、乗組員には演習のため出港するのだと説明していた。が、出港と同時に、艦長からはじめて副長以下にハワイ奇襲作戦のため出動するのだということが伝えられたほどで、その行動には、完全な企図秘匿《ひとく》の配慮がはらわれていた。そして、もしもアメリカとの外交交渉が好転すれば、途中で引き返せという命令もあたえられていることもつけ加えられた。

鈴木英少佐は、その夜単冠湾に向う第三戦隊の戦艦「比叡《ひえい》」に便乗することになった。

と、その出発直前、ホノルル総領事館から外務省あての外交文書の中にひそませておいた地図その他一部の資料が、外務省内で行方不明になるという思いがけない事故が発生した。

鈴木は狼狽《ろうばい》したが、とりあえず単冠湾に急ぎ赴かねばならないので、その夜横須賀《よこすか》から内火艇にのりこみ、木更津《きさらづ》沖に停泊していた「比叡」に乗りこんだ。

「比叡」は鈴木を乗せると、東京湾外で、十七日佐世保を出港した戦艦「霧島」と落合い高速で北上し、三日後の十一月二十二日に単冠湾に入港した。

単冠湾をかこむ陸地は、雪におおわれ、所々に屋根がみえるだけで深い静寂がひろがっている。その湾内に、日本海軍の総力をあげた艦船が集結している光景は、鈴木にも身のふるえるような緊張感をあたえた。

翌二十三日朝、鈴木少佐は、「比叡」から旗艦「赤城」へと移り、ハワイ情報説明のため着任したことを司令部に報告した。

各戦隊司令部の首脳者たちが、「赤城」に続々と集まってきた。その中には司令長官南雲忠一中将をはじめ山口多聞《たもん》、原忠一、三川軍一、阿部弘毅、大森仙太郎各少将の顔もみえ、さらに各戦隊の指揮官も集合して、それらを前に鈴木は、詳細にわたってハワイの軍事施設についての報告をおこない真剣な質問にも答えた。

指揮官たちの質問の第一は、奇襲日に予定されている十二月八日（現地七日日曜日）に、アメリカ艦隊がハワイに集結しているかどうかということだった。

それに対して鈴木少佐は、アメリカ軍の艦艇は休息のため土曜日には帰投し、日曜日は在泊している。また土曜日の午後から日曜日にかけては飛行機の発着もみられず、哨戒《しょうかい》行動もおこなっていないようだと説明した。

第二の問題は、アメリカ艦艇が、ラハイナか真珠湾のいずれに集結しているかということだった。が、鈴木は、自信をもって真珠湾に在泊していることはほとんど確実であると答えた。

その他各指揮官から質問が絶え間なく集中したが、鈴木少佐は、その一つ一つに豊富な資料をもとに答弁し、各指揮官たちの顔には一様に満足気な表情がうかんだ。

さらに翌二十四日には、「赤城」に飛行科士官約四百名が召集され、二メートル四方の大きさをもったオアフ島の模型を前に鈴木少佐が再び詳細な説明をおこない、質問にも答えた。

それをもとに、各指揮官は、隊にもどると全員に奇襲攻撃に関する説明と入念な打合せをおこなった。

攻撃部隊の単冠湾出港の日はせまり、艦船は、ひっそりと停泊していたが、各艦内の緊張度は急速なたかまりをみせはじめていた。

三

同じ十一月二十四日早朝、雪におおわれた北海道美幌《びほろ》基地を九六式陸上攻撃機が爆音をあげて次々と滑走路を離陸していった。それは、木更津航空隊から同基地に進出してきていた副長小西康雄中佐を指揮官とする隠密《おんみつ》哨戒隊であった。

単冠湾に集結した攻撃部隊がハワイ奇襲に成功するか否《いな》かは、その行動がさとられぬかどうかにかかっている。大本営海軍部では、単冠湾周辺と、攻撃部隊出港後の前路哨戒を航空機によっておこなうことを企てていたのだ。

その命令は、大本営海軍部から横須賀鎮守府長官を通じて、木更津航空隊へとつたえられた。

小西副長は、通信関係の将校であったので、飛行隊指揮を勝見五郎少佐にゆだねた。勝見は、航続力のすぐれた九六式陸上攻撃機に搭乗して、中国大陸の奥地に二百回近くも出動経験をもつ練達の操縦指揮官であった。しかも、冬期に重慶、成都《せいと》への飛行経験も豊かで、寒冷地へ進出する小西派遣隊の飛行指揮者としては恰好《かっこう》の士官であった。

小西派遣隊長は、攻撃部隊がハワイ奇襲を目ざすものであることを知っていたし、勝見少佐にも、その旨《むね》をひそかにつたえていた。

勝見少佐は、自分にあたえられた任務の重大さに緊張し、中国大陸での実戦以来行をともにしてきた優秀な部下たちを選抜、九六式陸上攻撃機十四機を整備させ、その機体に対する耐寒艤装《ぎそう》もおこなわせた。そして十一月二十三日、小西中佐にひきいられた陸攻機隊は、単冠湾と攻撃部隊の前路哨戒に適した北海道美幌基地に進出した。美幌は一面雪におおわれ、絶えず降雪もつづいていて、哨戒行動の至難さを思わせた。

勝見は、部下たちを集めると訓示をした。

「千島エトロフ島の単冠湾に、わが海軍部隊が演習のため集結している。本隊は、集結地付近の哨戒にあたると同時に、出港する演習艦隊の前路哨戒もおこなう。この艦隊の演習は、高度な企図秘匿の演習も兼ねていて、本隊もそれに準ずる行動をとる。本日以後外出はもとより、通信の一切を厳禁し、また哨戒行動に関することも絶対口外しないよう命じる」

部下たちは、勝見少佐のきびしい光のはりつめた眼を見つめていた。

予想していた通り、翌日からはじめられた哨戒行動は困難をきわめた。

飛行場の積雪ははなはだしく、まず長い滑走路の除雪からはじめなければならない。整備員たちは、スコップを手に雪とのたたかいに専念した。

天候は降雪のつづく悪気象なので、基地への夜間帰投は不可能だった。そのため出動は、早朝におこなわれたが、除雪された滑走路も凍っていてすべりやすく、九六式陸上攻撃機の離着陸は、さすがの熟練した操縦士にとってもむずかしかった。

そうした早朝出動は、整備員たちに苛酷な労働をしいた。かれらは、機がもどってくるとすぐにエンジンの中の潤滑油をぬく。夜間の冷気が潤滑油を凍らせ、それがエンジンを破壊するおそれがあるのだ。

整備員たちは、とり出した潤滑油をホギス（オイル沸し器）であたため、さらにエンジン中に残った少量の油が凍らぬよう綿ぶとんをかぶせたりする。またエンジンをあたためるため、格納庫内の火気厳禁をおかしてエンジンの下に大きな火鉢を置いたりした。

それらの作業のため、整備員たちは、ほとんど夜も眠れず哨戒機の早朝出動準備に忙殺されていた。

搭乗員たちの苦痛も、尋常なものではなかった。

飛行は、吹雪と濃霧に視界をさえぎられている。耐寒艤装はほどこされてはいるが、雪と濃霧の水分が凍結して翼が変形し、無気味な震動がおこったりする。しかも、対潜哨戒のため海面近く低空飛行をしなければならないので、エンジンの出力にも制約を受けていた。

そうした悪条件の上に、無線発信を厳禁されているので、万が一、故障等の事故が発生しても基地に連絡をとることは許されない。単機で行動する搭乗員たちは死の危険にさらされ、飛行隊長の勝見も、部下の機が帰投するまで絶えず不安におそわれていた。

またこの哨戒隊には、大本営海軍部からの連絡を攻撃部隊へつたえる任務もあたえられていた。

毎日定期的に、東京から美幌へ大本営の指令書をのせた九六式陸攻がやってくるが、それを受けついだ連絡機は、旗艦「赤城」の広い甲板に報告球を落す。

その連絡任務に従事した搭乗員たちは、一様に単冠湾に集結している艦隊の規模の大きさに一驚すると同時に、湾内にひしめく艦船の無気味なほどの静寂にいぶかしそうな表情をみせていた。

四

十一月二十六日の夜明けが近づいた。

粉雪がちらつき、暗い濃霧が単冠湾をおおい、湾内の艦船は、表面を雪にほの白くつつまれ、ひっそりと停泊していた。

が、前夜から旗艦「赤城」を中心にしきりと濃霧の中で白光信号がひらめき、それは絶えることなく夜明けまで点滅しつづけていた。

と、午前六時、不意に湾内の所々から重々しい音が轟《とどろ》きはじめた。それは、各艦船のまき上げる錨《いかり》の音であった。

たちまちスクリューが、一斉に回転しはじめ、海水がほの白く波立った。遂《つい》に、ハワイ奇襲攻撃を企てる大艦隊の出撃時刻がやってきたのだ。

海防艦「国後《くなしり》」に移乗した大本営海軍部航空参謀鈴木英少佐は、「国後」乗組員とともに、甲板上に立ちつくして艦船が徐々に動きはじめるのを凝視していた。

自分のもたらした情報も加えて、入念に組み立てられたハワイ奇襲が果して成功するかどうか、ハワイまで約三、二〇〇浬。その航路をさとられずにハワイに接近して奇襲攻撃を果すことは、多分に投機的でもある。

もしもその航行途中でアメリカ側にさとられてしまえば、全滅の可能性は充分だし、その出撃は、死への道であるのかも知れない。

軽巡「阿武隈《あぶくま》」をふくむ駆逐艦の群れが、まず白波を立てて湾口へと進みはじめた。そしてその後を重巡「利根」「筑摩《ちくま》」がつづき、さらに重量感にあふれた戦艦「比叡」「霧島」が、湾内の海面を波打たせてその巨大な体を移動させてゆく。

各艦上に人の姿はみえるが、だれ一人として手をふるような者もいない。それは、あくまで沈黙に徹した出撃だった。

ほの暗い湾内を、ほっそりした潜水艦が出港してゆく。タンカーの群れも、ひしめき合うようにつづいてゆく。そして大型空母六隻《せき》も、煙をかすかになびかせながら港口へと向う。それら艦船の群れは、夜明けの濃霧の中につぎつぎと吸いこまれるように没していった。

湾内には、それまで艦船群のひしめいていたことが幻影でもあるかのような空虚さがひろがった。雪と氷に厚くとざされた陸上には人影はなく、ただ湾内には、八五〇トンの海防艦「国後」と千島汽船所属の貨物船と、任務を終えた給油船「あけぼの丸」が残されただけであった。

「国後」の乗組員たちは、自分たちの見送った大艦隊がハワイへ向って出撃したことなど想像すらしていなかった。かれらは、艦隊が、演習をおこないながらそれぞれの母港へむかって出港したにちがいないと思っていた。

天寧《てんねい》、年萌《としもい》両部落の者たちは、艦隊出港後は警戒も解除されると思っていた。しかし、通信は遮断されたままで、島外への連絡はとることができない。

通信が遮断されてから、エトロフ島の三村長からは、いつ再開されるのかという質問が、天寧の松本郵便局長のもとへ殺到していた。

四月までの越冬期も接近していて、それに必要な物資を内地に注文しなければならないが、通信が絶たれていては島の死活問題になるというのだ。

直接の連絡にあたっていた松本は、その苦情を訴えたが、艦隊から上陸してきた参謀数名からの答は、

「当分の間、解除はない」

という内容だった。

部落の者たちにとって、入港してきた艦隊はそれまで眼にしたこともない大規模なものだったが、その警戒の余りにも徹底した厳重さに呆気《あっけ》にとられていた。

出港停止を命ぜられた千島汽船の船員たちは、艦隊が出港してからも自由行動は許されなかった。給油船「あけぼの丸」に乗船している海軍士官以下の監視のもとに単冠湾に釘《くぎ》づけにされ、また新造艦「瑞鶴《ずいかく》」「翔鶴《しょうかく》」の整備のため乗っていた海軍工廠《こうしょう》の工員たちも上陸したまま軟禁状態におかれた。

部落の者たちは、湾に集結しそして出航した艦船が、その種類は見分けられたが艦名については察することもできなかった。上陸してきた者といえば、浮流物処置のため梱包《こんぽう》された屑《くず》や空カンを突堤で焼却する兵たちにかぎられ、それも匆々《そうそう》に艦へ引き返していった。口をきき合う時間もなかったのだ。

しかし、艦隊が出港後、天寧部落の岸に一枚の柔道畳が打ち上げられた。そこには、

墨で大きく「加賀」という文字が書かれていた。

艦隊が出港した日、「国後」乗組の相良辰雄中尉《ちゅうい》は、松本尚三郵便局長と名位巡査に厚く礼を言うと、部下を伴いカッターで「国後」に向った。

前夜、出港直前の艦隊の一艦から一人の水兵が海面に落ちて行方不明になっていたので、「国後」はその遺体をさがすため単冠湾を動きまわったが結局発見できず、断念して正午近くには単冠湾をはなれた。

「国後」が大湊《おおみなと》へもどったのは、十一月二十八日だった。

しかし、そこで待っていたのは、思いがけない苛酷《かこく》な処置であった。

入港を待ちかまえていたように、大湊警備府先任参謀大原利通中佐が「国後」にやってくると、航海日誌をはじめ航跡自描器、燃料消費量表その他、大湊出港から帰港までの一切の記録を押収してしまった。

そうした前例のない処置に、「国後」乗組の者たちは呆気にとられたが、大原中佐は、さらに全乗組員からその航海期間中の日記類等の提出をもとめ、それらは大原参謀の手で持ち去られすべてが焼却された。

また乗組員全員の上陸は禁止され、家族への郵便物も警備府内にとどめられ、そうした一種の軟禁状態は開戦日までつづけられた。

乗組員たちは、

「機密程度のひどくきびしい演習だ」

と、釈然としない表情で口々に言い合っていた。

鈴木英少佐は、「国後」入港と同時に単身で上陸し、大湊警備府に立ち寄ったが、その折或《あ》る参謀と雑談中、参謀長が部屋にはいってくると、その会話をまぎらすように自分の部屋へ招き入れた。そのことだけでも鈴木は、大湊警備府内でハワイ攻撃を知っているのは司令長官、参謀長官、そして大原参謀だけに限定されていることに気づいた。

鈴木は、匆々にその日の夜行で大湊を発《た》った。かれには、一つの心残りがあった。東京から戦艦「比叡」に乗る折、外交文書の中にひそませておいた真珠湾周辺の地図その他の紛失を知ったが、単冠湾について間もなく、大本営海軍部からそれが発見されたのですぐに飛行機で送るという連絡があった。

鈴木は、喜んでその到着を待った。

飛行機は九六式陸上攻撃機がえらばれたが、搭乗員には、むろん演習艦隊への連絡としかつたえられていなかった。そのことが、一つの過失となってあらわれた。

連絡機は、攻撃部隊出撃日の前日に大湊飛行場に到着し、すぐに離陸すれば当然出撃には間に合うはずだった。

しかし、気象状況が悪く、その上「演習」だと思いこんでいた搭乗員たちは、万が一をおもって出発をとりやめ、大湊で一夜をすごしてしまった。

鈴木は、いら立って連絡機の到着を待っていたが、九六式陸上攻撃機が、単冠湾のあるエトロフ島の小さな飛行場に着陸したのは、機動部隊が出港してしまった後だった。

鈴木は、搭乗員に命じて攻撃部隊を追いかけ、旗艦「赤城」の甲板上に通信筒を落すように依頼した。

九六式陸上攻撃機はただちに離陸したが、吹雪のために視界が悪く、艦隊を発見することができずに引き返してしまったのだ。

そうした事故はあったが、情報は充分頭に入れておいたので、そのことについてもほとんどあやまりなく出撃部隊につたえることができたという安堵《あんど》も強かった。そして、車窓をよぎる人家の灯をみつめながら、降雪の中に没していった攻撃部隊の姿を不安そうに想《おも》い起していた。

ハワイ奇襲作戦をふくむ開戦についての機密保持は徹底したものであったが、東京へもどってから数日たった十二月四日に、鈴木はあらためてその機密度の高さを知らされた。

鈴木は、帰京後柱島泊地の「長門《ながと》」におかれた聯合《れんごう》艦隊司令部へ報告のため出張することになっていたが、上司から突然乗車する列車を指定され切符を渡された。

かれは、いぶかしみながらもその指示通り、特急「富士」の一等寝台に乗ったが、その指定は一種の偽装のためのものであった。

山本五十六《いそろく》聯合艦隊司令長官は、十二月一日岩国をひそかに出発し、三日には天皇の御下問にお答えするため宮中に赴いた。そして翌日の特急「富士」で「長門」に帰ることになったが、「富士」ではそのために一等寝台車を特別に一輛《りょう》増結した。

しかし山本と少数の随員のみの少人数では、その秘密行動をさとられるおそれがある。そのため鈴木少佐をはじめ多くの士官を、その寝台車に乗せるよう手配した。

かれらは、山本長官が同乗していることなど気づかず、鈴木も、翌朝岩国駅についてから初めて私服の山本大将の姿を眼にしたのだ。

大湊で「国後」乗組員が軟禁状態に置かれたが、前路哨戒をおこなっていた小西飛行哨戒隊にも同じような処置がとられた。

九六式陸上攻撃機は、美幌基地から六五〇浬《かいり》（測定六〇浬）の海面哨戒を二十八日までつづけて、木更津航空隊基地にもどったが、横須賀鎮守府命令で、哨戒隊員はその哨戒行動について口外することをいっさい厳禁され、それと同時に外出禁止を受けた。

そうしたきびしい企図秘匿のもとに、「赤城」を旗艦とする攻撃部隊は、約三、二〇〇浬彼方《かなた》のハワイにむかっていよいよ一団となって東進を開始した。

航行途中で商船に出遭えば、奇襲作戦は完全に崩壊する。それは、世界戦史にも類のない一つの大きな賭《か》けであった。

「新高山《にいたかやま》登レ一二〇八」

一

攻撃部隊のえらんだ北方コースは、一般航路からかなり北方にそれた迂回路《うかいろ》であった。それは、隊商も通ることのない沙漠《さばく》地帯にも似た、船影のみられない荒れた北の海だった。

ハワイ在泊のアメリカ艦隊主力に対する奇襲攻撃をくわだてる攻撃部隊は、むろん企図秘匿《ひとく》のためにそのコースをえらんだのだが、外国の艦船がすべて一般の航路を通るものだとはかぎらない。

漁船は、魚影を追って自由に洋上を動きまわっているし、故障で漂流を余儀なくされている商船もある。さらに、太平洋上の空気が極度に緊迫していることから、或《あ》る特殊な目的をもった他国の艦船が、その北方コースをひっそりと航行することも充分に予想されるのだ。

攻撃部隊の前方には、潜水艦が浮上して周囲に眼をくばり、その後を駆逐艦が哨戒《しょうかい》しながら進んでいる。大型空母六隻《せき》は、身をひそめるように戦艦、重巡等にかこまれて進みつづけている。それは日本人をもふくむ全世界の人々の眼から完全に遮断された隠密《おんみつ》行動だった。

航行する艦船は、ハワイまでの約三、二〇〇浬《かいり》の距離を航海しなければならぬため、航続力の大きなものだけがえらばれていた。

また攻撃時と、その後の反転時に、高速の空母と一団となって行動できるような速度のすぐれた艦が集められ、また七隻のタンカーも最新鋭の優速船のみであった。

攻撃部隊は、十一月二十六日朝、単冠湾《ひとかつぷ》を出港したが、北の海は波が荒い。艦船の群れは、波に大きく揺れながら東へ東へと進みつづけた。

が、その攻撃部隊が単冠湾出港前に、すでにハワイ海域へむかって内地をはなれた艦隊があった。それは、練習巡洋艦「香取《かとり》」を旗艦とする第六艦隊（司令長官清水光美中将）で、潜水艦二十七隻を基幹とする先遣部隊であった。

それら潜水艦群は、攻撃部隊のハワイ攻撃前にハワイを包囲し、アメリカ側の動静をさぐると同時に、開戦日時以後アメリカ艦船を攻撃する任務を課せられていた。

また甲標的と称されている特殊潜航艇五隻を伊号潜水艦に搭載して、真珠湾口近くにまで運ぶという指示もあたえられていた。それら五隻の特殊潜航艇は、広島県呉《くれ》軍港近くの亀《かめ》ヶ首で五隻の伊号潜水艦に積みこまれ、別行動をとってハワイへ直行していた。その特別攻撃隊の指揮系統には、引揚船大洋丸でハワイの情報入手につとめた松尾敬宇中尉《ちゅうい》も同行していた。

これら潜水艦によって構成された先遣部隊も、攻撃部隊と同じように厳重な電波管制のもとに、完全な沈黙行動をとってハワイ海域へと急いでいた。

企図秘匿のためには、厳しい電波管制をしくことが基本的な条件であった。もしも艦隊が通信を発すれば、太平洋上一帯にはりめぐらされたアメリカ側受信網にたちまち傍受され、攻撃部隊が北方海域を航行していることが暴露してしまう。そのため攻撃部隊の発信は厳禁され、ただ電信兵による受信だけがおこなわれていた。

空中には、さまざまな電波がとび交っている。新聞社の打つ電報や内地のラジオ放送からは、日米外交交渉の経過やその他のニュースをきくことができるし、日本の各地に展開している部隊間の暗号電報も受信できる。それらは、闇《やみ》の中からきこえてくる声であった。

その中でも、特に攻撃部隊が全神経を集中していたのは、東京通信隊からの通信文であった。

東京通信隊は、聯合《れんごう》艦隊麾下《きか》の第一連合通信隊（司令官柿本権一郎少将）に所属し、海軍省に大規模な通信設備をそなえていた。大本営海軍部の作戦計画にもとづいて、ハワイ奇襲の攻撃部隊に対する通信は、すべて東京通信隊によっておこなわれ、溝口征《ただし》大佐を長として軍令部総長、聯合艦隊司令長官からのそれぞれの命令、伝達の発信がおこなわれていた。

東京通信隊からの電報は、千葉県船橋市内にある船橋分遣隊によって送信される。海軍省内の東京通信隊から船橋分遣隊の間にはケーブルが施設されていて、東京通信隊内で電鍵《でんけん》を打てば、自動的に船橋から発信される仕組みとなっていたのだ。

また第六艦隊をはじめとした潜水艦に対する送信は、愛知県依佐美《よさみ》の巨大な長波送信機が利用されていた。そこから発信される超長波（一七・四四キロサイクル）の電波は、海面下にも達する利点をもっていて、潜航時の潜水艦にも受信できるようになっていたのだ。

攻撃部隊は、ひたすら通信に耳を澄ませたまま完全な沈黙を守って東進しつづけた。そしてその行動をおおいかくすため、大本営海軍部では九州方面での偽《にせ》交信以外に、軍縮協定で戦艦から標的艦に変っていた「摂津《せっつ》」を台湾から比島方面の洋上に進出させ、さかんな発信をおこなわせていた。それはむろん、ハワイ攻撃部隊が九州から南方方面に行動しているようにみせかけるための偽装であったのだ。

二

単冠湾出港後、攻撃部隊の受信機から流れ出てくる電文は、太平洋周辺の緊迫化した情勢をつたえるものばかりで、作戦首脳者の中には、攻撃部隊がハワイへ到達する十二月八日以前に、アメリカ、イギリスとの間に戦争が開始されてしまうのではないかと危惧《きぐ》する者さえいた。

もしもそうした事態が発生すれば、ハワイのアメリカ軍は、日本海軍の来襲も予期して哨戒行動を厳重にし、やがては近接する攻撃部隊も発見して先制攻撃をしかけてくるにちがいなかった。そのような折には、攻撃部隊も潰滅《かいめつ》的な打撃をこうむり、日本は開戦と同時に空母部隊の主力を失うという事態にまで発展する。

と、単冠湾を出港してからわずか二日後の十一月二十八日夕刻、攻撃部隊の首脳者たちの顔色を変えさせるような報が入電してきた。それは、先遣部隊の第六艦隊旗艦「香取」からの緊急信だった。

「香取」は、十一月二十四日横須賀《よこすか》を出港してトラック経由ケゼリン島に向っていた。ケゼリンには、電信兵が一〇〇名近くもいる第六通信隊があって、その通信組織を利用して先遣部隊の指揮にあたることになっていたのだ。

「香取」艦上でハワイ攻撃を知っているのは、清水司令長官以下司令部参謀と「香取」艦長大和田昇大佐のみで、一般乗組員にはその航海を訓練と称し、四日後の二十八日夕刻には、サイパン島東方一六〇浬の海面に達していた。

天候は良好だったが、水平線の所々には淡い瀑布《ばくふ》のようにスコールの落ちているのが望見されていた。それは、南海らしい美しい光景だった。

が、突然、スコールに煙る東方の水平線上に、かすかに二本のマストが目撃された。そして徐々に接近するにつれて、それがあきらかに軍艦のマストであることがはっきりとしてきた。

「香取」艦上に、一瞬静寂が領した。

その海域を航行予定の日本軍艦はいないはずだし、それが外国の軍艦であることは疑う余地がなくなった。

そのうちに軍艦の後方に、大きな煙突もつぎつぎとあらわれてきた。

双眼望遠鏡のレンズを通してみると、それらは、七千トンクラスと思える商船五隻で、さらにその左右に二隻の駆逐艦が走っている姿もかすかにとらえられた。

その頃になると、先頭に進んできている軍艦は、その艦型からアメリカ海軍のブルックリン型軽巡洋艦であることがはっきりとしてきた。遂《つい》に先遣部隊は、その行動中に、輸送船を護衛するアメリカ海軍艦艇と遭遇してしまったのだ。

両者の距離は、徐々に接近している。「香取」は南東へ、アメリカ艦船は北西へ丁度その航路が交叉《こうさ》するように進んでいる。

ブルックリン型軽巡は排水量九、七〇〇トンで、五、九〇〇トンの練習巡洋艦である「香取」より大型であるし、一五センチ砲十五門を装備するブルックリン型軽巡に対して、「香取」は一四センチ砲若干しかもたず戦闘力は比較にならぬほど劣り速力もおそい。しかもアメリカ側には二隻の駆逐艦も同行しているし、もしも正面きった海戦がおこなわれれば、むろん「香取」の方がはるかに不利だった。

開戦日を期しておこなわれるハワイ奇襲作戦の先遣部隊の行動指揮をとる清水司令長官は、開戦日以前にアメリカ艦艇と戦火を交えることなどみじんも考えず、針路も変えずにそのまま平然と艦を進ませた。

と、距離が一万メートルほどに近づいた時、不意に軽巡洋艦の砲が仰角をあげ、その砲口が一斉に「香取」に向けられるのが認められた。

「香取」艦上に、一瞬殺気がはらんだ。

もしもアメリカ艦の砲が火をふけば、非力ではあるが全力をあげて応戦する……と、乗組員たちは、戦意のみなぎった眼でアメリカの輸送船団を凝視していた。

距離は、九千メートル、八千メートルと近づいてきた。

そのうちにアメリカ艦艇は、輸送船をかくそうと企てたらしく、軽巡の煙突から黒煙を大量にはき出しはじめた。それは「香取」との接触にアメリカ側も狼狽《ろうばい》しているあらわれにちがいなかった。

が、風が西の微風であるため、吐き出された黒煙は上方へあがってしまうだけで、煙幕の効果はいっこうにあらわれない。それが失敗に終ったことをさとったらしいアメリカ側は、両脇《わき》の駆逐艦の煙突から黒煙を濛々《もうもう》とはき出させた。そして、船団の周囲を、大きな円をえがいてフルスピードでまわりはじめた。

たちまち、黒煙が海上をおおい、輸送船五隻はその中に没してしまった。そして、艦船は、その煙幕の中で変針し、「香取」との接触を極力さけようとつとめているようにみえた。

「香取」は、素知らぬ風を装って変針もせず、アメリカ艦船と交叉するようにすれちがった。

「香取」は、アメリカ艦船の姿が、黒煙とともに水平線上に没すると、ただちにアメリカ艦船との接触を暗号電文によって発信した。

その報はハワイにむかう攻撃部隊でも受信されたが、幸い戦闘もおこなわれずに終ったことに安堵《あんど》をおぼえると同時に、不吉な予感にもおそわれた。
「香取」の接触したアメリカ輸送船隊は、その針路から推定すると、フィリピンまたはグアム島にむかって兵力を輸送中であることは疑う余地がなかった。それは、アメリカ側の戦備強化が活潑《かっぱつ》にすすめられている証拠でもあり、煙幕をはり砲を向けて大きく変針した行為は、日本海軍に敵意をいだいていることをしめしているとともに、隠密裡《り》に行動していることもあきらかだった。

いずれにしても「香取」のアメリカ艦艇との遭遇は、そのまま攻撃部隊にも同じような事態が発生することを暗示しているように思えた。
「香取」からの報を受けた攻撃部隊の作戦首脳者たちは、航路上にアメリカ艦船その他が出現する予感におびえていた。そして、その日それを裏づけるように、ソ連の商船が攻撃部隊の航路をよぎるおそれがあるという驚くべき情報も入電してきた。

その船はサンフランシスコ出港後、極東にむかって航行中で、その航海日程から判断すると、一両日中に遭遇の可能性がたかいというのだ。

ソ連は準敵国ではないが、その商船が攻撃部隊の姿を望見すれば、ソ連領内の通信所にその発見を送信するだろうし、それはたちまちアメリカ側の受信網に傍受され攻撃部隊の隠密行動は暴露してしまうのだ。

不安に満ちた時間が重苦しく流れていった。が、その日も翌二十九日になっても、幸い航路上にソ連船の姿は認められなかった。

しかし、その日、東京通信隊から、ハル国務長官から野村大使にわたされた文書についての電報が発信されてきた。その文書は、中国大陸、仏領インドシナからの日本軍の全面撤退を強く要求する最後通牒《つうちょう》に等しい峻烈《しゅんれつ》きわまりないもので、「日米会談決裂ハ必至トナレリ」と結ばれていた。

この大本営海軍部からの報は、攻撃部隊の作戦首脳者たちに複雑な反応をあたえた。攻撃部隊は、一応開戦日時を目ざしてハワイへむかっているが、その行動には、一つのきびしい条件が課せられている。それは、もしも日米外交交渉が好転すれば、奇襲作戦を中止して急ぎ帰投せよ、という命令だった。

その外交交渉の経過は、和戦いずれかをきめるきわめて重要な意味をもつものなので、東京通信隊からの連絡以外に、特にラジオの外地向け日本語放送がたくみに利用されていた。その日本語放送では、放送終了後に、必ず「山川草木《さんせんそうもく》転荒涼《うたたこうりょう》……」の詩吟が朗々とうたわれていたが、もしもこの詩吟がうたわれない場合には、日米外交交渉が好転したことを意味するものとして、ただちに作戦を中止し引返すことにされていた。

攻撃部隊作戦関係者としてみれば、ハワイへむかってはいるものの実際に攻撃をするのかどうか曖昧《あいまい》な立場に立たされていたのだ。

そうしたかれらにとって、「日米会談決裂ハ必至トナレリ」の報は、奇襲作戦に専念できる心境にさせた。

しかし同時にその報は、逆にかれらに大きな不安もあたえた。ハワイに達するまでには、まだ十日間ほどの航程が横たわっている。ハルノートの手交は最後通牒に等しいものであるかぎり、それは両国間の宣戦布告につながるし、攻撃部隊がハワイに達する以前に戦争が勃発《ぼっぱつ》する可能性も充分予想される。もしも、そうした事態が発生した場合には、ハワイ作戦は奇襲とはならず、それまで綿密にくみ立てられた作戦計画は全面的に崩壊してしまう。

そうした不安につつまれながらも、攻撃部隊は、あらかじめ定められていた通り航続力延伸のため、タンカーからの曳航《えいこう》補給をおこなった。

各艦は、タンカーの横に、または前後に接近して給油態勢をとると、まず銃が発射されて索が各艦に放たれ、それをたぐってやがて太いパイプがタンカーとの間に渡される。その曳航給油は、波が荒くては不可能だったが、幸い波もそれほど高くもなく給油作業は順調につづけられていた。

攻撃部隊は途中、船との遭遇もなく東進をつづけ、十二月一日、単冠湾とハワイのほぼ中間地点の海面に達し、いよいよ一八〇度線を越え西半球に突入することになった。

攻撃部隊の司令部内には緊迫した空気がみなぎり、全艦船に対して、

「当隊既ニ『キスカ』及ビ『ミッドウェー』ノ予想飛行哨《しょう》戒《かい》圏内ニアリ。今夜愈々《いよいよ》一八〇度線ヲ通過シテ敵地ニ近接ス。各隊ハ益々《ますます》対空警戒ヲ厳ニスルト共ニ敵艦艇ニ対シ見張ヲ厳ニスベシ。尚《なお》夜間ハ特ニ灯火ヲ暴露セザル様注意シ且《かつ》極力信号ヲ節減スベシ」

という信号を発した。

またその日は御前会議が開催され開戦の決定される日であるので、東京通信隊からの暗号電文に全神経を集中していた。

各艦船は、灯ももらさず黒々とした集団となって洋上をひっそりと進みつづけていた。

三

翌十二月二日午後八時、旗艦「赤城」の攻撃部隊司令部内には、興奮した空気がは

りつめた。

電信員のレシーバーに聯合艦隊からの、

「新高山登レ一二〇八」

の電報が受信されたのだ。それは開戦日が十二月八日（日本時間）に決定したという意味をもつ隠語電報であった。

ただちに開戦決定の報は、「赤城」艦上から各艦の指揮者宛《あて》に、火光信号によってつたえられた。

が、空中をとび交う電波は、情勢の緊迫化をしきりと伝えてくる。マレー方面の奇襲上陸作戦をおこなう第二十五軍の輸送船団は、海南島三亜港に集結して、出撃にそなえているが、十二月一日には、マニラ湾からアメリカ海軍の大型潜水艦一四隻《せき》が潜水母艦とともにいずこともなく出港したという。それは、第二十五軍輸送船団の行動を察知したあらわれではないかと想像された。シンガポールには、すでにイギリスの誇る新鋭戦艦「プリンス・オブ・ウェールズ」「レパルス」が在泊し、南方方面の情勢は、大きな危機をはらんでいるのだ。

翌十二月三日は、二〇メートル以上の風が吹き荒れ、各艦船は、大きく波にもまれて動揺しつづけた。そのため予定されていた曳航給油は不可能になり、激浪にさらわれて空母「加賀」の一下士官が行方不明になる事故さえ起きた。
攻撃部隊の指揮官たちは、次第に落着きを失っていた。果してハワイには、アメリカ艦艇が集結しているのかどうか、その集結地は、鈴木英《すぐる》少佐の指摘通りラハイナではなく真珠湾であるのかどうか。だが、そうした最大の関心事をみたしてくれる詳細なハワイ関係の情報は、大本営海軍部から全くはいってこない。むろん無線封止で行動している攻撃部隊は、その件について大本営に問い合せ電報を発信することは許されず、ただ耳をすませて東京からの情報を待つだけだった。
そうした焦燥感は、日増しに強くなっていたが、漸《ようや》く翌日の午前零時十七分、東京通信隊からハワイ関係についての詳細な情報が暗号電文によって入電してきた。
その内容は、
「十一月二十八日午前八時（ハワイ時間）真珠湾ノ状況左ノ如《ごと》シ
戦艦二（オクラホマ、ネバダ）、空母一（エンタープライズ）、甲巡二、駆逐艦二以上出港
戦艦五、甲巡三、乙巡三、駆逐艦一二、水上機母艦一以上入港
十一月二十八日午後ニ於《お》ケル真珠湾在泊艦ヲ左ノ通リ推定ス
戦艦六（メリーランド型二、カリフォルニア型二、ペンシルバニヤ型二）、空母一

（レキシントン）、甲巡九（サンフランシスコ型五、シカゴ型三、ソルトレーキシティ型一）、乙巡五（ホノルル型四、オマハ型一）」

というかなり綿密なものだった。

この情報は、むろんホノルルの日本総領事館で蒐集《しゅうしゅう》され大本営海軍部に打電されてきたものであったが、大本営命令で潜行している吉川猛夫少尉《しょうい》（予備役）を中心とした総領事館員の活潑な諜報《ちょうほう》活動の結果であったのだ。

攻撃部隊司令部では、ただちにその情報の分析にあたった。

その内容から察すると、アメリカ主力艦隊がハワイに集結していることはほとんどまちがいないことだし、またその泊地もラハイナではなく真珠湾であることも確実であると判断された。殊《こと》に空母が戦艦とともに在泊しているという事実は、その壊滅を期する司令部にとって大きな喜びとなった。

しかし、開戦日（ハワイ時間十二月七日）まで後四日間が残されていて、その間にアメリカ艦艇が移動することも充分予想できるし、攻撃日時に在泊していないかも知れぬという不安にもおそわれた。

十二月四日、機動部隊は、遂に単冠湾、ハワイ間の三分の二を航海し、大きく針路を南東にむけると、一路ハワイへ突き進みはじめた。

攻撃部隊司令部は、各艦船に対し、一層厳重な警戒態勢をしくよう信号した。と、その日、司令部内を大きな不安におとしいれるような報が入電してきた。それは、海軍の傍受機関である大和田通信所が傍受したハワイ関係の情報にもとづくもので、それによると、ハワイ第十四海軍区司令官が、作戦緊急信を海軍艦艇一般に発信したというのだ。

つまりその司令官命令は、それまで比較的平穏だったハワイを根拠地とするアメリカ海軍に戦闘発生を暗示するもので、大本営海軍部はその電報を分析した結果、攻撃部隊に対して、

「先遣部隊ノ潜水艦ガ発見サレタル警戒ナルヤモ知レズ」

と深い憂慮の意をつたえてきていた。

すでに潜水艦隊は、特殊潜航艇をも搭載してハワイに接近しその包囲網を徐々にちぢめている。それらの潜水艦が、ハワイのアメリカ軍の哨戒網にふれる可能性はたかく、アメリカ軍側の作戦緊急信は、日本潜水艦発見のためにとられた処置であろうと想像されたのだ。

攻撃部隊の司令部内には、沈鬱《ちんうつ》な空気がひろがった。もしもそれが事実ならば、戦闘が開始される可能性もあるし、たとえそれが避けられたとしてもハワイのアメリカ

軍の警戒は一段と厳重になることはあきらかだった。

ただ、その日、司令部内を明るませるようなことも起った。それは、ハワイのラジオ放送が、艦内のラジオにも明瞭《めいりょう》にききとることができるようになったことだった。

殊にかれらを喜ばせたのは、ハワイの気象状況を告げる天気予報が流れ出てきたことで、それは攻撃時の得難い資料になることはあきらかだった。

その日も、海上は荒れに荒れて洋上給油はできず、漸く夕方から波も徐々にしずまってきていた。

四

大本営海軍部は、攻撃部隊のハワイ接近につれて一喜一憂をくり返していた。

大和田通信所は、十二月一日アメリカ海軍が恒例の人事異動をおこなっている電報を受信し、またホノルルの軍需部から中央軍需局長宛に要求された十二月分の燃料消費予定量が、前月と同量でさしつかえないという旨《むね》の電報の傍受にも成功していた。

それら人事異動の発令も燃料要求量の変化のないことも、いずれもハワイのアメリカ海軍がそれほど緊張した警戒態勢をとっていない証拠であると判断された。

しかし、それをたちまち打消すように、ハワイ第十四海軍区司令官の作戦緊急信が受信されるし、また日本海軍機がパラオ方面でアメリカ海軍潜水艦六隻が潜航しながら行動しているのを発見したという報告も入り、いよいよハワイ方面のアメリカ海軍が活潑な動きをはじめていることが推察された。

が、そうした報よりも、さらに大本営海軍部を戦慄《せんりつ》させたのは、十二月一日台北から広東《カントン》にむかった「上海号《シャンハイ》」の不時着事件であった。

その中華航空の旅客機には、支那《しな》派遣軍総司令部参謀付の杉坂共之少佐が、第二十五軍のマレー方面上陸と同時に開始される香港《ホンコン》作戦に関する命令書を携行し、搭乗していた。その後、「上海号」は、中国軍領域に不時着し、しかも中国軍に発見されたことも判明して、その開戦を明記した杉坂少佐携行の作戦命令書が、中国軍の手に落ちた可能性も濃厚になってきたという報告も流れてきていた。

もしもそうした事態におちいれば、たちまち中国側からアメリカ、イギリス側にその内容がつたえられ、当然ハワイ奇襲攻撃も事前に暴露し挫折《ざせつ》してしまうのだ。

すでに南方作戦にしたがう第二十五軍先遣兵団の兵員を乗せた大輸送船団は、十二月四日午前七時三十分、海南島三亜を出港、南下をつづけている。陸海軍ともに、南方方面、ハワイ方面に大作戦を展開しているのだ。

さらに十二月六日夕刻、大本営海軍部を戦慄させるような事故の発生が入電してきた。それは、マレー方面にむかう第二十五軍輸送船団上空にイギリスの大型機が飛来し、しかもその全貌《ぜんぼう》を偵察されてしまったという。幸い日も没して、輸送船団は夜の闇につつまれたが、翌七日にアメリカ、イギリス陸海軍機の先制攻撃が開始されることが予想された。

これらの戦慄すべき事態の経過は、攻撃部隊でも克明に傍受されていた。殊にマレー方面の上陸を企てる輸送船団が、イギリス機に発見されたという報は、攻撃部隊の作戦首脳者たちに大きな衝撃となった。すでにミッドウェー、キスカに基地をもつアメリカ機の哨戒圏内に突入しているし、第二十五軍輸送船団と同じように発見される可能性は充分にあるのだ。

ただ幸いなことに雲が多く上空視界不良で、アメリカ哨戒機に発見されることはきわめて少ないことが唯一の救いとなっていた。

しかし、ハワイに接近するにつれて、艦船と遭遇するおそれも多くなってきた。すでに、聯合艦隊からは、「パナマ、ノルウェー、デンマーク、ギリシャ国船舶ハ、敵国船舶ニ準ジ取扱フベシ」という命令がつたえられてきていた。

攻撃部隊司令部のおかれた空母「赤城」からは、アメリカ艦船やそれら準敵国の船舶に遭遇した場合の処置が、全艦艇に発せられた。それは、

「(それらの艦船を) 速《すみやか》ニ通信不能ニ陥ラシメ、止《や》ムヲ得ザレバコレヲ撃沈スベシ」

という思いきった命令だった。

十二月七日が、明けた。攻撃部隊は、速力をあげてハワイに突進しはじめた。が、すでにその海域は、ハワイのアメリカ軍飛行哨戒圏内であったのだ。

これは演習ではない

一

昭和十六年十二月七日午前六時三十分、ハワイに向けて航行中の攻撃部隊は、「皇国ノ興廃繫《かか》リテコノ征戦ニ在《あ》リ粉骨砕身各員其《そ》ノ任ヲ完《まっと》ウスベシ」という聯合《れんごう》艦隊司令長官山本五十六《いそろく》大将からの電報を受信した。いよいよ最後のコースに突入したのだ。

旗艦「赤城」のマストには、高くZ旗がひるがえり、全員に戦闘配備につくよう命令が発せられた。そして、それまで同行してきたタンカー七隻《せき》を残し、艦艇のみとなって高速度で突進しはじめた。

空には、ちぎれ雲が走りハワイ方向は厚い雲にとざされていたが、天気は良好で、いつ敵の哨戒《しょうかい》機があらわれるか、各艦の乗組員は、不安な眼を光らせていた。

その日、マレー方面に向う船団にイギリス、アメリカ両軍機の大挙襲来が危惧《きぐ》されていたが、悪天候のためか、そうした憂《うれ》うべき報はなかった。

しかし、日本の陸軍戦闘機による哨戒中のイギリス大型機撃墜の報が攻撃部隊でも傍受され、作戦関係者たちの間に、緊張した空気がはりつめた。すでに開戦予定日時前に、南方方面では戦闘が開始されているのだ。

そして、そうした事態は、ハワイに驀進《ばくしん》する攻撃部隊上空でも発生するおそれが多分にあった。上空は完全にハワイのアメリカ陸海軍機の哨戒圏に突入していて、空の一角に機影が湧《わ》く可能性は充分だった。

さらに、東京通信隊からは、ハワイのオアフ島東北方にアメリカの潜水艦が行動中であるということや、ソ連船が航路上に出現する可能性があるという情報もつづいて入ってきていた。

攻撃日を明日にひかえた攻撃部隊の作戦首脳者たちは、ひたすら夜のやってくるのを待ちこがれていた。かれらは、ただ時計の針の動きを見つめつづけた。それは、途方もなく長い一日に感じられた。

が、やがて午後零時四十八分（ハワイ時間午後五時十八分）、夕日が水平線に没し、艦隊は夜の闇《やみ》の中につつまれた。

その頃、先発していた第六艦隊所属の第二十潜水隊は、ハワイに接近して偵察活動をおこなっていた。そして午後四時一分には、同潜水隊司令大竹寿雄大佐から、

「敵艦隊ハ、ラハイナ泊地ニ在ラズ」

という隠語電報が入電した。

攻撃部隊の作戦首脳者たちの顔には、喜色があふれた。すでに夜にはいって敵哨戒機の接触を受ける危険もうすらぎ、さらに先遣部隊は、それまでの情報通り、アメリカ艦隊がラハイナに在らずと伝えてきている。

単冠《ひとかつぷ》湾出港後十二日間、航行中に一隻の艦船にも遭遇することなく、また先遣部隊の潜水艦は、予定通りハワイの包囲網をちぢめてきている。歯車は、正確にかみ合い、廻っているのだ。

さらに午後十時四十分には、かれら作戦関係者の喜びを一層深めさせる情報が、大本営海軍部から入電してきた。

それは、最後の情報であったが、攻撃も数時間後に迫っていた折だけに、その正確な情報はハワイ攻撃を実行する上の有力な資料となった。それは、
1、六日（ホノルル時間）ノ在泊艦ハ戦艦九隻、軽巡洋艦三隻、潜水母艦三隻、駆逐艦一七隻
入渠《にゆうきよ》中ノモノ軽巡洋艦四隻、駆逐艦二隻、重巡洋艦及ビ航空母艦ハ全部出動シアリ。

艦隊ニ異状ノ空気ヲ認メズ

2、ホノルル市街ハ平静ニシテ灯火管制ヲナシオラズ
大本営海軍部ハ必成ヲ期ス
という趣旨のものであった。

そのハワイ情報を入手した頃、先遣部隊の伊号第四潜水艦（艦長中川肇中佐）は、オアフ島に潜望鏡をのぞかせながらひそかに接近していたが、ホノルル市街にも真珠湾方面にも灯火が光の粒のようにひろがり、大本営情報と同じように灯火管制もおこなわれていないことを確認していた。

攻撃部隊は、これらの情報から真珠湾に攻撃のすべてを集中することを決意し、月光の淡く落ちる海面を高速力で南下しつづけた。

遂《つい》に時計は、十二月八日午前零時をまわった。

南雲司令長官以下作戦関係者をはじめ、ハワイ空襲に参加する搭乗員たちは冷酒をくみ合い、ただちに攻撃準備にとり組んだ。

午前一時、重巡「利根」「筑摩《ちくま》」艦上からハワイ偵察のため零《ゼロ》式水上偵察機各一機がするどい音を立ててカタパルトから射出された。たちまちその機影は、南の方向に消えていった。

オアフ島北方二三〇浬《かいり》の海面に達した各航空母艦の甲板上には、淵田美津雄中佐指

揮の第一次攻撃隊の飛行機一八三機が出発位置に整然と待機していた。

風速一三メートル、波は荒く、各艦はほの白い波しぶきにつつまれた。

その中で母艦群は、風に艦首を一斉に向けた。そして発艦を有利にするため、激浪の中を全速力で走りはじめた。

「始動」

指揮所からするどい命令が発せられ、たちまち甲板上に轟々《ごうごう》とエンジンの音がひろがり、プロペラが回転しはじめた。

「出発」

信号灯がふられ、戦闘機がまず大きく動揺する甲板上を滑走し、つづいて攻撃機が後を追う。夜明けのきざしはじめた艦上には、それを見送る人々がしきりと帽を振っている。

艦の動揺がはげしく、その発艦には事故の発生も予想されたが、巧みな離艦がつづいて、やがて全機が空に飛び立った。

飛行機の群れは、ただちに編隊を組み、上空で一周するとハワイ方向に機首をむけた。

それらの機は、ほの明るくなった雲の中にたちまち没していった。

二

日本内地の新聞は、連日のように日米外交交渉の悪化とそれにともなう南方諸地域の緊迫化をつたえていた。

十二月二日のワシントンからの同盟通信は、イギリス海軍がシンガポール東方近海に機雷敷設《ふせつ》を完了したことを告げ、またマレー方面、フィリピン方面で動員令が発せられたことも伝えていた。

庶民は、互いに不安そうな顔を見合せていた。中国大陸での四年間にわたる戦争に疲れた日本が、さらに米英両国と戦火を交えることはあるまいという気持とともに、もしかするとそうした事態におちいることもあるかも知れぬという不安もいだいていた。

むろんかれらは、すでに十二月一日の御前会議で対米英蘭《らん》戦が決定し、攻撃部隊がハワイへ、第二十五軍輸送船団がマレー方面にそれぞれ突進していることなど想像すらしていなかった。

重苦しい空気がよどんではいたが、国内は平静だった。ただ庶民の関心は、日々配られる新聞や、流れ出てくるラジオのニュースに向けられていた。

そうした中で、大本営は、ハワイ、マレー両奇襲作戦の企図秘匿《ひとく》のために最後の力をそそいでいた。

十二月五日朝、横須賀《よこすか》線田浦駅のプラットホームには、白脚絆《きゃはん》をつけた五〇〇名ほどの水兵があふれていた。

電車のくるのを待つかれらの日焼けした顔には、一様に嬉《うれ》しそうな表情がうかんでいた。

海軍水雷学校分隊長兼教官岩重政義大尉《たいい》は、二日前、学校長早川幹夫少将からの命令を受けた。その命令は、かれを少なからずとまどわせた。

早川は、岩重に、

「学校練習生一ケ大隊を編成して、東京見物に向わせるように……」

と言った。

その命令は、従来の慣習からすると全く異例のものであった。東京見物に練習生が集団で赴くのは、水雷学校の卒業記念におこなうだけで、卒業時でもないのにそうした行動をとることは今までに例のないことであったのだ。

さらに早川校長は、水兵の帽子につけてある海軍水雷学校のペンネントをはずして、その代りに、横須賀、佐世保、舞鶴、呉《くれ》の各海兵団の名をしるしたペンネントをつけさせるようにせよともつけ加えた。早川校長は、その理由については一言も口にせず、ただ岩重の顔を見つめつづけているだけだった。

その眼の光に、漸《よう》く岩重は、その奇妙な命令が、なにか機密秘匿のために企てられたものであることに気づき、約五〇〇名の練習生を引率して東京見物にむかうことになった。

この命令は、岩重の想像通り大本営海軍部で立案され、横須賀鎮守府を経て水雷学校校長につたえられたものであった。そしてこの命令は、横須賀の海軍砲術学校、通信学校、機雷学校そして横須賀海兵団にも同時につたえられていた。

大本営海軍部としては、ハワイに向っている攻撃部隊の行動を極力かくすために、各学校、海兵団に指令して水兵たちによる大々的な東京見物を企画した。今までの例では、東京湾内に艦艇がはいれば、水兵たちは、上陸して東京見物することが自然のしきたりになっている。水兵たちが東京を歩きまわれば、それだけ多くの艦艇が東京湾内に在泊していることになる。

日本の艦艇群は、ハワイ方面、南方方面に出動して、東京湾内は、ほとんど空《から》にちかい。いるとしてもそれは、修理を要する艦艇だけしかいない。しかし、大艦隊が東京湾内にいるとみせかけることは、ハワイ作戦を目ざす攻撃部隊の行動を秘匿するには、最良の方法と思われた。そのため、水雷学校をはじめ各学校の練習生たちに、いかにも各艦艇の乗組員であるかのように装わせたのだ。

また水兵多数の東京見物は、対米・英・蘭三国との緊張した空気をゆるめるという効果もある。南方諸地域でのイギリス、アメリカ、オランダ軍は、全軍に厳重な外出禁止命令をいちはやく出しているが、それは、当然戦争発生を予想してとられた処置であった。それとは対照的に多数の水兵たちが悠長に東京見物に歩きまわっていることは、日本海軍がほとんど臨戦態勢をとっていないと考えられるにちがいなかった。アメリカ、イギリスをはじめ各国の諜報《ちようほう》機関は、必死になって日本がいつ戦争にふみきるかを探っている。そうした中での水兵の東京見物は、開戦決意を偽装させるための恰好《かつこう》の要素と思われた。

岩重は、練習生たちのペンネントを一斉につけかえさせるとともに、

「水雷学校の練習生であることを決して口にしないように」

と厳命した。そして、岩重自身も、名刺に刷られた海軍水雷学校教官という文字を鋏《はさみ》できりとった。

電車がやってきて、水兵は、整然と車内に乗りこんだ。乗客たちは、多くの水兵た

ちの姿に驚いたらしく、呆《あき》れたようにその集団をながめていた。

やがて電車は東京駅につくと、かれらは、隊列を組んで宮城前へとむかった。

そこでは、同じように海兵団のペンネントをつけた砲術学校の練習生たち約五〇〇名が、教官境民蔵大尉に引率されて合流し、二重橋前で皇居を奉拝した。その後、水雷学校、砲術学校の各練習生は、別々のコースをたどった。それはむろん、東京都内に海兵団の乗組員があふれているような印象をあたえるための作為であった。

水雷学校の練習生は、それから靖《やす》国《くに》神社、明治神宮にそれぞれ参拝し、官庁街を歩いて、正午近く有楽町の朝日新聞本社にはいった。

かれらは、すぐに七階の講堂に招き入れられ、野村秀雄編集局長から、歓迎の辞を受けた。

そこで携行していた昼食をとった後、社内の参観にうつった。かれらは、高速度輪転機で印刷された新聞がたちまち出来上ってゆくのを、飽きることもなく見つめていた。

社員の案内で、屋上にあがった。

不意に記者の一人が岩重に、

「どこの乗組ですか」

ときいた。

岩重は、

「軍のことですので申し上げられません」

と、にこやかな表情で答えた。

「一時間ほど前にも海兵団の方が参観にきましたが、その引率者の士官の名刺には、学校名が書いてありましたが……」

と、その記者は、いぶかしそうな表情をした。

岩重は、当惑したが、即座に、

「艦艇の士官が足りませんから、陸上の学校の教官に引率をお願いしたのでしょう」

と答えた。そして、それ以上追及されることも困るので、屋上にいる五〇羽ほどの鳩《はと》に物珍しげな眼を向けて、

「伝書鳩ですね」

と記者に言った。

案内係は、岩重が鳩に必要以上の興味をしめしたことに気づいて、早速、飼育係をよぶと伝書鳩の働きについて説明をはじめさせた。

岩重は、練習生たちと熱心にうなずいたりしていたが、胸の中ではひそかに苦笑を

もらしていた。水雷学校では、水雷発射時に必要な連絡用の鳩を飼育している。その軍鳩《ぐんきゅう》係の長をしているのが岩重で、かれは鳩についての豊富な知識をもっていたのだ。

約一時間後、新聞社見学を終えた岩重は、水雷学校練習生に自由行動許可をあたえた。

水兵たちは、嬉しそうに、近くの銀座の歩道を数人ずつのグループになって散策しはじめた。かれらの紺と白二色の鮮やかな服装は、人目をひくのに充分で、銀座は、水兵たちであふれているようにみえた。

東京見物は、その日と翌日の二日間、各学校練習生と横須賀海兵団員によっておこなわれたが、その総数は約三、〇〇〇名であった。

岩重たちの朝日新聞見学を予定コースにくみ入れたのは、むろん新聞に報道されることをねがった大本営海軍部の配慮からだった。そしてその期待は的中し、十二月七日朝日新聞朝刊には、「海の勇士来社」として水兵たちの写真も掲載されていた。

その中には、「屋上で伝書鳩に興じ……」という文句が特に印刷されていた。

三

十一月二十六日、アメリカのハル国務長官から日本側に手交された「ハルノート」

は、日本に対する最後通牒《つうちょう》にひとしいものであった。中国大陸からの全面撤兵をふくむその苛酷《かこく》な要求は、明治以来敗戦も知らず軍国主義的土壌の上に生れ育った日本の軍人、為政者そして一般庶民にとっては到底受け入れられるはずのものではなかった。

そうした国民感情を充分知っていたアメリカが、そのような全面屈服を意味するような要求をつきつけたのは、日本との戦争をはっきりと決意したからにほかならなかった。すでにハル長官は、陸海軍首脳者たちとの会談で、

「日米交渉は終り、外務当局としてなすべきものはなにもなくなった。今後は軍部の仕事である」

と言明し、またハルノートの手交と同時に、全軍に対して重大警告が発せられた。スターク作戦部長は、太平洋、アジア両艦隊司令長官に対し、

「本電報ハ戦争警告ト考エラレタイ。太平洋ニオケル事態ノ安定ヲ目指シタ日米交渉ハ既ニ終リ、日本軍ノ侵略行為ガ数日内ニ予期サレル」

という趣旨の緊急信を発した。

また国防省命令として、特に、

「米国ハ日本側カラ先ニ軍事行動ヲ起サセルコトヲ希望シテイル」

という一文もつけ加えられていた。その命令は、アメリカが戦争挑発者という汚名

を避けようとしたと同時に、反戦気風のあるアメリカ国民に自発的に銃をとらせようと企てたからであった。

　これらの命令は、アメリカ全艦艇に発せられ、十一月二十八日グラマンワイルドキャット機とパイロット輸送のため真珠湾からウエーキ島に向け出港したアメリカ空母「エンタープライズ」にも、アメリカ艦隊戦闘部隊空母司令官ハルゼー少将から同様の命令がつたえられている。そして、それにもとづいて同空母艦長マレー大佐は、全乗組員に対して命令第一号を発したが、その冒頭には、The Enterprise is now operating under war conditions.（本艦ハ、目下戦争状態ノモトニ行動中デアル）という一文がみられ、さらに「イカナル時ニモ、タダチニ行動ニ移レルヨウ準備セヨ」ともつけ加えられている。つまりアメリカ側は、十一月二十六日のハルノートと同時に、完全な臨戦態勢をとっていたのだ。

　アメリカは、日本が開戦にふみきることは時間の問題と断定していたが、日本軍の攻撃はまちがいなく南方方面に向けられるとかたく信じていた。アメリカの情報網は、兵員や武器、資材を満載した日本の船舶が、日本内地や中国大陸の諸港から出港し、海南島三亜にむかっていることを確実につかんでいた。それは、日本軍が、タイ、マレー、フィリピン、ボルネオ等への攻撃を開始するあきらかな証拠と思われたのだ。

アメリカの軍首脳者たちは、ハワイの日本大使館から日本に向けてしきりと発せられていた諜報関係の暗号電報を傍受解読していたが、日本海軍がハワイを攻撃する公算はほとんどあるまいと判断していた。

第一に、水深が一二メートルしかない真珠湾では、雷撃機からの魚雷攻撃は不可能であるし、もしも爆撃をくわえようとしてもアメリカのもつ爆弾の常識では戦艦の厚い鋼板をつきぬけることはできない。かれらは、日本海軍が、浅い海面での魚雷投下方法の研究を完成したことを知らなかったし、二、五〇〇メートル以上の高度から投下すれば容易に一五センチの鋼板を貫通する九九式八〇番五号と称する恐るべき徹甲爆弾を保有していることにも気づいていなかった。

また交信状態からみても、日本海軍は九州から南方方面へかけて全面的に展開中で、ひっそりと日本の攻撃部隊の主力がハワイに接近していることなど想像すらしていなかったのだ。

日本側からの最後通告は、ハワイ奇襲時の三十分前、つまり十二月七日午後一時（ワシントン時間）にアメリカ側へ手渡される手筈《てはず》になっていた。その通告文は、十四部にわかれていて、長文のため前日からワシントンの日本大使館へ暗号電報で打電されていた。

しかし、アメリカの情報部は、日本の外交暗号文の解読機「マジック」を早くから入手していて、その最後通告の内容をたちまち解読してしまった。そして、それはルーズベルト大統領に手渡され、ただちに軍首脳部にも伝えられた。

それとは対照的に日本大使館員の動きはきわめて鈍く、解読もアメリカ側よりおくれる始末で通告文作成にもてまどった。そして、野村、来栖《くるす》両大使がハル長官に最後通告を手渡したのは、通告予定時刻午後一時をはるかにこえた午後二時二十分で、すでにハワイ奇襲攻撃が開始された後だった。

それは通告なしの悪質な奇襲としてアメリカ国民を激昂《げっこう》させ、「パールハーバー（真珠湾）を忘れるな」という標語ともなって戦意を昂揚させる絶好の要素となった。しかし、アメリカの中枢部《ちゅうすう》は、すでにそれ以前に最後通告の全文を解読によって知り、ただ思いもかけないハワイ奇襲攻撃を受けたいまいましさが、日本に対するはげしい憎悪《ぞうお》ともなったのだ。

日本時間十二月八日午前三時十九分、ハワイ奇襲にむかっていた第一次攻撃隊は、雲の切れ間から真珠湾を発見、「全軍突撃せよ」の「ト、ト、ト、ト、……」のト連送を発信。それは、攻撃部隊に受信された。

全艦艇は、はげしくどよめいた。ただちに攻撃部隊は、大本営海軍部と聯合《れんごう》艦隊に対して、

「トラ、トラ、トラ、トラ、……」

の「われ奇襲に成功せり」の緊急信を発した。

大本営陸軍部第二部第十八班所属の北多摩通信所では、多くの所員が受信機にとりくんでいた。

十二月八日の夜明けも、やがてやってくる。かれらは、レシーバーに耳をあてていたが、太平洋殊《こと》にハワイ方面はいつもと変らぬ静寂がひろがっていた。

そのうちに、「ト、ト、ト、ト……」のト連送と、「トラ、トラ、トラ、トラ、……」のトラ連送がとらえられたが、所員たちはむろんのこと所長古市迪哉少佐すら、それがなにを意味するのか理解することはできなかった。

と、突然思いもかけぬ現象がその深い静寂の中から湧《わ》き起った。ハワイ方面にひろがっていた深い静寂が不意にやぶれ、その底から一斉に喚声をあげるような電波がふき上ったのだ。しかも呆れたことに、そのすべてが暗号文ではなく平文で、発信は入りみだれ、はげしい狼狽《ろうばい》をしめしている。

傍受する通信員は、その平文が思いもかけぬことを告げているのに呆然《ぼうぜん》としていた。

「SOS、日本の爆撃機によってオアフ島は攻撃を受けている」

「真珠湾空襲さる。演習ではない。演習ではない」

「出港できる艦は出港せよ。いや出港するな、港外に機雷が敷設されている。戦艦はとまれ」

等の平文電報が果てしなくとび交う。

古市所長は、予想もしない傍受内容に顔色を変え、ただちに直通電話で、大本営陸軍部の当直者に緊急連絡した。

その頃、大本営陸軍部内も、海軍部からつたえられたハワイ奇襲攻撃成功の報に呆《あっ》気《け》にとられていた。ハワイ攻撃計画をあらかじめ知っていたのは、杉山元参謀総長以下数名の作戦首脳者だけで、重要任務につく参謀たちもその計画については全く知らされてはいなかった。

ハワイ奇襲攻撃成功につづいて、マレー、タイ上陸成功の報も入電し、それまで厳重にはりめぐらされた企図秘匿《ひとく》は一挙に破れ、開戦にともなう作戦計画の全貌《ぜんぼう》はさらけ出された。

十二月八日の朝は、晴れていた。

宣戦の詔勅くだる。

突然、ラジオから「軍艦マーチ」とともに臨時ニュースが日本国中に流れ出た。

「大本営陸海軍部発表
帝国陸海軍は今八日未明、西太平洋において米英軍と戦闘状態に入れり」

庶民の驚きは、大きかった。かれらは、だれ一人として戦争発生を知らなかった。知っていたのは、極くかぎられたわずかな作戦関係担当の高級軍人だけであった。

陸海軍人二三〇万、一般人八〇万のおびただしい死者をのみこんだ恐るべき太平洋戦争は、こんな風にしてはじまった。しかも、それは庶民の知らぬうちにひそかに企画され、そして発生したのだ。

あとがき

太平洋戦争は、すでに歴史の深いひだの中に埋れかけている。幼い頃両親からきいた日露戦争の話と同じように、現在の少年少女たちは、太平洋戦争を遠い昔語りのようにきいているのだろう。

戦後、幾度か戦争発生の不安にとらえられた。その都度私は、太平洋戦争の開戦前の空気を思い起してみたが、なんの手がかりもつかめない。私が十四歳の少年にすぎなかったためか、それとも物心ついてから××事変と称された数多い小戦争にかこまれて生きたため戦争そのものになれきっていたのか。昭和十六年十二月八日の開戦日も、なにか歴史の単なる一つのつなぎ目のようにしか感じられなかった。

私が、開戦記録に興味をもったのは、その曖昧《あいまい》な日の記憶をより鮮明にしたかったからにほかならない。そして、その調査をはじめるにつれて、戦争がいかにひそかに企てられ開始されるものかということに唖然《あぜん》とした。

開戦のかげには、全く想像もしていなかった多くのかくされた事実がひそんでいたことを、私は知った。開戦の日の朝、日本国内に流された臨時ニュースは表面に突き出た巨大な機械の頭部にすぎず、その下には無数の大小さまざまな歯車が、開戦日時を目標に互いにかみ合いながらまわっていたのだ。

冒頭の「上海号《シャンハイ》」不時着事件については、数枚綴《つづ》りの当時の概要報告書がわずかに現存するだけで調査が最も難航したが、搭乗者十八名中二名の生存者であった宮原大吉氏、久野寅平氏にお会いすることができたことは奇蹟《きせき》的ですらあった。殊《こと》に久野氏については全国の電話帖《ちょう》を調べるなど三カ月間探りに探った結果一時は断念しかけたが、恩給局の白井正辰氏の御尽力で漸《ようや》くその御住所をつきとめお眼にかかることができた。

その他、本書に登場してくる人々の大半は直接お会いして当時のことをきいた。南は九州から北は北海道まで丹念に歩きまわったが、敗戦後二十余年、それらの関係者の方々が比較的御健在であったことは幸いだった。あらためて深く御礼申し上げる。

杉坂共之少佐夫人にもお眼にかかったが、生存の望みを捨てかねておられた夫人にとって、私の調査結果は酷なものであったろう。幸い夫人は詳細な事実を知って気持の整理がつきましたと仰言《おつしや》っておられたが、御遺族の気持を察すると居たたまれぬような気持になる。杉坂氏をはじめ開戦という歴史のかげで歿《ぼつ》せられた多くの方々の霊に、心から哀悼の意を表する。

調査に快く御協力下さった多くの方々の御好意によって、この開戦記録は生れた。私にとって、この種のものは再び書くことはないだろうが、陸海軍人二三〇万、一般人八〇万の死者を生んだ太平洋戦争の開戦のかげにひそんだ事実をより明らかにする上で少しでも資することができるならば幸いである。

この記録は防衛庁戦史室の戦史叢書《そうしょ》を参考にさせていただいた点が多く、殊に稲葉正夫、長尾正夫、角田求士、不破博の各氏、また元大本営陸軍部暗号班員藤原邦樹氏、厚生省引揚援護局福田呉子氏、日本船主協会嶋田光明氏、日本郵船戦史編纂《へんさん》室轟正氏その他多くの方々の御好意を忘れることはできない。

終りに調査に終始御尽力くださった新潮社の後藤章夫氏に心から感謝申し上げたい。

解説

泉　三太郎

日本人にとって、太平洋戦争はいまだかつてない強烈な体験であった。

はじめに、まず、徳川幕府の鎖国政策があった。それは二百年以上にわたって、日本人を戦争体験から遠ざけていた。明治維新のあとにできた天皇制政府は、まもなく日清戦争、日露戦争を戦って、台湾と南樺太《からふと》を国土に加え、つづいて朝鮮半島を併合し、第一次大戦では連合国側に身を置いて、南洋諸島を手に入れた。そうなるにはそうなるだけの相手国の事情や国際状勢の推移や幸運が味方したわけだが、勝った方は、それが自分の力の成果であると思いがちである。

自信をつけた日本は、経済的な行きづまりの打開策として満州事変をおこし、満州国を建国し、その結果として日中戦争がはじまり、さらにそれは世界を敵とした第二次大戦へと進んだ。天皇政府も国民も、負けた経験がなかったから、戦争は必ず勝つものと思いこんでいた。勝てなかったらどういうことになるのか、そこに思いおよぶ者はいなかった。

その戦争に、負けたのである。それまで気づかなかった戦争のもうひとつの側面と、日本人はいやでも対座しなければならなくなった。その結果、社会体制から美意識にいたるまでの急激な価値転換が地すべりのようにはじまった。

その日、日本中が茫然《ぼうぜん》自失しながら、敗戦の責任、ひいては開戦の責任を、誰がどのようにとることになるのだろうか、と考えていた。それは天皇なのか、財閥なのか、政治家なのか、軍人なのか、それとも国民全般なのか。しかし、見まわしたところ、すすんで責任をとろうとする者は一人もいなかった。

そのうちに「あの戦争は軍部が勝手にはじめたものだ」「すべては軍部にひきずられた結果なのだ」という声があちこちから出はじめた。それは真実の一部ではあっても、決して真実そのものではなかったが、敗戦の責任をとりたくない、軍人以外の指導者にとっても、一般国民にとっても、都合のよい論理であったから、たちまちのうちに唱和者がふえはじめた。そして、軍人たちが恩給とひきかえに口を閉ざしてしまうと、いつのまにか、それは歴史上の定説となった。

しかし、それで一件がすべて落着したわけではなかった。大人たちは、自分たちのことにかまけていて、少年たちの存在を忘れていた。大正末期から昭和初期に生れた少年たちは、生れおち、もの心ついたときから、すでに戦争の中にいた。彼らにとって、戦争は特別の事件ではなくて、戦争もまた生活の一部にすぎなかった。敗戦のときハイティーンであったこれらの少年たちは、未成年であるが故《ゆえ》に戦争の当事者ではなく、責任を感じなければならない立場にはなかったから、かえって大人たちよりも率直に戦争のありようを覚えていた。大人たちの昨日に変る今日の変身は、彼らの眼には、隠微な裏切りとうつった。

吉村昭はそうした少年たちの一人であった。昭和二年の生れということは、四歳で満州事変が、十歳で日支事変が、十四歳で太平洋戦争がはじまるという、いわば戦争のどまんなかを生きてきた世代である。終戦のときが十八歳であった。

武田泰淳、野間宏ら第一次戦後派の作家たちは、同じ戦争を「暗い谷間」ととらえることによって、自分たちの立場を鮮明にした。

明治末期から大正初期に生れた彼らは、大正デモクラシーの最終列車に間にあうことによって、昭和の戦乱時代を、平和と平和の間の暗黒の谷間と認識することができたが、それに十余年遅れて生れた吉村昭らの世代は、戦争を日常の行事としながら、血も涙も笑いもあるそれなりの平常心をもって、大人たちのすることを見ていたのである。

世代間のそのような戦争認識のずれについて、吉村昭は『戦艦武蔵ノート』のなかで次のように述べている。

「過ぎ去った戦争について、多くの著名な人々が、口々に公《おおや》けの場で述べている。『戦争は、軍部がひき起した』……（しかし）私のこの眼で見た日本の戦争は、全く種類の違ったものに見えた。正直に言って、私は、それらの著名人の言葉を、かれら自身の保身の卑劣な言葉と観じた。嘘《うそ》ついてやがら――私は、戦後最近に至るまで、胸の中でひそかにそんな言葉を吐き捨てるようにつぶやきつづけてきたのだ。……一言にして言えば、戦時中の私たちは、戦争を罪悪とは思わなかったし、むしろ、戦争を喜々と見物していた記憶しかない」

敗戦の日、少年たち見物人の眼の前で、みごとな変身ぶりを見せた大人たち、しかもそこにいささかの羞恥《しゅうち》のそぶりも見せなかった大人たちの生態を通して、彼は、日本人という不思議な生物に対する暗い好奇心をあたため、それが彼の文学的支点のひとつとなった。

「……戦時という異常な環境の中で、いつの間にか一つの巨大な権力化した怪物になっていた（その同じ人々が）今や平和の恵みを享受《きょうじゅ》しようとしている人々の群にあざやかに変身した。……が、そうした変身の鮮やかさには、戦慄《せんりつ》すべき危険な要素がひそんでいないとは決していえない」

彼らがまたいつの日にか次の変身を行なうかもしれないという不信に似た感懐を抱きながら、それが皮相な怒りや告発という形をとって表われなかったのは、人間の内部に去来する無気味な情熱に対する作家としての好奇心が、あまりにも強すぎたからではなかったか。つまり、吉村昭の文学的志向は、戦争そのものにあるのではなくて、あの戦争を支える巨大なエネルギーを生みだしたおびただしい数の人々の、内面にひそむ理不尽な情熱の探索にあったのではなかったか。現に彼は「自分の体験した戦争というものが、正直な所、それほど大きな意義のあるものとは思えない」と書いている。

それでは、吉村昭の戦争観はどのへんのところにあるのだろうか。彼自身の言葉によれば、自分の戦争観に比較的近いところにあるものとして、二つの文章を挙げている。その一つは、大岡昇平の『俘虜記《ふりょき》』につけられた吉田健一の解説のなかの一節である。

「ファブリィスにとって、ワァテルロォーの戦いとは、大勢の人間が砲煙の中を右往左往しているうちに、いつの間にかフランス側の負けと決って、戦場と覚しい場所から反対の方向に逃げてゆくことだった。戦争がそういうものに過ぎないというのではなくて、それが余りにも大規模な、広範囲にわたる出来事である為《ため》に、一人の人間にとって、と言うのは結局は、一人の文学作品を書く立場から見るならば、戦争を大袈《おおげ》裟《さ》に扱えば扱う程、その結果は虚偽となる」

吉田健一と吉村昭とは、一見全く体質の異った作家のごとく見えるが、戦争認識において、意外な近距離にあることを見落している読者が多いのではないか。

もう一つは、ラディゲの『肉体の悪魔』の一節である。

「……多くの若い少年達にとって、戦争が何であったかを思い出してみるがいい。それは四年間の長い休暇だったのだ」（新庄嘉章訳）

たしかに、吉村昭にとって、戦争は長い休暇だった。『炎のなかの休暇』という自伝的な連作があることによっても、それは裏づけられている。その長い休暇中に自分がしかと見聞したはずのことが、都合よく衣がえして脚色され、それが定説化されてゆく状況がもたらした白々しい疎外感こそが、戦争が終ってしまったあとになって、改めて彼を戦争にたち向わせたということもできるであろう。

『戦艦武蔵』にはじまり『深海の使者』にいたる、戦争を題材とした一連の作品群を支えた文学的なエネルギーの源泉は、少年時代のこうした異和体験に根ざしている。

『大本営が震えた日』は、昭和十六年十二月一日皇居内東一の間で開かれた御前会議において、十二月八日対英米蘭開戦の断を天皇が下してから戦端を開くに至るまでの一週間、陸海空軍第一線部隊の極秘行動のすべてを、事実に基づいて再現してみせた作品である。

奇襲による以外に勝算のおぼつかない大作戦を、ハワイからマレー半島にいたる太平洋の各地域で同時進行させるためには、長い準備期間と慎重敏速なスケジュールの消化が要求される。それぞれの現場でときに発生する齟齬《そご》を埋めてゆくためには、個々の人間の生命などは、虫けらのように見棄《みす》てられてゆく。ばかばかしいほどのエネルギーを結集して進行してゆくこの歴史のドラマの結末が、日本の敗戦で終ることはすでに歴史上の事実となっているだけに、そのむなしさと徒労感が読者の上に重苦しい圧力となって覆《おお》いかぶさってくる。目的と結果の不一致は、吉村作品に一貫して流れるモチーフであり、それは作者の無常観とはなれがたく結びついている。

作品の取材に当って、吉村昭が取材助手を使用しないことは、すでに定評がある。自分の足で歩き、自分の眼で確かめ、自分の耳できく。それは、すでにこれまでたびたびくりかえしてきたように、彼が歴史における事実の重みを最大限に認識しているからである。
そのため、彼の作品は、この種の素材にえてしてつきまといがちな感傷と批判を抑制し、事実によってすべてを語らせてきた。従来の歴史文学の規範を脱し、事実に小ざかしい解釈を加えないことによって、吉村作品は硬質な純度を保ちつづけている。

（昭和五十六年十月、翻訳家）

この作品は昭和四十三年十一月新潮社より刊行された。

新潮文庫最新刊

西加奈子著
夜が明ける
親友同士の俺とアキ。夢を持った俺たちは希望に満ち溢れていたはずだった。苛烈な今を生きる男二人の友情と再生を描く渾身の長編。

江國香織著
ひとりでカラカサさしてゆく
大晦日の夜に集った八十代三人。思い出話に耽り、それから、猟銃で命を絶った——。人生に訪れる喪失と、前進を描く胸に迫る物語。

結城真一郎著
#真相をお話しします
日本推理作家協会賞受賞
でも、何かがおかしい。マッチングアプリ・ユーチューバー・リモート飲み会……。現代日本の裏に潜む「罠」を描くミステリ短編集。

森絵都著
あしたのことば
小学校国語教科書に掲載された「帰り道」や、書き下ろし「％」など、言葉をテーマにした9編。すべての人の心に響く珠玉の短編集。

作刈湯葉著
幽霊を信じない理系大学生、霊媒師のバイトをする
理系大学生・豊は謎の霊媒師と出会い、奇妙な〝慰霊〟のアルバイトの日々が始まった。気鋭のSF作家による少し不思議な青春物語。

緒乃ワサビ著
天才少女は重力場で踊る
未来からのメールのせいで、世界の存在が不安定に。解決する唯一の方法は不機嫌な少女と恋をすること?! 世界を揺るがす青春小説。

大《だい》本《ほん》営《えい》が震《ふる》えた日《ひ》

新潮文庫　よ-5-11

昭和五十六年十一月二十五日　発行
平成十五年七月二十五日　四十一刷改版
令和六年七月二十五日　五十五刷

著者　吉《よし》村《むら》昭《あきら》

発行者　佐藤隆信

発行所　株式会社 新潮社

郵便番号　一六二―八七一一
東京都新宿区矢来町七一
電話　編集部(〇三)三二六六―五四四〇
読者係(〇三)三二六六―五一一一
https://www.shinchosha.co.jp

価格はカバーに表示してあります。

乱丁・落丁本は、ご面倒ですが小社読者係宛ご送付ください。送料小社負担にてお取替えいたします。

印刷・株式会社光邦　製本・株式会社大進堂

ISBN978-4-10-111711-9 C0193